ハヤカワ
時代ミステリ文庫

〈JA1453〉

姉さま河岸見世相談処

志坂 圭

早川書房

8577

目次

姉さま河岸見世相談処

登 場 人 物

七尾……………………………………………千歳楼の主。元花魁
たまき…………………………………………七尾お抱えの娘
文吉……………………………………………目明し。吉原番屋の親分
八汐……………………………………………玉屋の花魁
三芳……………………………………………松葉屋の座敷持ち
忠助……………………………………………三国屋の見世番
正木……………………………………………三国屋の花魁
春久……………………………………………三国屋の新造
吉三郎…………………………………………口入れ屋
長吉……………………………………………大場屋の若旦那
琴吹……………………………………………黒川屋の座敷持ち
松風……………………………………………白木屋の部屋持ち
正菊……………………………………………勝野屋の部屋持ち
留吉……………………………………………紀州屋の若旦那

女郎の焼き骸《むくろ》ふたつ

《一》

今は天保三年（一八三二）三月の下旬でございます。全国的には大飢饉《だいききん》の真っ只中でありまして、地方では餓死者が二百万人とも三百万人とも言われる未曾有《みぞう》の大飢饉でありますが、しかし、ここ吉原では飢饉などどこ吹く風でございます。殿方の色恋は大飢饉をも凌駕《りょうが》するのでございますから、いやはや肉欲、愛欲とは恐ろしいものにございます。

さて、寒風が吹きすさぶ冬が嘘だったかのようなぽかぽか陽気に誘われたのか、吉原の中央を貫く、仲之町《なかのちょう》通りをサクサクと下駄の足取りも軽くやってくる姉《あね》さまがひとりおります。七尾《ななお》姉《ねえ》さんでございます。背丈は五尺四寸（約百六十四センチ）ほどといいますから、このころの女子《おなご》としては背丈がありまして、目立つことひと際《きわ》でございます。

しかも目元はキリッと涼やかで顎《あご》も細くて鼻筋もシュッと通っております。通りすがりの殿方は、どなたもが横目で見ながら通り過ぎたところで振り返るという別嬪《べっぴん》さんでございます。それも至極当然でありまして、十二年前までは吉原江戸町一丁目に構える大見世玉屋《たまや》の歴《れっき》とした昼三《ちゅうさん》でございました。昼三というのは花魁《おいらん》の位のことでございまして、一番上の花魁が「呼出し」、次が「昼三」、その下が「付廻《つけまわ》し」と格付けされておりまして、つまり上から二番目ということになります。いずれは「御職《おしょく》」と噂されておりましたが、二十七のときに落籍《らくせき》にいたりました。落籍とは身請けのことでございます。殿方に見初《みそ》められ、大金と引き換えに一本締めを背に聞きながら大門をめでたく出て行くことでございますが、めでたく出て行った女がなぜここにいるかと申しますと、人生山あり谷ありと様々でございます。已《や》むに已まれぬ事情がありまして、それについても追々解き明かされていくこととなっております。

十二年前に二十七歳であったということは勘定すればすぐに年ははじき出されますが、ここ吉原界隈《かいわい》の算術法は世間一般とはちょっと違っております。二十七に十二を加えても三十二にしかなりません。これを俗にサバを読むと申しますが、ここではそんなことはあったりまえのことで、しかもこれ以上には年を取らないことになっております。何年たっても三十二歳でございます。ですが、七尾姉さん、見た目にはもっと若く見えるから尚不思議でございます。二十七、八かと……。知らないお人に「この姉さんは大見世の御職様でございますよ」といえば大抵の方は鵜呑みになさることでしょう。ですが、最早、吉原では有名でございまして、だれも信じるお方はおりません。吉原七不思議なるものがあるのなら、七尾姉さんの若さの謎は上から数えて三つ目くらいには入るだろうと思うところでございます。噂では、若い男を囲って毎夜毎夜その生き血を啜って若さを保っているとか、はたまた、鬼と血書を交わして余命と引き換えに若さをいただいているとか噂されておりますが、本当のところは定かではございません。その謎も追々わかるやもしれませんが、わからないやもしれません。これ以上、年のことを詮索するのはどうかと思いますので先へ……。

七尾姉さんというのはその容貌が醸《かも》し出すそのままに、いかんせん気が強く、喧嘩を売って歩くことが趣味のような姉さんでございます。すぐにその正体がわかる一場面が繰り広げられます。お楽しみに。

仲之町通りを大門に向かってやってくる七尾姉さんのすぐ後ろに、風呂敷包みを抱えてトコトコと付いて来るおかっぱ頭の少女が見えますでしょうか。この娘はたまきと申しまして、年は十三で、七尾姉さん抱えの娘であります。この吉原では妓楼《ぎろう》に抱えられて姉さまの下で身の回りの手伝いをしながら一人前の遊女になる修行をする十歳前後の少女のことを禿《かむろ》と申しますが、このたまきはちょっと事情が違っておりまして、知り合いの三河屋《みかわや》という裏茶屋の主人夫婦から「どうせ遊んでいるんだから、行儀、作法でも教えてもらいんせ」と言われ駄賃程度の給金で小間使いをさせることで預かった娘でございます。吉原のしきたりもありますので、とりあえず禿という扱いにさせていただくことにいたします。この娘、おっとりしているものの、妙なところで機転が利くので七尾姉さんも結構気に入っております。ときどきカチンとくることを言って、叱責をいただいても、その場で反省した振りしながら陰でペロリと舌を出すような娘でございます。しかし、それくらいでないとここではやっていけません。悄気《しょげ》ているようでは使い物になりませんので。

今日はお日柄もよろしいのでたまきをともなって散歩がてらちらほら咲き始めた桜を見物しに七尾姉さんが大門を出ようとすると、その前に立ちはだかる不届き者がおります。門番の三吉《さんきち》さんでございます。大門を入ったすぐ右手には四郎兵衛会所がありまして、遊郭に雇われた監視役が昼夜詰め、遊女の逃亡を見張っているのでございます。

三吉さんが、剝《む》き出した毛むくじゃらの腕で六尺棒を翳《かざ》し、七尾姉さんの行く手を遮ったのでございます。当然、後に付いていたたまきもびっくりして立ち止まることとなります。

「おい、女、どこへ行くか？　行きたければ大門切手を見せぬか。素通りしようとは不届き千万」と三吉さんが獅子頭のように顎《あご》を突き出して詰め寄りました。女を食い物にしながらもこの横柄な態度です。不届き者に不届き者呼ばわりされて黙っているような七尾姉さんではございません。こんなときに七尾姉さんの気の強さが顕著に現れるのでございます。最初からこのようなことになることがわかっていてこちらから喧嘩を売ったようなものでございますが。右の眉毛が二度三度ぴくぴくと吊り上がります。気のせいでしょうか、どこかで法螺貝《ほらがい》が鳴りませんでしたでしょうか？　これが合図のようなものでございます。何かが起こる前触れでございます。これを見たら、ちょっと身を引くのが賢明かとご忠告させていただきます。

七尾姉さんは鼻息を一つ吐きそして大きく息を吸うとそれを吐き出すように言いました。

「大門切手なら見せてるじゃありませんか。目の前にあるじゃありませんか。そのシジミのようなちっちゃな目をひん剝《む》いてよく見なんせ」

七尾姉さんの、透き通って張りのある声は半町四方に響き渡ります。そこを行く皆が声の主を振り返ります。知らない人は何事かと思って集まります。知っている人は「またたよ」と思って通り過ぎます。

注目される中、三吉さんはぎょっとしながら呆気に取られながらもちっちゃな目をひん剝いてきょろきょろ見回しますが、そのようなものはどこにも見当たりません。大門切手とは手のひらほどの木の板からなる通行証でございます。帯にでも印籠のようにぶら下がっているのかと思って覗きこみますがそこにも見当たりません。

「ふ、ふざけるんじゃねえぞ。どこに見せてるんじゃ？　わしには見えぬぞ。からかうんじゃねえぞ」と、三吉さんはお役目柄、どぎまぎしながらも突っかかります。

「わたしのこの顔が大門切手でござんす」と七尾姉さんは平然と言って退けます。

「なんじゃと？」

三吉さんは呆気に取られて大きな痘痕《あばた》顔を近づけて覗きこみました。いくら近づけてもちっちゃな目はちっちゃな目ですが。「……ど、どういう意味だい」

「あんたの顔は一度見たら忘れない顔ですね。……ってことは、あんた新顔だね。だったらこれを機会にわたしの顔をちゃんと覚えておくんだね」

「……どっどっど、どういうことじゃ？」と怒鳴ったそこへ会所の中から古株の門番仁《に》助《すけ》さんが出てまいりまして三吉さんに耳打ちしました。何をひそひそしているかというのは大体わかります。「これが七尾だ。この七尾には逆らうんじゃねえ。絡まれると後が厄介《やっかい》だ。この顔だけは黙って通せ」とまあ、そんなことを耳打ちしているわけでございます。

吉原大門は、男の出入りは自由でございますが、女人の出入り、特に出るときは厳しく取り締まられておりました。所用で女人が大門を潜《くぐ》るときには、その折、大門の外にある切手茶屋と呼ばれる店で大門切手を手に入れなければ、入ることはできても、大門を出ることはできなかったのでございます。もちろん七尾姉さんは懐にちゃんと大門切手を携《たずさ》えております。ですが、あえて見せません。七尾姉さんの虫の居所がたまたま悪かったのか、毎度の便秘だったのかはわかりませんが、いらいらしていたことは間違いありません。十歳のとき江戸町一丁目の玉屋へ奉公に入り、一旦は出たもののそれから足掛け三十年。最下級の見世が軒《のき》を連ねる浄念《じょうねん》河岸と呼ばれる町の一角で、千歳楼《ちとせろう》という局見世《つぼねみせ》を営む楼主であり、その見世のたった一人の女郎でございます。長きにわたってここで生きてきて出入り一つ自由にならないことが癪《しゃく》であったのか、もしくはただの意地であったのか……。

七尾姉さんは何事もなかったかのように大門を潜って出ていきますが、その後を行くたまきは申し訳なさそうに、しかも丁寧にペコリと頭を下げて七尾姉さんの後について出て行きました。

七尾姉さんはちょっと気分が晴れた様子で、にこやかに山谷堀の桜見物へと向かいました。

「姉さん、わっちはいつも思うのですがね、もう少し穏やかにお話しされたらいかがでしょうか」とたまきは七尾の後ろ姿に言いますが、「いいんじゃよ、あれくらい言ってやらんとあの連中はすぐに付け上がるでな」と意に介しません。そんな七尾姉さんを憂いながらも頼もしく思うたまきでございました。

七尾姉さんが楼主を務める千歳楼は間口一間《いっけん》、三畳の座敷と小さな勝手場を備えた部屋からなる見世でございます。玄関の障子戸を開けると小さな土間があって、一段上がったすぐが座敷でございましてそこが閨《ねや》ともなります。奥の部屋は七尾姉さんの生活の場になっております。ここで生活しながらお客さまを待ち、そのお客さまをもてなし、そのお客さまと同衾《どうきん》するわけでございます。こんな小さな見世でさえもここ吉原に開き、営んでいくのは並大抵の苦労ではございません。それでもどうにかこうにか九年になります。

七尾姉さんが玉屋の花魁を張っていたことは前記いたしましたが、この河岸でなぜ見世を開くようになったかをご説明しますと、これもまた話が長くなるので端折《はしょ》ってご説明しますが、要《よう》は、七尾姉さんは、材木問屋のご隠居八郎兵衛《はちろべえ》さんに落籍されたまではよいのですが、一年もたたずしてご隠居さんにポックリ逝かれ、その後、その親族から疎《うと》ましく思われて別宅から追い出され、行き場所がなくなったから舞い戻ったという次第でございます。ご隠居さんは万が一のためにと少々まとまったお金を残してくれておりましたので、当初は、一杯飲み屋でも始めましょうかと思いましたが、十歳で妓楼へ売られ……奉公に入り、それ以来、二十年近く吉原で生きた女が娑婆《しゃば》で生きていくには何かと不便があります。と申しますのは、つまり価値観の相違でございまして、何から何まで豪華な物に取り囲まれ、ちやほやされたり、時には家畜のように扱われたりと、つまり、生きる術はおろか人としての自覚すら心得ておりません。ですので一旦は出たものの舞い戻る女は数多《あまた》おりまして、七尾姉さんもそのような事情から元の木阿弥となった次第でございます。左隣りで笹屋《ささや》を営む広江《ひろえ》姉さんもそうですし、その二軒隣で菊屋《きくや》を営む柏木《かしわぎ》姉さんもそうでございます。河岸見世の大半の女は一旦は出たものの何らかの事情で舞い戻った女郎ばかりでございます。ですが大見世で花魁まで張った女郎が河岸に見世を出すというのはちょっと珍しいかもしれません。というのも、花魁まで張ったわけでありますから、読み書きはもとより小唄、三味線、算術、囲碁、将棋、占いから天文、砲術、馬術、剣術、時計カラクリまでありとあらゆる芸と教養を身につけております。それに加えて美貌と気風のよさから周辺の女郎衆からは一目どころか二目も三目も置かれる存在でありまして、まさに「掃《は》き溜《だ》めに鶴」でございます。それだけの術を習得していればなんとか娑婆でも生きる術はありそうなものでございますが、七尾姉さんの場合、それに加え勝気が仇《あだ》となるのかもしれません。

いえいえ、舞い戻った理由《わけ》というのはそれだけのことではありません。七尾姉さんにとって、とても心残りなことがありまして、それをそのままにしておくことができなかったようでございまして、さてそれは何でありましょうか？　それに関しては七尾姉さん、なかなか口を割ってくれません。それも吉原七不思議のひとつなのかもしれません。

……そんな理由《わけ》でありましょうか、ここでは何かと相談を持ち込まれることが多くありまして、たとえば、「藁《わら》人形の作り方教えてくださいまし」なんて相談を受けたこともありまして「そんなものに効き目はありませんよ」と言いながらも懇切丁寧に教えて差し上げたようでございます。実は、七尾姉さんも以前に一度、試してみたことがあったわけで、そのときにはなんの効き目もありませんでしたので、その効力のほどを心得ていたわけでありました。それでも相談に来た女郎さまは満足だったようで、すっきりした様子で徳利《とっくり》を携えて礼に来られました。また、「スズメの捕まえ方を教えてくださいまし」なんていう禿からの相談には「鳥黐《とりもち》を使うといいですよ」と幼いころの記憶を頼りに教えてさしあげましたところボーロのおすそ分けをいただきましたし、「殿方を振り向かせる呪文でもあれば教えてくださいまし」などという真摯《しんし》な相談には、「呪文とな？　呪文は知らんが、その殿方の背中に向かってチューチューとネズミの鳴きまねをするとよいぞ」などと教えてさしあげたところ、願いが成就したとのことで千成屋《せんなりや》の大福餅をお礼にいただいたこともあります。

七尾姉さんが一声掛ければその節世話になった女郎衆が大挙して押し寄せることとなります。門番の仁助さんが言う「逆らうと厄介《やっかい》だぞ」という意味がこのあたりにあります。ですが、いくら女郎衆の相談に乗ったからといってもほとんど金にならないのが悩みの種でございまして、これぱっかりはどうにもなるものではございません。

《二》

桜見物から帰った七尾姉さんは、近所にある富士の湯へ行って汗を流します。既にお昼を回ったころでございまして由緒正しい見世であれば昼見世が始まるころでありますが、昼見世などというのはどこも暇でありまして、ましてや河岸の隅にある千歳楼のような局見世は、開けても客などめったにお見えになられません。戸を開け放って留守にしていても泥棒にさえ入られたこともございませんので却って気が楽でございます。ですが、情けない気持ちにもなります。その狭間で七尾姉さんに限らず、このあたりの女郎は、みな健気《けなげ》に生きております。憂さ晴らしに、道に迷って紛れ込んだどこぞの禿の簪《かんざし》を引き抜いて「へえ、こりゃ玉簪だね。しかも、珊瑚《さんご》じゃないかね。この禿さまはどこの禿さまだね」などとからかったりしまして、時には後を追っかけてきた見世番とひと悶着なんてこともありますが、そんなことはさておき……。

七尾姉さんは、富士の湯から帰って間口一間《いっけん》の見世の戸を開け放つと座敷に座って火照りを冷ましながら客様が訪れるのを待ちますが、人っ子ひとり、猫の子一匹、尺取虫一匹通りません。しかし、そんなことは珍しくもありませんので溜息《ためいき》も愚痴《ぐち》すらも出ませんで、開き直って、暇つぶしにたまきを相手に双六《すごろく》でもしようかとあたりを見回しますが、こんなときに限って姿が見当たりません。たまきは桜見物から戻ったとたんに姿を消したようでございます。一言言ってから姿を消すのならまだしも、勝手にいなくなると無性に腹が立ち、「躾《しつけ》のやり直しじゃな」などと思う昨今でございます。いらいらがぶり返してきそうな気配が始まったころ、ぱたぱたと草履《ぞうり》で駆ける足音が近づいてまいりました。この足取りは、何か面白いネタを仕入れたときの足取りであることがわかります。足音のぱたぱたが「大変じゃね、大変じゃね」に聞こえてくるからおかしくなります。すぐに鼻の穴を膨《ふく》らませたたまきの顔が飛び込んでまいりました。

「なんじゃね？　何か起こったんかね？」と七尾姉さんが冷静を装ったまま聞きました。ですが、たまきの「えらいこと」といっても些細なことが多いので期待半分で聞いたほうがよいことも経験で心得ております。カラスと猫が喧嘩してても、軒先にヘビが絡み付いていても大変なのでございますから。

「へえ、えらいことです、姉さん」と言いながらたまきは息を整えます。

今回の大変というのは、たまきによるところでございます。九郎助《くろすけ》稲荷の前で玉屋の八汐《やしお》花魁が半狂乱で騒いでおりまして、見世の若い衆に取り押さえられたとのことでございます。

たまきは話を端折《はしょ》りすぎますのでもう少し詳しく申し上げますと、たまきが桜見物から帰ると、約束してあったことねちゃん……ことねちゃんというのは雷屋《いかづちや》という中見世の禿で、たまきと同い年の友達でございます。このことねちゃんと九郎助稲荷の前で待ち合わせをしておったそうでございます。大好きなおはじきをもらう約束をしていたのでございます。

吉原は四角い形をしていることは前にも述べさせていただきましたが、その四隅にはお稲荷さんがそれぞれ祀《まつ》られておりまして、大門から見て左側の奥に九郎助様が鎮座しておられます。このお稲荷さんは縁結びにご利益があるということで吉原の女郎衆には絶大な人気がございました。

たまきとことねちゃんが待ち合わせて、ちょうどおはじきをもらって、たまきがそれを陽に翳《かざ》して「きれいじゃね、きれいじゃね、こっちの方がもっときれいじゃね」などと見比べて感嘆の声を洩《も》らしてにんまりしているところへ髪を振り乱してやってきたのが八汐花魁だったそうでございます。

八汐花魁は、七尾姉さんが十二年前までご厄介になっておりました玉屋の現役の花魁で、しかも吉原でも評判の花魁でありまして、彼女を描いた錦絵は浅草界隈では一番人気であるそうでございます。その花魁がそこへ来るや否や、狂ったように騒ぎ始め、石つぶては投げるわ、どこから持ち出したか四尺はあろうかと思われる丸太棒《まるたんぼう》を振り回してお社を叩くわ、賽銭箱《さいせんばこ》はひっくり返すわで、それはそれは大騒ぎであったそうでございます。騒ぎを聞きつけて駆けつけた玉屋の若い衆によってもなかなか手がつけられず、頭を小突かれてひっくり返るやら、股間を蹴り上げられて飛び上がるやら、横っ面を引っ掻《か》かれて悲鳴をあげるやらで、散々であったそうでございます。

大立ち回りの末、ようやく取り押さえられて、ボロ雑巾のようになった八汐花魁は引きずられるようにして連れ戻されていったそうでございます。

「あれま、八汐さん、気が狂《ふ》れたんかね？」

七尾姉さんがたまきに聞くと首を傾げますが、こんな所に長くいれば気が狂《ふ》れてもなんらおかしくはありませんし、事実、七尾姉さんはそのような女郎さまもたくさん見てまいりました。

「春じゃからな……何といって叫んでいたんじゃね？」

「へえ、嘘つきとか、金返せとか……後は何を言っているのかわかりませなんだよ」

「なんじゃね、ご利益がなかったことの逆恨みかね。大方そんなもんじゃ。でもあの八汐さんがね……やっぱり春じゃからかね？」

たまきのネタは、なんだか今回もハズレのようでございました。

三日ほど日照りが続いて……日照りというのは客がなくて実入りがないことをいいます。日照り続きの田んぼでカエルが干からびそうになって喘《あえ》いでいる光景を想像していただければ良いかと存じます。七尾姉さんは、今まさにそんな塩梅《あんばい》でございます。笑い事ではありません。……こんなことがあと三日も続くと自棄になって深酒になり、四日目には正体不明になるまで飲み、朝には生きているか死んでいるかさえわからないほど悪い気分の目覚めとなります。気分が悪いのだから生きているにちがいないとお思いになる方もございましょうが、糞尿地獄で糞尿に塗《まみ》れてもがいている夢を何度も繰り返し見ておりますとそれこそもう死んでいるような気分でございましょう。前回の日照りには、目が覚めたとき、おいたわしく一夜で十歳も老け込んだようなお顔になっておられました。その疲れた顔を見ながら、七尾姉さんはもう見世を畳もうかと思ったりもしましたが、やめてどうするかといえば他にできることなどございませんし、後にも引けず先にも進めずの雪隠詰《せっちんづ》めにされたような気分となっておられたようでございます。結局、寝ても覚めても踏んだり蹴ったりなのでございます。とにかく、まずは酒を、金輪際飲むのをやめようと思った次第でございます。もう何百回とした決意ではありましたがそう続きはいたしません。精々二日、悪くすれば半日で断念となります。こんなときには勝気とは裏腹に、己《おのれ》への甘さが顕著に現れるのでございます。他人に厳しく、己に甘いという、まあ、身勝手な性分といってしまえばそれまででございますね。こんな七尾姉さんなのでございます。

豆腐屋や魚屋が天秤棒《てんびんぼう》を担《かつ》ぎ、声をあげながら通る様子から察すると、もう朝四ツ（午前十時ごろ）のようでございます。たまきはまだ来ておりません。客様がないときには雑魚寝していくこともありますが、七尾姉さんが今夜は自棄酒《やけざけ》じゃと息巻くときはとっとと帰っていきます。酔っ払いの愚痴《ぐち》を聞かされる辛さを、十三にして知ったようでございます。「主人の愚痴を聞くのも奉公人の役目じゃろ」と七尾姉さんは天に向かって叫びましたが鹿十《しかと》させていただきます。

ぱたぱたと草履《ぞうり》が駆ける音が近づいてまいりました。たまきがまた新しいネタを仕込んできたに違いありませんが、それを聞く気分ではありません。居留守でも使おうかと思ってもたまきにはもはや通用しません。

「姉さん、姉さん。大変じゃよ。開けてよ。深酒して気分が悪いのはわかっておりますがね、今度は本当に大変なんじゃよ」

たまき自身もネタがはずれることをよく自覚しているようで、前回のはずれを反省してのネタ探しをしてきた様子でございます。七尾姉さんが戸を開けると鼻の穴をおっぴろげて興奮するたまきの顔がありました。

「大変なんじゃよ」

「もうちょっと小さな声で喋らんかね。お頭《つむ》がズキズキするんじゃね」

「あい、わかりんした。でも大変なんじゃから」

たまきは興奮のあまり、声の音量は下げられないままでございました。ちょっと気を取り直して話し始めたたまきによりますと、秋葉常灯明《あきばじょうとうみょう》の裏で人が真っ黒けに燃えてえらい騒ぎであったとのことでございます。そのあたりには人だかりができて通るに通られず引き返して別の道を通ってここまでやって来たとのことでございました。

「真っ黒こげじゃとな？」

それにはさすがの七尾姉さんも耳を疑いました。「なんぜ真っ黒こげなんじゃね？」

「燃えたようでございますよ」

「それはわかるわな。なぜ燃えたのかを聞いておるんじゃよ。そう簡単に人は燃えんじゃろ」と七尾姉さんは聞きながらもお頭がズキンと脈打ちました。

「今、番屋のお役人が来て、それをお調べなさっておられますよ」とたまきは言います。

「まだ何もわかっておらんのかね。もう少し、何か聞いて来なさいよ」

「あい」と申し訳なさそうに言うも、たまきはなんだか嬉しそうに顔をほころばせながら走っていったのであります。たまきの好奇心も使いようによっては役に立つことを心得ております。

七尾姉さんは、そういえば、昨夜の夢うつつの中で、なにやら外で騒いでいたなと薄ぼんやりと思い出しました。

秋葉常灯明というのは大門から正反対の水戸尻《すいとじり》と呼ばれるところ、つまり、仲之町通りの突き当たりの秋葉権現様を祀るご灯明のことでございます。ここには青銅のりっぱな灯籠《とうろう》が鎮座しておりまして、いつも灯明が灯されております。この火が消えると吉原が火事になると言われておりますので火が絶やされることはありません。そのそばで人が燃えて死んだというのですから穏やかなことではありません。

「死んだのかね？　真っ黒こげとのことじゃから、それで生きていたら、それこそ恐ろしいわな。死んだということでいいんじゃろな」と七尾姉さんは勝手に納得しました。

七尾姉さんは、やだやだ変なものを思い出しちまったと顔を顰《しか》め、こみ上げる虫唾《むしず》を飲み込みました。なぜかと申しますと、吉原とはその歴史の中で二十回以上も全焼火事を起こしておりまして、この数年前にも全焼火事があったのでございます。七尾姉さんは難を逃れて無事でありましたが、そのとき逃げ遅れた女郎の焼死体数百が次々に運び出されてゆく光景をまざまざと蘇《よみがえ》らせたのでございます。そのときの様子を詳細にお話しいたしますと気分を害される方がいらっしゃると思いますので詳しくは申しませんが、思い出すのも憚《はばか》られる光景でございます。とにかく、人が丸焼きになった様子などというのは見た目よいものではございません。しいて挙げれば焼きすぎた大きなサツマイモをご想像いただければよろしいかと存じます。あの様子を見た直後に焼きイモを口にできるお人はよほど無神経なお人か、食い意地の張ったお人でございましょう。それはともかく、防火の神様の足元で焼死などというのはやはり穏やかでありません。権現様の祟《たた》りなのか、それとも霊験の無さなのかと噂が広まるのは遅かれ早かれ間違いないことでしょう。

一時《いっとき》（約二時間）ほどしてたまきが鼻息を荒らげて戻ってまいりました。そのころには七尾姉さんの二日酔いもやわらぎ、落ち着いて話が聞ける体調に戻っておりました。長くこのようなところで生きていると立ち直りも早いということでありましょうか。そこでたまきの話をじっくり聞きますと、驚くことばかりでございました。

たまきの地獄耳と蚤取り眼《のみとりまなこ》によりますと、人が燃えているとの知らせが番屋に届いたのは暁《あかつき》の七ツ（午前四時ごろ）のことだそうでございます。夜当番の目明し、文吉親分《ぶんきち》がうとうとしているころだったそうでございます。……ちょっとここで寄り道させていただきますと、文吉親分というのは吉原番屋に雇われている親分さんですが、まちがってもモン吉親分とは呼ばないでください。なぜかご本人も怒り心頭に発しますので重々心しておいていただきとう存じます。また、この親分さん、決して悪いお人ではございませんが、弱いものにはめっぽう強く、与力、同心などの旦那衆にはへこへこするというたってわかり易い性根でございます。しかし、これは生まれつきのものでございますのでいたしかたありません。話は戻ります。

この文吉親分、番屋の戸を叩く音にびくっと目を覚まして「何事でえ？」と言いながら口元の涎《よだれ》を拭きながら戸を開けますと、吉原スズメと呼ばれる通人のひとり、章介《しょうすけ》という男が慌てふためいてなにやら言いたげに口を動かしますが、さっぱり要領を得ません。申し遅れましたが、文吉親分の詰める番屋というのは大門を入ってすぐ左手に構えております。四郎兵衛会所の向かい側ということになります。南町奉行所の隠密廻りの与力や同心、目明しらが詰め、出入りする客の顔を見、それが手配者ではないか、または挙動に不審はないかを監視しておりました。ここ以外に遊郭の板塀沿いの数箇所にも番屋が設けられていて、常時、当番の者が詰めておりました。その一人が目明しの文吉親分でございます。

文吉親分が外へ出て目抜き通りである仲之町通りの突き当たりを見ると、その方向でなにやら燃えるものがあります。

「火事か？」と詰め寄ると章介は首を振ります。「じゃあ何でぇ？」と問いただします

と、ようやく言いました。

「ひ、人が燃えてるんじゃ」と。

「じゃあ、消さねえか」とどやし付けながら秋葉常灯明まで駆け出しました。そこまでは二町（約二百二十メートル）ほどあります。

息を切らしながら秋葉常灯明まで来たときにはもう既に下火になっておりましたが、そのまま燃え尽きるまで放っておけませんので、溜め水を探しますが、近くには見当た

りません。秋葉権現さんは防火の神様でございますから溜め水を置けば霊験を疑うとのことから近くには置いてありません。仲之町を半町（約五十五メートル）ほど戻って溜め水を見つけ、ようやく水桶《みずおけ》に水を汲み、息せき切りながらぶっかけようとするころにはほぼ燃え尽きており、煙が立ちのぼるような状態でございましたが、それでもとりあえず水をかけて遅まきながら消火したという次第でございました。焼けた骸は男か女かも判断できぬほどに燃え尽きた有様だったそうでございます。そのとき文吉親分の脳裏に浮かんだのは、人というものはこれほどまでに燃えるものだろうかという自問でございました。文吉親分が、ひょっとするとと思い、鼻を近づけてみますと油の匂いがします。油をかけて火を付けられた、または自分で火を付けたのではあるまいかと文吉親分は直感いたしました。自らの行為なのか、他人による行為なのかは判断しかねるところでございますが、とにかく探索の必要はあると結論付けました。しかし、「困ったぞ」と文吉親分は腕を組んで呟《つぶや》きました。身元がわからぬでは探索のしようがありません。さてどこから手を付けようかと考えあぐねているうちに日が昇って徐々に明るくなり、よくよく見ると燃えた髪の中に象牙の櫛《くし》らしきものが残っておりました。煤けてはおりますが、蒔絵《まきえ》が施《ほどこ》された見事な櫛でございます。

「櫛か。では女か？　しかも象牙らしい。女郎か？　鯉蒔絵の上物じゃねえか」

象牙の櫛といえば最高の代物でございまして、なかなか下級女郎の手に入るものではございませんで、ということは限られた女郎衆の持ち物でございましょう。文吉親分はまずはそれを手がかりに探索を始めようと考えたのでございます。吉原には大小数百の妓楼がありまして、そこに籍を置く女郎は三千とも四千とも言われておりました。その中から象牙の櫛だけで身元を探し出すことができるものかとの疑問もありましたが、これが呆気なく見つかったのでございます。当然といえば当然で、抱えの娼妓《しょうぎ》が一人いなくなれば大騒ぎするのが妓楼でございます。焼死女郎の噂は瞬く間に吉原中に広がり、すると半時もたたないうちに「うちの妓《こ》が見当たりません。ひょっとしたら……」と番屋に大汗搔き搔きやってきたのは玉屋の遣り手お梅でございました。遣り手とは一般的には遣り手ババアと呼ばれます。大抵は、これも元女郎で見世のことを隅々まで知り尽くした女がこの役に就《つ》き、妓楼を回していくわけでございます。アメとムチを巧みに使い分けて女郎を使い回していくわけで、大変骨の折れる仕事ではございますし、また、憎まれ役でもありました。

顔を確認するかと問われてお梅が恐る恐る見るも、煤《すす》けたお地蔵さんのようで、容姿などまったく判別できるものではありませんので、手渡された象牙の櫛を見て、「これは間違いなく八汐花魁の櫛でございます。花魁に昇格したときに米問屋、会田屋《あいだや》の若旦那益三《ますぞう》さまから送られたものでございます」と答え、間違いないかとの問いにお梅はコクリと頷きました。

身元がわかったと同時に騒ぎはますます大きくなりました。八汐花魁といえばつい先日も九郎助稲荷の前で騒ぎを起こした一件は耳に新しいことでございます。それもあいまってか、玉屋だけでなく、吉原中が蜂の巣を突っついて火を放って水をぶっかけたような騒ぎとなりました。

それを風の噂に聞いた七尾姉さんは思いふけった表情から「ときね……」と呟いたきり暗い顔をして俯きました。

「祟《たた》りじゃね。きっと祟りじゃね。おそろしや、おそろしや」とたまきは身を強張《こわば》らせると仔犬のように身を震わせました。「だってそうでしょ。九郎助様に無礼を働いたから焼き殺されちまったんじゃよね。これを祟りと言わずしてなんと言いますかね。ねえ、姉さま」

「九郎助様と秋葉権現様は違うじゃろ」

「きっと親戚なんじゃよ。だから『わしがお灸を据えてやろう』と言って灯明の火を付けたんじゃよ。その火が付いて燃えちまったんじゃよ」とたまきは腕組みをして勝手に頷きます。

いつの時代でもこれくらいの女子《おなご》というのはこの手の話が好きなようで、怖い怖いといいながらそれに自ら首を突っ込んでいくものでございます。たまきも然《しか》りでございます。

さかのぼれば八汐花魁と七尾姉さんとは強い縁によって結ばれておりまして、ほんとうのところ、他人事ではございません。というのは七尾姉さんが玉屋に抱えられていたころ、座敷持ちから花魁の付廻しに昇格して初めて抱えの禿となったのがときねでございました。それが後の八汐花魁でございます。確か、出羽の国（秋田・山形）の山の中、大久保村から身代金《みのしろきん》六両二分、年季二十八歳八月末日までという契約で玉屋へ奉公に出されてきたときには、それはもうみすぼらしい娘でございました。やせ細っていながらも目だけがぎょろりとしていて、あたかもガガンボのようでございました。ガガンボとは大きな蚊のような虫のことでございます。典型的な栄養不足でございまして、ほっておけばもう一日、二日で押っ死ぬにちがいないと思わせる風貌でございました。抱えられた禿は姉女郎に衣食住の一切合財の面倒を見てもらいます。姉女郎としては並大抵の苦労ではございませんが、その後、七尾姉さんのおかげか、本人の生命力の強さか、みるみる健康的に成長なさいました。もっとも、客様の料理をつまみ食いする場面なども何度か見つけ咎めたこともありますので、生への執着もそれなりに心得ていたようでございました。中でも、出し巻き卵には目が無いようで三切れ盛られた出し巻き卵の一切れをくすねた時にはさすがに七尾姉さんも堪忍袋の緒が切れまして、客様の前でありましたが、ときねの襟首《えりくび》をつかむとそのまま奥座敷まで引きずって行って布団《ふとん》巻きにして押し入れに放りこんだこともあったそうでございます。そんなことが昨日のことのように思い出されます。ときねはそんなことを繰り返しながらも七尾姉さんの下で成長なされました。もともと利発であったこともありましょう、稽古、習い事、行儀、作法もてきぱきと習得なされ、十四になるころには新造でありながら「水揚げは俺に任せてくれねえか」などという贔屓《ひいき》の客が付いておりました。そんなこともありまして、七尾姉さんは玉屋を出るまで、自慢の抱えとして、妹のようにかわいがっておられました。その後、とんとん拍子に出世なさいまして、人気花魁まで上り詰めたのでございます。そのときね、いえ、八汐花魁が焼け死んだというのですから、しばらく疎遠になっていたとはいえ、七尾姉さんの落胆振りはいかばかりでありましょうか。

七尾姉さんは天袋に隠してあった徳利を取り出すと茶碗に酒を注ぎ、流し込むように飲み始めました。ただでさえ飲むことが好きな七尾姉さんですから、こんなときこそ飲まずにはおられません。怒りと悲しみを酒の酔いで振り払うのでございます。気持ちはわかりますが、二日酔いに向かい酒の様になっております。明日が大変でございます。

ところが、七尾姉さんは一向に酔いが回りません。酔うどころか目が冴えるばかりでございました。

七尾姉さんは「下手人はだれじゃね？」とたまきに詰め寄りますが、たまきにわかるはずもありません。たまきは首を横に振るばかりでございます。

「もう一度、行って、聞き込んで来なさい。よいネタを手に入れられなかったら帰ってこなくてもいいですよ」

いつになく強い口調で言われ、たまきは戸惑いながらも「あい」と返事して千歳楼を掃き出されるようにして出て行きました。

しかし、たまきもどうしたらよいのかわかりません。禿なりに「さて」と考えました。なにかと機転の利くたまきでしたが、なかなかよい方策が見つかりません。玉屋へ乗り込んで女郎衆や若い衆に「何か教えてくれんかね」と言ってもおいそれと教えてくれるわけもなく、鹿十《しかと》されるのが落ちでございます。散々考えた挙句《あげく》、とりあえず番屋へ行ってそこでのやり取りを盗み聴きしようと思いました。たまきは我ながらよい方法を思いついたもんだとにんまりいたしました。

番屋の前で人を待つ振りをしながら戸口に耳を近づけ、中の話に聞き耳を立てます。

ちょうどよいところへ来たようで、番屋の中では文吉親分が遣り手のお梅に八汐花魁の前日までの様子を問いただしているところでございました。

「へえ、そのことなんですけどね、八汐はここんところ様子が変でしてね、妙なことを口走ったり、しでかしたり、なんだか物の怪《け》に憑《つ》かれたか気が狂《ふ》れたようでありましたね」

ここのところ変というのは、数日前の九郎助稲荷での一件のことでありましょう。おそらくそれ以外にも見世の中でいろいろと騒ぎを起こしていたようでありました。そのようになった理由に何か心当たりでもあるかと文吉親分が問い詰めると、お梅は戸惑いながら答えました。

「へえ、朋輩《ほうばい》らの話から察するに、実は相当に入れ込んでいた情夫《まぶ》がいたらしいのですが、どうやらそれに振られたようでありまして、そのころから様子が変になったとか」

「その日、八汐は一日、何をしておったか詳しく話してみろ」と文吉親分がお梅に詰め寄ります。

「へえ、身揚《みあ》がりして寝ておりました。前日から気分がすぐれないというので、良庵《りょうあん》先生からいただいた、薬を飲んで自分の部屋で寝てすごしていたはずでございます」

「寝てすごしていたはず？」と文吉親分がお梅を睨みつけました。

身揚がりというのは自分で自分を買ってお休みをいただくことでございます。いくら体調がすぐれないからといって勝手に休むことが許されないのが吉原でございます。身揚がりをすると、見世が得られたはずの売り上げ料が借金に上乗せされるという、とことん見世に都合のよい制度になっておりました。

「最後に八汐を見たのはいつだ？」と文吉親分が聞きます。

「へえ、引け四ツ（午前零時ごろ）でございます。様子を見ると、よく寝ていたのでそのままにしておきました」

「ではその後、見世を抜け出したことになるが。だれにも見咎められず抜け出すことができたわけか？　玉屋というのはそれほど無用心な見世か？」

「いえ……」とお梅は反論しようとしますが、そこからの言葉が出てきません。事実、人一人が知らぬ間に抜け出しているわけでありますから強く否定することができません。

「用心はしておりますが、隙を突かれれば……」とお梅はもごもごと口を濁してしまいました。

「それで、油をかぶって火を付け自害したということか？　しかし、解せんことがありすぎる。女が自害するとき、自らに火を付けることなどあろうか？」

文吉親分は厳《いか》つい顎を掻きながら天井を見上げました。「蜘蛛《くも》が巣をこさえてやがる……」

女が自ら命を絶つ方法で多いのは井戸に飛び込む方法であります。その次は首を括る方法、そして刃物で喉《のど》を突く方法であります。刑罰で火炙《ひあぶ》りというものがありますように、火で焼かれるというのはもっとも苦しいものと考えられております。果たして、そのような手段を選ぶものかと文吉親分は考えたのでございます。顔に似合わず細かなところに気づく文吉親分でございました。

戸口で聴いていたたまきは「ありゃま」とがっかりしました。色恋の末のご乱心が原因らしいとのことで、この吉原では掃いて捨てるほど同じような話はあります。もっともありふれた話といって差し支えありません。たまきに限らずがっかりするはずです。もっと深い、天地を揺るがすような途轍もない事情があるものとばかり期待していたのですが、全くもって外れたようでございます。思わず溜息が洩れてしまいましたところ、その溜息が文吉親分の耳に入ったのでしょうか。

「だれでぇ、そこにいるのは？」と戸が勢いよく開けられました。二人の顔がばったりとにらみ合いました。「……お、おまえ、そこで盗み聞きしてやがったか？」

たまきもびっくりしましたが、そんなとき咄嗟に機転の利くのはたまきの良いところ。

「いいえ、落とし物をしたので探していただこうかと思いまして。たった今、ここへ伺ったところでございます」と、お得意のでまかせを申してみました。

「……お、落とし物？　何を落としたんだ？」

「へえ、簪《かんざし》でございます」

「……簪？　簪くれえ、てめえで探しやがれ」と文吉親分は震える声で怒鳴り、ぱしゃんと戸を閉めました。

たまきはほっと胸をなでおろしました。話は続きましたので続けて耳を傾けました。

「八汐を袖《そで》にした情夫というのは一体だれでぇ？」と文吉親分の尋問が続きます。

「へえ、それが、見世の女にいろいろと聞いて回ったのですが、よくわからないのでございますよ。よほどうまく逢引していたようで、だれ一人として相手のことを知る者がおりません」

文吉親分はちょっと考えると、一つ見当をつけてみました。「ひょっとすると、その情夫が別れ話の縺《もつ》れから八汐を焼き殺したかもしれんな。なにかわかったらすぐに伝えろ。隠しだてすると、ここらで商売できなくなるからそう思え」

「隠しだてなど、めっそうもござんせん……」

文吉親分は探索を、八汐花魁の情夫の洗い出しに絞ることにしたのはいいのでございますが、そこで気になってもう一度、番屋の戸を開けてみましたところ、やはりそこにたまきが立っておりました。

「やっぱりおまえ、立ち聞きしてやがったな」と文吉親分は拳を振り上げましたが、たまきは平然と「いえ、今、来たところでございます。簪が見つかりましたので、お知らせにまいりました。お騒がせしました」とぺこり頭を下げてたまきは番屋を後にしました。

《三》

たまきは聞き込んできた話をところどころ膨らませながら七尾姉さんに話します。膨らませるところは七尾姉さんにはもうわかりますのでそのところは省いて聞くことに慣れております。七尾姉さんは酔った頭ではありますがいろいろと考えて、「解せんわね」と呟きました。しかし、解せないところというのは文吉親分とは違っておりました。文吉親分の解せぬところというのは自害と仮定した場合、果たして自らに火を付けるものかというところでありまして、解せぬので情夫に殺害されたにちがいないとそちらへ探索の舵《かじ》を切ったのでありますが、七尾姉さんは、花魁の地位にまで昇進した女子が、傷心くらいのことで焼身などするわけはなかろうに、というところでございました。駄洒落のようでありますが、そんなことで命を灰にしていたなら命など二十、三十あっても足りなくなるのがここ吉原でございます。そしてもう一つ、八汐花魁は男に焼き殺されるほど間抜けではないこともよく存じ上げております。一見、しとやかな容貌をして大人しそうでございますが、したたかさも兼ね備えております。七尾姉さんは忘れもしません。客様から頂いた常盤堂《ときわどう》の雷おこしが忽然と消えたあの一件を……。きっと、いえ、間違いなくときねの仕業に違いございません。七尾姉さんは大好物の雷おこしをあてにしてお茶を啜《すす》るのを楽しみにしていたのでございますが、いざ、いただこうとしたところ、七尾姉さんの座敷の簞笥《たんす》の引き出しから忽然と消えていたのでございます。悪夢を見ているような気分で目を疑ったのでございました。刹那《せつな》、ときねの顔が浮かんだのでございます。ときねに違いないと確信をし、ときねの頬《ほお》を抓り上げ厳しく問い詰めましたが、頑《がん》として認めません。その顔には「そうでありんす。おいしくいただいたでありんす」とはっきりと書いてあるのですが認めることはありませんでした。結局うやむやになってしまいましたが、今でもそのときの腹だたしさが蘇ってきては夜中、時折飛び起きるのでございます。「ときね……ときねに違いないわね……」

その件は置いておくことにしまして……。

お梅の話によれば、引け四ツ（午前零時ごろ）までは八汐花魁の部屋で確認されていたわけでありますから、姿を消したのはそれ以降となります。大引け（午前二時ごろ）には大門と木戸はすべて閉じられます。仲之町から他の町へ通じる角には木戸がありまして、閉じられると自由に出入りすることはできなくなります。これも遊女たちの逃亡を防ぐためのものでございました。もっとも、木戸の横には小さな扉がありまして、木戸番に頼めば開けてもらうことができるようになっておりました。つまり、引け四ツから大引けの一時《いっとき》（約二時間）の木戸が閉められる前に八汐花魁は玉屋を抜け出して秋葉常灯明まで行ったことになります。それ以降に木戸を潜《くぐ》ったのであれば木戸番からの話も聞けたはずですが、八汐花魁を通したという話はいまだ聞こえてはきません。

番屋に知らせがあったのは暁の七ツ（午前四時ごろ）であります。しかもその時点で相当に燃え、消えかかっていたということでありますから少なくとも半時《はんとき》（約一時間）より前から燃えていたことになるでしょう。油をかけられたからといって半時で人が丸焼けになるかどうかは定かではありません。こればっかりは試してみることはできませんので、あくまでも仮定としてお話を進めることといたします。つまり、大引けより後に火が付けられたと推測できます。まとめますと、引け四ツに八汐花魁の姿は確認できております。大引け以降半時に火が付けられたようでございます。そして暁の七ツに番屋へ知らせがありました。……とまあ、いまのところこれだけが事実として浮かび上がっております。

　ここでまた解《げ》せぬことがいくつか出てまいりました。引け四ツから半時までの間に八汐花魁が通りを徘徊していたのであれば、たとえ夜中で人通りが少ないとはいえ、女郎を目当てに入場している男の目が見逃すはずもありません。秋葉権現様のあたりはみな寝静まっておりますが、妓楼の集まるあたりは夜中でも行灯《あんどん》の明かりが灯る不夜城でございます。花魁とは他の女郎とは容姿、仕草は別格で、とても人目を避けて徘徊できるものではありません。今後の探索の結果、見た者が現れないとも限りませんので、ちょっと気に留めておくとよいかと存じます。

　ですが、その後、文吉親分がいくら足を棒にして探索しても八汐花魁の情夫の影は出てまいりません。ひょっとすると一件は、情夫が原因ではなく、世を儚《はかな》んでの自害であったのではないかと文吉親分の推察は傾きかけておりました。

　八汐花魁の一件から二十日ほどたったころのことでございます。いつもに増して騒々しい足音がしましたかと思うとたまきが千歳楼へと走り込んでまいりました。八汐花魁の一件も片付いていない最中《さなか》に何とも忙しいことでございましょうか。

「姉さま、大変じゃね。また燃えたそうじゃよ。やっぱり祟りじゃね」

再び秋葉権現様の裏手で焼死体が発見されたそうでございます。今度は松葉屋《まつばや》という中見世の座敷持ちの女郎三芳《みよし》さんの焼死体であったとのことでございます。座敷持ちというのは、部屋と座敷の二部屋を宛がわれた比較的上級の女郎さまのことでございます。たまきの話によれば、八汐花魁のときと全くといってよいほど同じ件《くだり》でございました。

「三芳さんも九郎助稲荷様に無礼を働いたのかね？」と七尾姉さんはたまきに聞きます。

「それは聞いておりませんが、何か悪口でも言ったのを聞かれたんじゃないでしょうかね。おそろしや、おそろしや。ナンマンダブ、ナンマンダブ」

七尾姉さんは座敷持ちの三芳さんとは何の面識もありませんので容姿、素性についての知識は持ち合わせておりませんが、八汐花魁の一件とつながりがあるにちがいないと睨みました。まあ普通に考えればだれでもそのように考えるでしょうけどね。

たまきに限らず吉原のあちらこちらに「権現様の祟りじゃ。お稲荷様の祟りじゃ」と言い出す輩《やから》がおりまして、それが次第に広がっていくのが七尾姉さんにもわかりました。吉原の中には祟りだの呪いだの、それに類する話が山のようにあります。中でも有名なのは、ひどい折檻《せっかん》を受けて亡くなった女郎さまの幽霊が夜な夜な鍋をぶら下げて妓楼の中を彷徨《さまよ》い歩くなんて話は誰もが知るところでございます。そんな話にもっとも敏感なのは関係する妓楼の楼主でございます。金儲けのことしか頭にないことから亡八などと揶揄《やゆ》されることもしばしば。仁義礼智忠信孝悌という人間にとって不可欠の八徳を亡くした者という意味でございますが、そんな声を気にしていては楼主など務まりません。やっかみ言葉くらいにしか聞こえませんが見世の噂話に対してはことのほか敏感でございます。

数日して、千歳楼の七尾姉さんは相次いで亡八、いや……楼主さまの訪問を受けることとなりました。

お昼前にはまず玉屋弥八さまが戸を叩いたのでございました。

「七尾殿、ご無沙汰しておる。元気そうでなによりじゃ。あのころより若くなっておらんかの。もう一度うちで張ってみる気はないか」と弥八さまは愛想よく笑います。

「こちらこそご無沙汰しております。弥八さまもお元気そうでなにより。相変わらず口がお上手で……」と白々しい挨拶をかわしながら、お互いの腹を探っておりました。七尾姉さんの元抱えの楼主でありますから、恨み辛みは数知れず。腹の中では切り刻んで膾《なます》にしてカラスの餌《えさ》にしてやりたいほどの憎しみが煮えたぎっておりますが今は押さえて大人の対応をしております。そんなことは弥八さまも承知でございます。

「妓楼というものを切り回すのは如何《いか》に大変かということはわかっておると思うが……」という前置きから始まりました。つまり、弥八さまがどのような用件でここを訪ねたかと申しますと、八汐花魁の一件で、祟りだ、呪いだという妙な噂が流れ始めて客の入りがめっきり落ちたので、そのようなものではないことを七尾姉さんにちょっと証《あかし》を立ててもらって、噂を払拭し、売り上げを回復させようという腹づもりなのでございます。要は八汐花魁がどのような理由で死んだか、いまさら知りたいわけではなく、売り上げが落ちて困っておるから何とかしてもらえぬかというたって虫のいい相談でありました。頼むことができる人がいないので、ちょっと考えたら、暇そうにしていて吉原に詳しく、顔が利く、打ってつけの者として七尾姉さんに白羽の矢が命中したという次第でございました。金のことしか頭にない弥八の頼みなど端っから願い下げじゃと喉まで出かかりましたが、「礼なら弾みますぞ」と言い、とりあえず手付金として五両を差し出しましたので、七尾姉さんは、一も二もなく「まかせておくんなさい」と引き受けてしまいました。たまきの冷たい視線が七尾姉さんを貫きましたが、「おまえのおやつもここから出るんじゃぞ」と視線で押し返してばっさりと断ち切りました。

さらに、午後一番で松葉屋平蔵さまが戸を叩きました。これもまたその場面を再現したかのように用件は同じでありました。ただ違っていたのは手付金が三両であったのはちょっとがっかりでしたが背《つつし》に腹は代えられません。どうせ同じ手間でございますから断る理由はありません。謹んで受けさせていただきました。妓楼千歳楼としての客はさっぱりありませんので副業としてのお仕事となります。要は、祟り、呪いでないことを証明すればいいわけですからそれほど難しいことではないと七尾姉さんは考えておりました。

一旦はどこかへ出ていたたまきが顔を出すと、七尾姉さんは「わたしは三芳さんについて何も知らんのですから、三芳さんについてちょっと聞いてきなさいよ」と命じました。たまきもあっちこっち顔を出して聞きまわることが嫌いなわけじゃありませんので「あいあい」と小気味よい返事をして出ていきます。七尾姉さんは、使い勝手のよい禿を抱えてわたしはなんて果報者なんじゃろとにんまりなさいました。

三芳さんが抱えられていた妓楼松葉屋は角町に見世を構えておりまして、中見世ではありますが品のある評判のよい見世でございました。もっとも、それはあくまでも客側から見た評判でありまして、内情では女郎衆がどのような扱いを受けているかは知れたものではございません。それはどこの見世も同じことでございますが。

日が傾き、春の陽気が沈黙したころ、たまきが戻ってまいりました。

「ののほどんに聞いたんじゃがね……」とたまきの話が始まります。

ののほというのは松葉屋に抱えられる禿でございます。都合の良いことに、大見世から小見世までほとんどの見世にはたまきの顔見知りの禿がおりまして、情報の源となっております。子供には見世の都合など関係ありませんので、内緒であればあるほど他人《ひと》に話したくてうずうずしてしまいます。ですからいくらでも情報が集まるという寸法でございます。

たまきの情報網も大したものでございまして、それによると、三芳さんの一件が番屋に届いたのは、やはり暁の七ッだったそうでございます。文吉親分が眠い目を擦りながら駆けつけるともはや燃え尽きようとしているころであったそうでございます。また、八汐三芳さんも九郎助稲荷様に悪態をついているところを見咎《みとが》められておりました。八汐花花魁の一件の後のことであります。「そんなことを言うと八汐さんみたいに黒焼きにされちゃいますよ」と言われたそうでございますが、三芳さんは平然と言い返したそうでございます。「九郎助様に、そんな霊験がおありなら、今ごろわっちは落籍されて大店のご新造さんですよ」

詳細は異なりますが、つまり、八汐花魁の一件と同じ経緯を辿っていることになります。三芳さんの身元が判明するきっかけとなったところがほんのちょっと違っておりまして、こちらは象牙は象牙でも根付でございました。

二つの件《くだり》が偶然でないことはだれの目にも明らかでございます。お稲荷様か権現様か、はたまた他人様の仕業なのかはわかりませんが、あえて下された所業であろうことは容易に察しがつきます。そこには、おそらく同じでなくてはならない事情があったに違いなかろうと七尾姉さんにはうっすらと感じられました。そこで解せぬことがまた一つ頭をもたげました。これは以前から引っかかっていたことでございますが、明確に解せぬこととなったのでございます。つまり、九郎助様を愚弄《ぐろう》したことが、なんぜ秋葉様の裏で焼死になったのじゃろうかということでございます。

九郎助稲荷様は吉原にある四つのお稲荷様の中で、もっとも人気のあるお稲荷様でありますから参拝者はもっとも多いわけでございます。運悪く願いが聞き入れられず恨み辛みをお買いになられることもおありでしょう。それが秋葉権現様の常灯明とどのような関係がありますやら？……どうやら見えてまいりましたぞ、と七尾姉さんはほくそ笑みながら言いたいのですが、さっぱり何も見えてまいりません。

「たまき、もっと何か聞いてきなさい」とたまきを探しましたが、姿が見えません。またどこかへ遊びに行ってしまったらしいのです。勝手なときに来て、勝手なときにいなくなるのがたまきの悪いところでございます。

しかたがないので七尾姉さんは自ら一件のあった場所へ行ってみようと思い立ちました。といってもすぐ目と鼻の先でございます。しかも今まで何百回も行き来しているところでありますので行っても目新しいものなぞあるわけないじゃろと思いましたが、こんなところで燻ぶっていても仕方ありませんのでとりあえず息抜きも兼ねて行ってみることにしたわけであります。

そこは、仲之町通りの突き当たりの水戸尻と呼ばれるところで、木の柵で囲まれた中に松の木とともに秋葉権現様の青銅の灯籠が立っているだけでございます。吉原の隅っこでございますので周囲には人気のない茶屋やつぶれかけた茶屋、つぶれた茶屋が数軒あるくらいでございます。夜になるとめっきり人通りが途絶える一画でもあります。

七尾姉さんは灯籠の横に構える西之屋《にしのや》という寂れた茶屋を訪ねました。京町二丁目と仲之町の通りの木戸門の管理をまかせられている木戸番の店でもあります。

「ちょっとお尋ねしますがね」

怪訝《けげん》な顔を張り付けて出てきたのは西之屋の主人定助《さだすけ》さんでございます。

「へえ、何でございましょう。七尾姉さん」

「二日と二十一日の大引け後のことなんですけどね、ここの木戸門はちゃんと閉まっておりましたかね？」

定助さんは首を傾げながら、「七尾姉さん、また妙なことに首を突っ込みなさいましたな」と嫌味を含めるような口調で言いました。

「首を突っ込むとは、人聞きの悪い。しかたがないんですよ。察しておくんなさいな。

で、どうなんですか？」

　七尾姉さんを敵に回すと厄介であることは知っておりますので、定助さんは包み隠さず話します。「もちろん、この木戸は閉まっておりました。今まで閉め忘れたことなど一度もございません」

「脇の潜り戸を通った者もおりませんか？」

「へえ、その夜は一人もおりません。ちゃんと帳面に付けておりますので間違いはありませんよ」

潜り戸を開けてもらうには木戸番である定助さんに申し出ないことには開けてもらうことはできません。定助さんは商売はからっきし下手でありますが、嘘をいうようなお人ではありません。信用してよいかと存じます。

つまり、大引けの刻限を過ぎると、吉原は向かって左側と仲之町通りと右側の三つの区域に分かれます。その日も間違いなく三つに分かれ、簡単に出入りすることができない状態であったことになります。七尾姉さんは、それが秋葉常灯明の裏で事件が起こったことにつながっているような気がしてなりません。二つの事件がつながっているということは、以前、話に出てきた情夫の存在とは関係ないことになります。まさか、二人の女郎の情夫だったとはちょっと考えられませんし、ましてや、二人を自害に追い込むとか、殺《あや》めるというのも考えられませんから。やはり七尾姉さんの最初の「解せんわね」という直感は正しかったことになります。では二つの事件の背景には何があるのかと聞かれましても、今の段では皆目見当が付きません。もう少し探索する必要がありそうでございます。

吉原の中のすべての木戸番に事情を聞かなければいけないところですが、果たしてそれに意味があるのかと七尾姉さんは思いました。暇があれば聞いてみようと思いましたが暇などあろうはずがございません。とりあえず木戸番への聞き込みは打ち切ることにいたしました。

七尾姉さんは水戸尻のあたりをぐるりと歩いてみました。秋葉常灯明の裏側の地べたが黒く煤けております。まさにそこが二人の女郎の焼けたところでございます。傍らには草餅と水、花が供えられておりました。

「金松屋《かねまつや》の草餅じゃな」と七尾姉さんはすぐにわかりました。京町二丁目に店を構える金松屋の草餅は七尾姉さんも大好物でございます。そんなことはどうでもいいのですが、七尾姉さんは膝《ひざ》を折ると、そっと手を合わせ、念仏を唱えました。

立ち上がろうとしたときふと気づきました。地べたに幅二寸（約六センチ）ほどの溝《みぞ》が一本刻まれていることに。雨が降れば途端にぬかるむ泥道でございます。はてと思い、ちょっと目を横に向けると、二尺（約六十センチ）ほど離れたところにも同じような溝が刻まれておりました。七尾姉さんは、すぐに荷車の轍《わだち》であると直感いたしました。七尾姉さんは、刹那に死骸を運んだときに付いたものじゃなと思ったのですが、しかし、なぜか番屋の方に向かってその跡は伸びておりません。既にとぎれとぎれではありますが反対側の方に向かって伸びております。反対側というのは突き当たりで、そこは締め切られた裏口であります。そこには跳ね橋が付いていてお歯黒溝の上に渡しておりますが、橋は、普段は上げられておりまして門も固く閉ざされております。吉原の中で不浄の死を遂げた女郎はその裏口から三ノ輪にある浄閑寺《じょうかんじ》へと運ばれることとなっております。七尾姉さんはその裏口の様子をちょっと見てみようと足を延ばしました。閂《かんぬき》の上の埃《ほこり》や蝶番《ちょうつがい》の錆《さび》の具合を見ますと、ここ最近に開けられた様子がありました。二つの焼死体を運び出したんじゃから当然じゃなと思いましたが、地べたを見て、はてと首を傾げました。確かに裏門まで伸びた轍もありますが、よく見ると、もう一組の轍もありまして、その轍は一番端の空き家の戸口の中へと入っております。妙なことに、その轍を消そうとした様子が見受けられます。ですが、一度ついた轍はそうやすやすと消せるものではありません。なぜにその轍だけを消す必要があったのでしょうか。「においますね」と七尾姉さんはここで初めてほくそ笑みました。七尾姉さんは空き家の戸口に近づくと、破れた障子の穴から中をそっと覗いてみました。中は薄暗く、ひっそりとし、人影はありません。ですが、目を凝らしてよくよく見れば、確かにそこには荷車が一台雑然と押し込められております。裏口と常灯明の間には閉店した二軒の茶屋が空き家となっているだけでございます。

七尾姉さんは西之屋に戻ると定助さんにもう一度聞いてみました。

「あちらの空き家に、最近、人の出入りはありましたかね？」

定助さんは拭き掃除の最中だったようで、雑巾を片手に「ああ、新しい借り主が決まったようで今月の始めころ、荷物を出し入れしてたようでありましたよ。詳しいことは聞いておりませんがね」と話してくださいましたが、どこのだれかはわからぬとのことで、話はそれまででございました。

七尾姉さんは思い立ちました。思い立ったらすぐに事を起こすのが七尾姉さんであります。このあたりで賃貸しをしている大家は仲之町に大きな茶屋を構える福助屋《ふくすけや》でありまして、そこの主《あるじ》の顔がすぐさま思い浮かびました。七尾姉さんはその足でその主に事情を聞きに向かいました。

店の前で打ち水をしている女中に要件を言い、しばらく待たされると、福助屋の主、正左ェ門《しょうざえもん》さんが出てまいりました。正左ェ門さんは小男ではありますが強欲を絵に描いたような面構えをしたお人であります。鼻の横に大きな疣《いぼ》がありまして「この疣のおかげで金がたまるんじゃ」と口癖のように言いながら疣を撫《な》でるお人でございます。そんなお人でないと吉原で店を持ったり商売を成り立たせることは到底できないのでございます。そんなことはどうでもいいのですが、正左エ門さんは怪訝な顔を見せながら七尾姉さんを睨みます。ですが、そこは七尾姉さんの口舌《くぜつ》でうまく聞き出しました。すると、案の定、あの店にはいまだ借り手が付いておらず最近は出入りした者はいないはずとのことでございます。そしても一つ、最後に店を見回ったのはいつかとの問いに、前の家賃を請求しに回ったとき、ついでに見回ったとのことですから、ちょうど二月《ふたつき》ほど前のことでしたとの話でありました。

七尾姉さんはもう一度西之屋に戻ると定助さんに聞いてみました。

「何度も申しわけありませんがね……三、四日前にもあの店に出入りした者がおりませんでしたかね」と。

すると、「へえ、おっしゃるとおり、四日ほど前にも荷物を出し入れしていた者がおりますが、どうしておわかりになったので？」と逆に聞かれましたので、ついなんとなくと適当にあしらいました。怪訝に見つめる定助さんの顔を尻目に、七尾姉さんの思考は巡ります。つまり、八汐花魁と三芳さんの事件の前日にあの店に出入りしていた者がいたことになります。さて、そこで何をしていたのかということが疑問として頭をもたげてまいります。偶然でありましょうか？　とりあえず「どこのどなたですかね？」と畳み掛けますが、定助さんは「わかりかねます」とのこと。

今度は大門の門番をしている三吉さんの所へ行きまして、事件のあったころ、怪しい者を見ませんでしたかねと尋ねましたところ、「そんな者をいちいち覚えてるわけねえだろ」とどやしつけられました。先日のことをまだ根に持っている様子でございます。六尺（約百八十センチ）はあろう図体の割には気の小さいお人ですねと七尾姉さんは思いましたが、当然といえばあまりにも当然。大門を一日に通り抜ける者は数千人にものぼりますからそれをいちいち覚えていることなど到底無理というものでございます。さてどうしたらよいものやらと七尾姉さんは頭を抱えました。ここで断念すれば強欲でケチな亡八のことですから、後金は払わぬというどころか、手付金まで返せといわれかねません。一度懐に入れたものをおいそれと返すことなどできるはずもありませんのでとりあえず探索を続けることにいたしました。さて……。

《四》

どこを遊びほっついていたかわかりませんが、七尾姉さんが千歳楼に戻ったところ、見計らったようにたまきが戻ってきましたので「どこで何をしておったんじゃね。……まあよいがな。たまき、これから行って、何でもいいから聞き込んできなさいな」と八つ当たりのように命じました。

「何でもいいといわれましても……」とたまきは困った顔を作りました。

確かにそれではたまきも困ろうと七尾姉さんは思いましたので「三芳さんのことでよいから聞いておいで。まだまだわからんことが仰山あるでな。三芳さんとはどんなお人だったか聞けるとありがたいんじゃがな」というと「あいあい」と相変わらず小気味いい返事をして駆けていきました。

七尾姉さんも煙管《きせる》の吸口を舐《な》めながら自分のお頭でいろいろと考えてみました。二つの事件に共通する部分があれば手がかりがつかめるというものですが、事件の様相が同じであるだけで、背景に共通する部分は皆目見えてまいりません。そんな時、ふと、妙な胸騒ぎが過《よぎ》りました。二度あることは三度あると申します。ありますかね？　まあ、あってもいいんですけどね。七尾姉さんの懐が暖まるかもしれませんので、ですが、事件はこの二件で終わりのようでございます。あしからず。

昼間っからあっちこっちを歩き回ったせいで、疲れが出たのか七尾姉さんは座敷の床柱を背にしてうつらうつらとしては頭をもたげるを繰り返しておりました。年のせいですかね、年はとりたくないものですねと独りごち、合間合間に煙草を吹かします。パチンパチンと煙管の雁首を煙草盆の隅で叩《はた》いては眠気を覚まそうとしますが、相変わらず眠気が襲います。大きな波が押し寄せて引き戻されるように意識が遠のきそうになったとき、はっと気がついて頭を上げますと目の前にたまきが目を細めて鎮座しておりました。

「なんじゃね、戻っておったのかね」と七尾姉さんは涙目を擦ります。

「戸が開いていたので入りました。声をかけたんですが気持ちよさそうに寝ておらっしゃったのでそのままにしておりました」

「よく気の利く禿どんだこと。……で、なんじゃね。なにか良い話は聞けましたかね」

「あいあい。話は聞けなんしたが、良い話かどうかはわかりませんよ」と言いながらもたまきの口元からもう零れ落ちそうでございます。

「よいから聞いたことを話してみなさいよ」

たまきは松葉屋の禿とめきから聞いた話を息を飲み飲み話し始めました。

「松葉屋の三芳さんは今年で二十一になる座敷持ちでありましたそうな。器量よしで機転が利いて、芸事、習い事の習得が早く、妓楼の中でもことのほか人気がありましてな、将来は花魁にも昇格しそうな女郎さまで、楼主の松葉屋平蔵さまも楽しみにしておったそうでございますよ」

どこかで聞いたような話でありますなと七尾姉さんは思いました。

「そうそう、十歳のときに身代金五両で奉公に上がったそうでございます」

話はこんなところでございました。特に手がかりとなるような話ではありませんで、七尾姉さんはちょっとがっかりもいたしましたが、何か聞き忘れていることがあるようで、落ち着かない気分となりました。聞くを打ち切って立ち上がろうとしたときふと思い出しました。

「そうじゃ、三芳さんはどこの出かね？」

「はい」と言いながらたまきはちょっと記憶からひねり出そうとして、「そうそう出羽の国だとか言っておりましたよ。大久保村とか。どこかで聞いたような気がしますね。偶然でしょうか？」

このような偶然などありはしません。八汐花魁も大久保村の出でありました。もしやと思ってたまきを問いただしました。

「三芳さんには姉妹がありましたかね？」

「そこまでは聞いておりませんが」

「だったらすぐに行って聞いてきなさいよ」

わがままな七尾姉さんに、たまきはちょっとうんざりしながら、それでも健気に走りました。そんなたまきの努力の甲斐あってか答えはすぐに出ました。三芳さんには姉がおりまして、その姉さまも吉原で奉公していたということでございます。吉原では他の見世の内情などはほとんど聞こえてきませんので、それが八汐花魁であったかどうかを確かめる術はございませんが、七尾姉さんは間違いないと直感なさいました。しかし、姉妹で焼き殺されるなどということはどういうことなのか、まったくもって見当がつきません。しかも、これだけ大胆な件を実行しながら杜撰《ずさん》な部分も随所に残しております。ひょっとすると……と七尾姉さんは思いました。

それ以上の探索が進まないまま五日ほどたちましたところ、たまきが妙な話を聞き込んでまいりました。吉原角町に広末屋《ひろすえや》という小見世があります。二日ほど前、その広末屋へ浄閑寺の遣いという者がまいりまして、妙なことを言って、お金を置いて帰ったとのことでございます。このお金というのはお布施であるらしく、それを返しにまいったとのことでございました。七尾姉さんは詳しく事情を聞こうとさっそく自らの足で広末屋まで行き見世番に尋ねてみましたが、見世にとってありがたくない話なのでございましょう。よほど口の結び目が堅いようでなかなか喋ってくれません。見世の恥となるようなことは口外しないのは当然でありますからしかたありません。見世の評判に傷が付いたり、妙な噂が立てば売り上げが落ちますから。ちょいとお金をつかませれば喋ってくれるかと思い手渡そうとしましたが「勘弁してくださいな」と突き返し、見世番はそそくさと見世の中へと入っていきました。律儀な見世番もいることですねと七尾姉さんは思いました。お金をつかませれば大抵は喋ってくれますけど。ですが、七尾姉さんはこのようなお人が嫌いではありません。

一旦、千歳楼へと戻ると「たまき、たまきはどこじゃね」と呼びます。ここで、またまたたまきの出番となりました。察していたのか、たまきはもう聞きに向かっておりました。

七尾姉さんが冷めた茶を啜りながら、一服煙草を嗜《たしな》んでいるとたまきが戻ってまいりまして「七尾姉さん、面白い話が聞けましたよ」とにんまりいたしました。七尾姉さんが「では聞かせてもらいましょうか」と座を正すとたまきは息を一つ飲み、得意げに話し始めました。

たまきが広末屋抱えの禿さくらに聞いたところ、五日ほど前に、見世の部屋持ち小菊さんが首を吊って自害なされたとのことです。自害というのは不浄の死でありますから正式な弔いは行われません。人足を使って投げ込み寺と呼ばれる浄閑寺へ運び簡単な弔いを行うだけでありますが、なんと、その仏が浄閑寺に届いておらないとのことで、後に届けられたお布施は受け取れないと付き返されたというのが真相のようでございます。確かにお棺に入れられた小菊さんの死骸は吉原の裏口から運び出されたはずで、さくらはそれを見送ったとのことですから間違いはないようでございます。つまり、死骸が一つ消えたことになります。これを不可解と言わずして何と言いましょう。

「たまき、浄閑寺へ行って、一月《ひとつき》ほど前にも同じようなことがなかったか聞いてきておくれ」と頼みましたが「わっち、お寺さんは嫌いじゃよ。勘弁してよ、姉さま」と泣きの断りを入れたので、「情けないねえ。お墓が怖いのかね？　坊さんが怖いのかね？」と聞きましたところ「両方じゃよ」と悄気《しょげ》ました。その様子から今回だけは大目に見ることにして、しかたなく七尾姉さんは自分の足で浄閑寺へと向かうことにいたしました。

七尾姉さんが浄閑寺の門前で掃き掃除をする寺男に聞いたところ、案の定、一月《ひとつき》ほど前にも同じようなことがあったとのことでした。つまり、二つの死骸が消えたことになります。このとき、七尾姉さんのお頭にひらめきました。

秋葉常灯明の裏で焼かれたのはこのときに消えた二つの死骸だったのではないかと。

これが事実であれば八汐花魁と三芳さんは生きていることになります。

七尾姉さんはなるほどと思いました。つまり、これは足抜きの策略の一環であったのではないでしょうかと。足抜きとは吉原からトンズラすることでございます。トンズラとは逃げることでございます。死んだことにし、しかも事件の騒ぎに乗ずれば、逃げやすく、また追っ手がかかることもございません。ただ逃げるだけであれば、たとえ一旦は逃げ果せたとしても追っ手がかかって一生隠れて暮らさなければなりません。それでは辛いばかりでございます。つまり、二件の焼身の件は足抜きのための目くらましであったわけであります。つまり騙《だま》しでございます。不慣れや手筈違いも影響したのか、しかも素人さんの突然の犯行であったらしく杜撰な一面が垣間見えるのは致し方ないのかもしれません。

七尾姉さんはほっとしたような気持ちが胸を過《よぎ》りました。八汐花魁や三芳さんが無事であるならそれに越したことはありませんが、いくら騒ぎに乗じても、おいそれと忍び返しの付いた板壁を飛び越えたり、門番の目が光る大門を潜《くぐ》ったりすることができるはずもございません。どのように足抜きをしたのか、七尾姉さんは興味津々でございます。それを知ればなぜ自分もその方法に気が付かなかったのか、一生の不覚とばかりに地団太を踏むことになることは間違いないので知らない方がいいかもしれませんが、それで籠の鳥となったその日から、どうにかしてここから抜け出せないものかと夜な夜な考えておりましたが、なかなかよい方法を思いつくことはありませんでした。下手な方法で万一、足抜きに失敗すると、それはもう死ぬほどの折檻を受けることとなりまして、場合によっては死ぬことも珍しくはございません。梁《はり》に吊り下げられたり柱に縛りつけられたりして殴る蹴るの、真冬に冷水を浴びせられて庭に放り出されるの、夏には酒をかけられてやぶ蚊に刺され放題にされるの、それはそれはひどい折檻でありまして、その様子は、見せしめのように女郎衆の前で繰り広げられるのでございました。しかも、それを手助けした者もただではすまされません。簀巻《すま》きにされて大川へ放り込まれるのが慣わしとなっておりました。簀巻きにされて大川へ放り込まれるということは殺されるということを意味します。それで生きておられたら、それはそれで大したものでございますが。しかし、そのような折檻を見せられてもこの地獄から抜け出そうとする者は後を絶ちません。情にほだされて手を貸す殿方も多くいらっしゃったのでございます。恋は盲目なのでございます。ですが、あまり足抜きに成功したという話は耳に届いてまいりません。もっともそうした話をすることは禁じられておりまして握りつぶされるのが常でありました。ですからどれほど為せるかはまったくもってわからないのでございます。

七尾姉さんは、すばやく思考を巡らせるとなるほどねと思いました。まだすべてが解き明かされたわけではありませんが、大方このような筋ではないかと思ったわけであります。

八汐花魁と三芳さんの場合、荷車を準備するなど用意周到でありますから、外部からの手引きがあったことは間違いありません。しかも両者に手を貸したお人は同一人物でありましょう。七尾姉さんの脳裏には既にうっすらとその人物像が描かれております。

女郎の死骸を人足からどのようにして譲り受けたかはわかりませんが、一旦、吉原の外へ運んだ死骸をまた吉原へ運び入れることは、それほど難しいことではありません。大きな荷物、たとえば箪笥のようなものの中に隠し、大門を潜ればよいわけであります。入るときには中を検めるようなことはいたしません。死骸はその中に隠し、吉原に運び入れ、その死骸を、おそらく空き家となっていた茶屋へ隠しておいたのでございましょう。荷物はどこかの見世に運び入れた、それとも注文にケチが付いたとでもいって運び出せばよいわけであります。運び出すときには中に女郎が隠れていないか検《あらた》められますが、そのときには空となっておりますので咎められることはありません。そして機会を見計らって茶屋から死骸《むくろ》を運び出して油をかけ、火をつけて燃やすわけでございます。真っ黒こげになった骸は、もう誰だかわからなくなりますから身元を欺《あざむ》くように持ち物を髪にさしておくわけでございます。象牙の櫛をもったいないとも思いますが、吉原から出られるのであればわずかな出費でございます。

そこまではわかります。しかし、その先がわかりません。死骸に身代わりを頼んだとしても、当の本人は、どのようにして大門を出たのでありましょうか。それは簡単なことのようで簡単ではございません。それができるくらいなら、この吉原にはひとりとして女郎さまはいなくなることでしょう。はてと七尾姉さんは考え込んでしまいました。

またお酒の量が増えそうでございます。

《五》

たまきが姿を見せない日が何日かありました。現れるときには毎日のように姿を見せるくせに、時として三日も四日も姿を見せないときもあります。気まぐれにもほどがあります。七尾姉さんにも何かと予定がありますので思い通りにならず困ってしまいます。今度じっくり叱《しか》ってみようかと思っているところへぱたぱたと足音を響かせて見世の前で止まりました。

「姉さま、姉さま。開けてくださいな」

「ほう、ご無沙汰じゃな。たまきどん」

嫌味を交えて言ったつもりですが、とんとたまきには効きません。見世の戸を開けると「えへ」とにっこり笑い、何食わぬ顔で上がりこみました。こんなときにはよいネタを仕入れていることが多いので、ご機嫌を損ねても何なので叱るのは次回ということにいたしまして、「何か美味いネタはありますかね？」と聞いてみました。

喋りたくてうずうずしてる様子は鼻の穴の広がり具合でわかります。いつもより一段と大きく広がっております。もう口元からは話が零れ落ちそうでございます。

「みそのちゃんに聞いたんじゃがね……」と言いながらげほげほと咳き込みました。

「ゆっくり落ち着いて喋りなさいよ。おまえさんの悪い癖じゃ」

「あい」というとちょっと息を飲みゆっくりと話し始めました。

みそのちゃんというのは揚屋町で裏茶屋を営むところの娘でありまして、たまきとは幼馴染みでありました。今度のネタは裏茶屋からのようです。

みそのちゃんによると、十日ほど前のことといいますから、三芳さんの事件の当日あたりの昼の九ツ（正午ごろ）のことでございます。一人のお婆さんが大きな風呂敷包みを背負ってやってきたとのことでございます。裏茶屋ですから本来は女郎さまと殿方の密会の場として利用されることが多いのですが、そんなところへやってきたのは、見た目は六十を超えたよぼよぼしたお婆さんだったそうでございます。色が黒くてシミだらけで腰が曲がっていたということでございますから農家のお婆さんかと思ったそうです。娘を吉原へ奉公に出したものの、それでも生活苦から金の無心にやってくる者は多いのでございます。そして、裏茶屋とはどんなところかも知らずに入り込んだのでしょうと思ったそうでございます。そこへ後からやってきたのは女郎さまでございました。どこのお見世の姉さまかは存じ上げないとのことでございました。品のある女郎さまだったそうで、比較的よいところの姉さまのような気がしたとのことでございます。みそのちゃんは、そこで二人がどんなお話をしていたかは、聞き耳を立てていたわけではありませんのでわかりませんが、一時《いっとき》ほどして二人は出ていかれたそうでございますが、そのときには妙なことになっていたというのです。

「妙なことというのはなんじゃね」

煙草を吹かしながら聞いていた七尾姉さんでしたが、そのときばかりは身を乗り出しました。たまきは佳境に入ったとばかりに顔を作り、声を潜め勿体つけるように話しました。

「あのな、出てきたのは殿方とお婆さんじゃったと」

七尾姉さんは久しぶりに耳を疑いました。

「なんじゃと？　殿方と婆さんじゃったと？　姉さまはどこへいったんじゃね」

わかりませんとたまきは小首を傾げました。

「化けたんじゃな」と七尾姉さん。つまり、「変装したんじゃな」という意味であります。

「女郎さまが殿方に化けたということでありますか？」

「そうじゃ」と七尾姉さまは断言なされましたが、そのすぐ後で、そんなことができるものなのかとも思いました。むしろ、できるかできぬかというより、無駄じゃなと思ったわけであります。女郎さまが殿方に変装して大門を出ようとすることは昔からもっとも多く使われる手段でありますから、大門の門番もそれに関しては重々警戒しております。男か女かを見分ける極意を身につけての門番と言っても過言ではありません。肩幅の違い、歩き方、肌の色などから、直感で見分けるそうでございます。

「無理じゃな」と七尾姉さんはすぐに撤回なされました。そんなに甘くはないということです。

たまきは小さくこけました。

七尾姉さんはしばらく考えると「なんじゃ、そんなことか」とこれならできるとばかりにポンと手を打ちました。

「わかったんですか、姉さま。わっちにも教えてくださいな。自分だけわかってずるいですよ」

七尾姉さんはたまきを見つめて意地悪く笑いました。

「つまりじゃな、大門というのは大門切手があればだれでも通れるんじゃ。男は必要ないがの。女は、これをどのようにして手に入れるかということなんじゃな」と講釈を始めました。

七尾姉さんの考えが正しければ、八汐花魁と三芳さんが存命であることは間違いないのでありますが、今、どこで何をしているかはわかりません。籍を置いていた妓楼では、既に二人は三途の川を渡ったとばかり思っておりますので追っ手をかけることもいたしておりません。今ごろ、平然と町娘に化けて生活を送っているやもしれませんが、それはそれでよいと七尾姉さんは思っております。人の幸せをぶち壊すつもりなど毛頭ありません。ですが、自分の考えだけはちょっと確かめたい気持ちがあります。

ですが、いまのところ、どこで何をしているか探《さぐ》る術はありません。

七尾姉さんは頭をひねり、つまり、俗に言う発想の転換なるものを活用することで現状の打開を試みる戦法に打って出ようと思ったわけであります。つまり、この方法を考え出す、またはこれに関わる物を調達しやすい家業はいかなるものか、などといろいろ考えてみるわけであります。

大好きなお酒をちびりちびりとやりながら、ああでもない、こうでもないと考えてみましたところ、やっぱり鬼に金棒、七尾姉さんにお酒です。打ってつけの家業をひねり出しました。

「まちがいないわ」

何度も申します。さすが七尾姉さんです。もちろん証《あかし》などはありませんので外《はず》すこともありますので、あしからず。

七尾姉さんはたまきを引き連れて江戸の町へと出て行きます。出るとき、門番の三吉さんにちょいと確かめました。

「ちょっと聞きたいんじゃがね」

「なんじゃ？」と三吉さんは不服を満面に張り付けて睨みつけました。先日の一件をまだ根に持っているようでございます。男らしくありませんなと七尾姉さんは心の底で思いました。しかし、いつまでも引きずるのが男衆であることもよく心得ておりますので、女の包容力で許してさしあげました。

「この一月《ひとつき》の間に、婆さんは何人も通ったかね？」

「ああ、通ったとも。それがどうした？」

「その婆さんは皆、大門切手を持っておったかね？」

「当たり前じゃ。大門切手を持たぬものはメス猫だって出さねえ。おまえさん以外はな」

「それなら結構」というと堂々と大門を出て行きました。相変わらずたまきは丁寧にお辞儀をすると七尾姉さんの後について出て行きました。

七尾姉さんの考え通りであればそれを生業《なりわい》とするどこかのお店《たな》に八汐花魁と三芳さんの親族、たぶん兄か弟が奉公していなさるはずと踏んでおりまして、いくつかの目ぼしい店を当たってみることにしましたが、いまだそれらしき店、人物に当たることはありませんでした。寄る年並みには勝てませんで、すっかりくたくたになった五軒目のことでございます。

「こちらに出羽の国からご奉公に来られてる方はおられんでしょうかね？」

怪訝な顔つきで応対した丁稚《でっち》どんが「へえ、おりますが。どのようなご用件でございましょう」と問われましたので「はい、ご兄妹《きょうだい》のことでちょっとお伺いしたいことがありますので、呼んでいただければ」と返しましたところ、しばらくして店先に出てきたのはその店の番頭さんでありました。傘問屋の番頭善作《ぜんさく》さんでございます。その顔を見たとき、間違いないと七尾姉さんは確信いたしました。目元、口元が八汐花魁にそっくりでありました。

善作さんは何事かと、おどおどした様子で七尾姉さんと対峙《たいじ》いたしましたが、表情には敵意と防御の影が見え隠れしておりました。

「どのような御用でございましょう」

「つかぬ事をお聞きいたしますが、あなた様の姉さまか妹さまに、お美津《みつ》さんという方はおられますか？」

妓楼で名乗っていた八汐というのは源氏名で本名はお美津といいます。

それを聞いた善作さんの表情が敵意と防御から一転して不安気に強張《こわば》りました。じっと七尾姉さんを見据え、やがて窮鼠《きゅうそ》のように飛び掛かろうとするかのような表情に変わりました。しかし、刹那、柔和な顔つきとなり、話してくれました。一つ上の姉、八汐であるお美津、三つ下の妹、三芳であるお咲《さき》とのことでありました。

「ご心配なく、わたしはお美津さんやお咲さんを連れ戻そうとか、煮て食おうとか焼いて食おうなどという了見は毛頭ございません。ただ、無事であることがわかればそれでよいのでございます」

七尾姉さんは己の素性と、お美津との関係を簡単に説明しますと、たまきとともに奥の座敷へと通されました。

善作さんは人払いをしますと七尾姉さんに対座されました。善作さんは神妙な面持ちで何か言いたげに七尾姉さんの顔を見ておりましたが、先に口を開いたのは七尾姉さんでございました。

七尾姉さんはふたつの事件について自分の考えたことを話してみましたところ、「おっしゃるとおりでございます」と善作さんは素直にお認めになられました。

二つの焼き骸については七尾姉さんが考えたとおりでございました。死骸はどのように手に入れたかを聞きましたところ、吉原の裏口のあたりでひたすら待ち、お棺が出てきたところ医者の腑分け、つまり解剖に使いたいので譲ってくれまいかと人足に金をつかませて譲り受けたとのことでありました。当時、腑分けはご法度でありまして、そう簡単にはできぬことでありました。このように内密に死骸を売ったり買ったりすることは、裏の世界では珍しいことではありませんでした。手に入れた死骸を簞笥に入れて再び吉原へと運び入れて、深夜、時を見計らって秋葉常灯明の裏で油をかけて火を付けたのでございました。なぜ秋葉常灯明の裏であったかというと、九郎助稲荷までは空き家となっていた茶屋からは遠く、また途中に木戸があったがために運ぶことは困難であると考え、しかたなく秋葉常灯明の裏手で燃やしたとのことでございました。

七尾姉さんは「なるほど」と思いました。うまい具合に七尾姉さんの腑に落ちて収まりました。焼き骸事件についてはこれで解決といってよいかと存じます。

その後、どのようにしてお美津さんとお咲さんが大門を出たかということにつきまして、ここが、七尾姉さんが知りたかったところでございます。善作さんは淡々と説明を始めました。

まず、事件の前に大門から入ったというお婆さんというのは、ある男の変装でありました。これは一番下の弟の稲三《いなぞう》さんによるものでありました。申し遅れましたが、善作さんは四男三女の七人兄妹《きょうだい》で、その中の男二人がこの事件に関わっていたわけであります。で、まず稲三さんはお婆さんに変装し、切手茶屋で大門切手を手に入れると大門を潜りました。背負った風呂敷包みの中にはあらかじめ準備された道具が詰められておりました。一方、八汐花魁は病気を装い寝込む振りをし、人目を避けて妓楼から出る機会を見計らいます。妓楼から出ると先日から空き家に潜んでいた善作さんと落ち合い、死骸を運び出して焼身事件を画策します。騒ぎになったころ八汐花魁はしばらく身を潜め、今度は裏茶屋で稲三さんと落ち合い、そこで稲三さんが持ち込んだ道具でお婆さんに変装します。化粧を落として人目に触れるところには隅々まで、耳の奥からつま先まで柿《かき》渋《しぶ》と糊を混ぜたものを塗って日焼けやシミを演出するわけでございます。この柿渋から七尾姉さんは傘作りに関係する人物が関わっているのではないかと直感したのでありました。柿渋は柿の汁を発酵させて作られる防水効果のある汁で、これと糊を混ぜたものを肌に塗ると、まさに日焼けしたシワ肌を演出することができます。お婆さんに変装するにはこれしかないと思ったのでありました。次いで髪を梳《す》いて量を減らし、藁灰《わらばい》を振りかけて白髪を作ります。そして着物を着替えれば老女のでき上がりです。これだけではおわりません。老女として大門を潜ってきた稲三さんは着替え、変装を落として男に戻ります。これは元に戻るだけですから簡単でございます。そして、入ったときに使用した大門切手を八汐花魁に渡し、裏茶屋を出ると、別々に大門を潜って出て行ったというわけであります。

お婆さんに化けた八汐花魁には大門切手があるわけですし、お婆さんでもあるということで特に咎《とが》められることもなく通された次第でございます。稲三さんは男ですから大門切手がなくてもそのまま通り抜けられるわけであります。三芳さんのときも同様のことを繰り返したわけで、七尾姉さんの考えたとおりでございました。

「わたしは江戸へ出てきてこちらへご奉公に上がり、辛抱した甲斐もありまして、小さな問屋ではありますが番頭にまでなることができました。なに不自由なく暮らすことができるようになりましたが、姉や妹はまだ吉原に囲われておりました。それが心苦しくてなりません。なんとかできないものかと散々考えたあげく、このような方法を思いついたのでございます。江戸に働きに出ていた弟の稲三に相談すると、一も二もなく賛同してくれました。ことのほかうまくいき、だれにも見咎められることなく成し遂げたと思ったのですが、あなた様に見透かされたとは……でもあなた様でよかった」と善作さんは涙ながらに心情を吐露なさいました。

お美津さんとお咲さんは、善作さんの親類ということにして、近所の小間物屋で働かせてもらっているとのことでありました。亡骸《なきがら》とはいえ、人様を焼いたことは申し訳なく思っていると二人の女郎さまに詫《わ》びの気持ちを付け加えておられました。まあ、焼かれた二人も人助けすることになって極楽浄土に迎えられるのではなかろうかと慰めの言葉を言うと感極まったのか号泣されておりました。

七尾姉さんとしましてはそれ以上に申し上げることはありませんでしたのでたまきとともにお暇《いとま》させていただきました。

お美津さんが奉公に上がっている店は帰り道にある小間物屋ということなのでちょっと寄っていくことにしました。みどり屋という小さな店ではありましたが、たまきが喜びそうな小間物が所狭しと並んでおり、そこへ品を並べているその横顔がお美津でありました。

「いらっしゃいませ」と七尾姉さんに声をかけてお美津さんは目を丸くなさいました。七尾姉さんはお美津さんの心臓を止めてしまったかと思いましたが、大丈夫のようでございました。

「何をいただきましょうかね」と七尾姉さんは品定めを始めました。紅入れや小筆、匂い袋、紙入れなどなど……その中から、たまきにと匂い袋を幾つか選びました。

お美津さんは気づかれまいと終始顔を背けるようにしておりました。七尾姉さんはなんだかそれがおかしくてたまりません。

「これだけいただきます。おいくらになりますか？」と尋ねると「……十八文です」とそっぽを向いたまま言ったので「十二文に負けなさいよ、ときね」といってやりました。

するとお美津さんはびっくりして七尾姉さんへと視線を向けました。

「わたしのコンペイトウをこっそり盗み食いしてたのをちゃんと知っておりますよ。雷おこしをくすねたのもちゃんとわかっておりますよ。負けてくれたらちゃらにしてあげますよ、ときね」といってやると、きょとんとした目で七尾姉さんを見ました。

「大丈夫ですよ。すべてわたしの胸にしまっておきますから」と七尾姉さん。禿のころを残
お美津さんは真っ赤になりながら、にっこり笑顔を見せてくれました。

すなつかしいあの顔でございました。

「はい、じゃあ十二文で」とお美津さん。

七尾姉さんは帰り際、亡八たちになんて言い訳しようかとそればかりに頭を悩ませました。初夏の乾いた風が吹く中、まあ、適当に見繕ってごまかすのは得意なので何とかなるでしょうと足取り軽く帰りました。

《六》

朝餉《あさげ》を済ませた七尾姉さんが窓を開け放ちましてほのかに吹き込む初夏の風を楽しんでおりましたところ、窓を横切る、初夏の風とはことのほか似つかわしくない顔が二つ連れだって現れました。すっかり気分を台無しにしてくれました。亡八ふたりでございます。

ふたりは断りもなく座敷へと上がり込むと「で、どのような事情でしたかな」と二つの顔はよい返答のみを受け入れる顔つきで七尾姉さんに対座いたしました。

七尾姉さんは、亡八ふたりに「あれはどう考えても自害でありますね。八汐花魁は病を苦に自ら火を放ったのでございます。三芳さんは花魁道中をする八汐花魁に心ひそかにあこがれておりましたようで、憔悴《しょうすい》のあまり、それを真似て後を追われたのでございましょう。ですから祟りとか呪いとかの類《たぐい》では毛頭ございません。楼主さま方があまりに女子を扱《こ》き使うからこのようなことに……」などと適当な作り話をしておまけに咎《とが》めてやりますと亡八ふたりは耳が痛いのか「そうですか、そうですか、それなら結構、結構」と鵜呑みにし、三両、二両を置くと亡八ふたりはほくほく顔で帰って行きました。この話は、各見世の若い衆の口を介してすぐに吉原界隈に広げられることでしょう。それならわざわざ探索を依頼せずとも都合のよい噂を流せばよいのではないかとも思いますが……。

七尾姉さんが亡八ふたりを追い返し、まんまと前金と合わせて八両と五両、合計十三両をせしめてほくそ笑むさなか、見世の障子戸が荒々しく開けられて珍しいお客様が入ってまいりました。

「文吉《ぶんきち》親分じゃありませんか。朝っぱらからご指名でありますか？　ありがたいことでございます。すぐにご用意を……」と七尾姉さんはからかい半分にもてなします。

「客じゃねえんだよ」と歯切れのいい江戸弁を振り回しながらもなんだか顔色が冴えません。

「なんでございましょ？」と七尾姉さんは首を傾げました。

「今、玉屋と松葉屋の楼主から聞いたんだがな、実は俺も後追い心中じゃねえかと思っていたんだよ。おまえとは妙に気が合いそうだ」と文吉親分は臆面もなく言います。

「そうでございましたか、わたしが出る幕ではございませんでしたね。やっぱり文吉親分にお任せしておけばよかったんですよね」

「まあ、それはいいんだ。そんなことで腹を立てるようなちっぽけな金玉は持ち合わせちゃいねえ。いいんだ、いいんだ。そんなことじゃなくてな、ちょっと聞きてえことがあってな」とあらたまると、文吉親分は声を潜めて聞きました。「……この見世は禿を抱えてるかい？　おかっぱで目がくりくりの」

「禿でございますか？」

七尾姉さんは大仰に笑いました。「以前は小遣い程度でたまきという禿を抱えたこともありますがね、今は禿を抱える余裕なんてこれっぽっちもありませんよ。わたしひとりでさえも生きるか飢えるかの瀬戸際でございますよ、親分」

「そうだよな、そうなんだよ。わかってるんだけどよ。でもな、見たような見なかったような、なんだか妙な感じなんだよ。あれ以来、ずーっと気になって眠れねんだ。なぜこの見世だと思ったのか、自分でもよくわからねえんだ」

七尾姉さんにはわかっておりましたが、意地悪く聞いてみました。

「しっかりしてくださいよ、親分。……ところで何を見たんですか？　禿ですか？　どんな？　おかっぱで目がくりくりの？」

文吉親分は話そうか話すまいかちょっと考えておりましたが、「いや、なんでもねえ。気のせいだ。じゃましてわるかったな、わるかったな」と合点がいかないままの顔で辞去されました。

文吉親分の背中を見送ると入れ違うようにして三河屋の女将《おかみ》さんがやってまいりました。

ちょっとした挨拶の後、用件に入りました。このときにはどのような用件で女将さんがやって来られたのか七尾姉さんには既にわかっておりました。

「来月の三日になりますが、三回忌法要を執《と》り行いたいと思いますので、ぜひ……」

「もうそんな時期ですかね、早いものですね。……はい申し受けました。必ず参列させていただきます」と七尾姉さんがいうと、三河屋の女将さんは丁寧に頭を下げて辞していかれました。

その後ろ姿を見送る七尾姉さんの後ろでたまきがにっこり笑いました。

「これが良い機会です、ちゃんと成仏するんですよ」と七尾姉さん。

カラスが騒げば花魁の骸《むくろ》ひとつ

《一》

昼の九ツ半（午後一時ごろ）あたりから始められたたまきの法要が終わったのは暮れ六ツ（午後六時ごろ）でありました。もっともお坊さんの読経やら説法やらは一時（約二時間）ほどで終わったのでございますが、ご両親との、たまきの思い出話に花が咲きまして、飲んだり食べたりしているうちにうっすらと暮れ、通りの提灯や行灯《あんどん》には火が灯り始めております。飲むことが嫌いな方ではない……いえ、飲むことが滅法好きな七尾姉さんでございますから酒が進み、すっかり出来上がってしまい、しかも思い出話といいましても、先日までたまきの幽霊が出入りしていたわけでございますから、うっかりそんな話を交えて語るうちにご両親の顔はみるみる怪訝となり、しまいには引きつったようになりまして、「……七尾姉さん、お酒が過ぎましたようで、そろそろお開きということで……足元にくれぐれもお気をつけてお帰りなさいまし」と追い出されるように法要饅頭だけを持たされて帰ってきたのでございます。吉原では夜見世の刻限でありまして、もうどこからか見世清掻《みせすががき》が聞こえてまいります。

景気のよい音に歩調を合わせるような千鳥足で帰途につき千歳楼《ちとせろう》の戸を開けた時にハッと我に返り、「なんぞまずいことを言いましたかね」と振り返るも記憶が途切れ途切れになっておりまして「済んだことはしかたないわね」と一向に反省せぬまま楼へと入って喪服の帯を解きました。そこで七尾姉さんはぽつねんと思いました。「すっかり寂しくなりましたね」と。

ですが、これはたまきとの約束です。今日の法要を機会にちゃんと成仏することと。死んだ者がいつまでも娑婆《しゃば》にいてはいけません。死んだ者は死んだ者の世界で、生きている者は生きている者の世界で過ごすのがよいのですと諭《さと》したわけであります。

「わかりんした。必ず成仏いたしますんで安心してくださいな。ですが、わっちのこと絶対に忘れないでくださいましな」と言い残し、たまきは成仏してこの世を去ったわけでございます。

たまきがいなくなると回り行灯のように思い出が次々に蘇《よみがえ》ります。寂しさがこみ上げてまいります。七尾姉さんは天袋から徳利《とっくり》を取りだすと、ちびりちびりとお酒を舐《な》めながらたまきの思い出に浸ります。

たまきがこの千歳楼へやってきたのは四年前のちょうど今ごろでございました。七尾姉さんがここに見世を開いて五年目になろうとしたころ、見世の回し方にも要領を得て少々余裕ができましたので、雑用を頼まれてくれるような機転の利く娘がいてくれるとよいなと思い、一本裏手の揚屋町で菓子屋を営みながら口入れを世話する善衛門《ぜんえもん》さんに「用事を言い付かってくれて掃除やら、買い物を引き受けてくれるような娘をさがしておるんじゃが、よい娘はおらんかね。禿《かむろ》とはいってもウチは女郎の跡取りなどにしようとは思っておらんので、ただの小間使いでいいんじゃがね。ただしウチのような見世だから給金はわずかだよ。善衛門さんが打ってつけと思しき娘がいれば、とりあえず会って話ができればいいんじゃが」と頼んでおいたところ、二日ほどして「裏茶屋の三河屋を知っていなさるね。……そこのお千佳《ちか》ちゃんはどうですかね。年は十で利発そうでいい子ですわ。ただ、両親が仕事に感《かま》けて行儀作法の躾《しつけ》を疎《おろそ》かにしたせいか、少々お茶っぴいな娘となっておりましてな、そこで七尾姉さんに仕込んでもらえれば一石二鳥ではないかとね……七尾姉さんならそんな役に打ってつけと、お千佳ちゃんの両親も大いに乗り気でね」と言われ、「じゃあ、一度会ってみましょうかね」ということで、お千佳とその両親にお会いした次第であります。

お千佳に会ってびっくりしたのは七尾姉さんでございます。懐かしさとうれしさと申し訳なさが怒濤《どとう》となって流れ、うねって七尾姉さんの胸の中に流れ込んでまいりました。

「……お里《さと》かね？」と思わず七尾姉さんの口から洩《も》れたほどでございます。

お千佳ちゃんは妙な顔をして七尾姉さんを見つめました。実は、里というのは七尾姉さんの二つ下の実の妹でございまして、十の時に七尾姉さんはここ吉原へと連れてこられたことは前にも述べさせていただきましたが、そのとき、一緒に連れてこられたのが里でございました。同じ見世へと奉公に入り、見習いをしておりましたが、その一年後にはやり病でぽっくりとこの世を去ってしまいました。七尾姉さんは慣れない吉原、慣れない見世のしきたりに戸惑い、わが身だけで精いっぱいで里の面倒を見られなかったことがいまだに心残りとなって重く背にのしかかっていたのでございます。ですから、その面影を映すお千佳ちゃんを見て腰を抜かさんばかりにびっくりしたわけでございます。お里が生き返ったかと思ったくらいでございました。

七尾姉さんはお千佳ちゃんに会い、里への罪滅ぼしの気持ちからか「ぜひともうちで面倒見させていただきとうございます」と申し入れたことで、とんとんと話が進みまして、めでたく千歳楼においてお千佳ちゃんが奉公することになったわけでございます。

なぜお千佳がたまきかと申しますと、吉原界隈《かいわい》では本当の名を使いません。源氏名というものを使います。つまり、お千佳ちゃんはたまきという名で奉公することとなったわけでございます。

確かにたまきは機転が利き、口が達者で人当たりも良いのですが、わがままなところがあったり、一つのことに気をとられると別のことが疎《おろそ》かになってとんでもないとちりをすることがあって気が抜けないところがあります。そんなところも里とそっくりでございました。ですからとても他人とは思えず、七尾姉さんとは妙に気が合い、しかりつけると、逆にやり込められてしまうことがあったり、逆に説教されたりと、それでも毎日が楽しくてしかたがありませんでした。

しかし、二年前の四月下旬のある日のことでございました。たまきは朝、いつものように千歳楼へ来たはいいのですが、来た早々から何やら視線が定まらず夢うつつの様子でして、怪訝《けげん》に思った七尾姉さんが「どうしなんした？　身体の具合でも悪いんですかね？」と気遣いましたところ、「でしょうか？　なんだか頭がふわふわして……」と言ったかと思うとその場で卒倒してしまいました。

七尾姉さんがたまきの額に手をやると、そりゃもうひどい熱でございました。鉄瓶の湯が三十数えるまでに沸かせるかと思うほどでありました。

「こりゃ大変じゃ」と、七尾姉さんは急いで布団《ふとん》を敷き、たまきを寝かせると、すぐに江戸町二丁目の堀内医院へ駆込み、堀内良庵先生の手を引っ張ってきました。

良庵先生はたまきを見るや否や「こりゃただの風邪じゃな。二、三日ゆっくり寝てりゃ治るでな」と素っ気なく言い、葛根湯《かっこんとう》を置いて帰って行きました。いつの時代でもそうでありますが、風邪とはいえそう楽観できるものではありませんで、七尾姉さんは心配でなりません。たまきを三河屋に返しても、ご両親は稼業で忙しく看病できそうにありませんので、「うちの方で面倒を見させてもらいます」と伝え、たまきを千歳楼で看ることとなりました。お里の二の舞にならぬよう精いっぱい看病させていただこうと思ったわけでございます。額に濡らした手拭をのせ、葛根湯を飲ませ、寝る間を惜しんで看病しましたが一向によくなりません。それどころか日に日に窶《やつ》れ、六日目、両親と七尾姉さんの見守る中、静かに息を引き取りました。

「たまき、しっかりしなんせ、目を覚ましなんせ……なんぜ、たまきまで……」

七尾姉さんの視界は涙でゆがみ、やがて眼前の世界は真っ暗になりました。

吉原界隈では春祭りの催しが行われておりました。仲之町《なかのちょう》通りには桜の木が植えられ、一般客を入れての花魁道中の真っ盛りでございました。

桜の花びらが春風に吹かれて舞い散る中、たまきの葬儀がひっそりと執り行われました。

しばらく七尾姉さんは何も手に付かず、生きているのか死んでいるのかわからないような生活を何日も続けました。「日にち薬が癒してくれますよ」というたまきの両親から慰めを受けるほどの落胆ぶりでございました。しかし、日にち薬は一向に効く様子はありません。良庵先生の葛根湯のようでありました。「あの良庵が悪いんじゃ。ヤブ医者めが……。何がただの風邪じゃ。何が二、三日で治るじゃ。嘘医者めが……」と包丁を握りしめたこともありますが、思い止まりました。死んだたまきの魂が悲しむことになりかねませんので。ここはやはりお酒の力を借りるしかないと思った七尾姉さんは、毎日浴びるようにお酒を飲むようになりました。と申しましても以前と比べて一割ほど量が増えただけでございますが、その一割増しのお酒のせいで気分は最悪でございました。

十日ほどした明け方、最悪の気分で目を覚ますと「姉さん、姉さん大丈夫でありんすか？」と心配そうに覗き込む顔がありました。その顔はまさしくたまきでありました。「たまき……」と七尾姉さんはその名を呼びました。そしてぼそりと呟《つぶや》きました。「わたしはとうとう気が狂《ふ》れちまったのでありますな。でも、いいんじゃ。こうして再びたまきと会うことができて本望であります。たまき、よう戻ってくれましたな。きっと神様がわたしを不憫《ふびん》に思って気を狂わせてくれたのですね」と薄らに微笑みました。

「姉さん、しっかりしてくださいな。たまきですよ」

「わかっておる。たまきじゃね。よく戻ってきてくれんした」

「姉さんは気など狂れておりませんよ。目の前にわっちはちゃんとおります」

「おるわけなかろう。おまえは死んだのじゃよ。最期を看取ったのはわたしじゃぞ。冷たくなった亡骸《なきがら》を抱きかかえてお棺に入れたのもわたしじゃぞ。それで、目の前におったら、そりゃこの世の者じゃなくて、幽霊じゃぞ」

「そうじゃよ。わっちは幽霊でありんす」とたまきはにこりと微笑みました。

刹那《せつな》、七尾姉さんの顔は鬼のように豹変いたしました。

「化けて出たのかね？　わたしに恨みあっての狼藉《ろうぜき》かね」

「迷っただけでありんす……これにもいろいろと事情がありまして……」

「たわけ者めが。今すぐ成仏せい。さもなきゃ徳利に封じ込めるぞ」

七尾姉さんはそんな術も会得していたのでありましょうか、たまきは途端に顔色を変えました。

「今すぐは無理でありんす。徳利に封じ込めるのだけは堪忍してくださいな」とたまきは泣き顔になりました。

「今すぐ無理とは、なぜじゃね？」と俯くたまきの顔を覗きこみました。

「あの快源《かいげん》和尚さまでございますからね」

「快源和尚というのは金福寺《きんぷくじ》の和尚じゃろ」

太った丸顔の和尚で年は五十半ばでありましょうか。修行に明け暮れたという人相ではありません。「なぜ、金福寺の和尚では成仏できんのじゃ」という当然の問をたまきに返しました。

「実はな、あの和尚さんな、時々、角町の叶屋《かのうや》に出入りしてましてな、女郎さまと遊ぶわ、酒は飲むわ、挙句の果てにはその揚げ代を踏み倒すわで、とても評判が悪いんでありんすよ。坊さんのようで坊さんじゃないようでな」

「女犯僧《にょぼん》か？」

「そういうのかね。かつらを被って出入りしていなさるんじゃよ。どこかで見た顔じゃなと思ってよくよく考えるとあの坊さんだったというわけじゃ。その姿をわっちは何度も見ておるんでありんす」

「だからなんじゃ？」

「そんな坊さんだから、お経にありがたみがなくて、成仏できんかったんでありんすよ」

「だったら己の裁量で成仏したらよかろうに」

この十日ほど、たまきを思い、悲しみに暮れていた自分が馬鹿に思え、無性に腹が立ってきて「今すぐ成仏しなんせ。このままでは化け禿になってしまうわね。そんなことが噂になったらどうするね。あの千歳楼には禿の幽霊が出るそうだぜ、憑いて来ちまったら事だぜ、なんて……そんなことになったら商売上がったりじゃぞ」と七尾姉さんは近所中に聞こえるような声で言いました。

「しばらくおいてくださいな後生ですから。一周忌には成仏しますすから。姉さま、お願いでありんす」と手を合わせて拝むものですから、七尾姉さんは大きな溜息《ためいき》とともに「仕方ないわね。ほかでふらふら出られても、わたしの方も困るでな」とたまきが成仏できなかったのは七尾姉さんがいじめたからだと根も葉もない噂が立ってはやはり困りますので、已《や》むなく聞き入れることにしました。命日まではほぼ一年というところです。

しかし、その一周忌の法要には、また金福寺の和尚が読経したのでございました。

「しかたないです。うちは金福寺の檀家ですから」とたまきは涼しい顔です。

「おまえ、最初からそのつもりじゃったね」

「とんでもありんせん」と言いつつも、顔には「そうでありんす」と書いてあります。

そして二年目となったわけです。今年こそは成仏させようと、七尾姉さんは金福寺へ文を書いたのでございます。もちろん匿名で。『快源和尚どの。女犯は大罪。この文を受けたその日より百日の荒行をすべし。さもなくば奉行所に訴え出るものなり』と。つまり脅迫文でございます。それが功を奏したようでありまして、三回忌には代役らしい和尚がやってくることになりました。「快源和尚は急病でな、わしが代わりに経を読ませてもらうでな」とのこと。これでようやくたまきは成仏できたようでございます。静かになるとやはり寂しさがぶり返します。知らず知らずのうちに酒が進みます。

《二》

七尾姉さんは朝、目を覚ましました。明の六ッ（午前六時ごろ）でございます。七尾姉さんは煙草盆を手元に引き寄せると起きがけの一服を付け、ふーっと細く長い煙を吐きました。じっと目を閉じ、耳をすまします。どこからかパタパタと足音が聞こえ、それが次第に近づいてくるのを聞き逃しません。七尾姉さんの右の眉がぴくぴくと動くのが傍から見ていてもわかります。すると、煙草盆へ力任せに灰を叩き落としました。乾いた音が千歳楼に響き渡りました。閉められたままの障子戸からすっとたまきが現れたかと思うと「大変じゃね、大変じゃね」と騒ぎたてました。

「ほう、何がそんなに大変なんじゃね、たまきどん」

「実はな……」

「その前にな、ちゃんと説明してもらわんといかんことがあるんじゃが、わかるかね？」

「そのことも追々話そうと思っておるんじゃがね」と言いながらたまきは、すーっと部屋に入り込んできました。

「そちらの方を先に話さんかね。わたしはそっちの方に興味があるんじゃが」

「あの和尚さんの頭がな、つるつるしててな……」

「あたりまえじゃ、坊さんじゃ」

たまきの話が唐突に始まりました。三回忌で三河屋の仏壇に供えてあるたまきの位牌に向かって和尚さまが経を読んでいるところを想像していただければよいかと思います。

「それでな、べたべたしててな、ひょっとしたら一文銭が貼り付くかどうかとめきどんと賭けをしたんじゃ」

とめきというのも江戸町二丁目篠屋《しのや》で成仏できずにいる禿の幽霊で、たまきの友達でございます。何でも店先に積んであった米俵が崩れ、その下敷きになって呆気なく命を落としたそうでございます。

「ほ〜、賭けをな……でどうした?」と七尾姉さんが聞きました。

「わっちが、貼り付く方に一文、とめきどんが貼り付かん方に一文という具合に賭けたんじゃ」

たまきは身振り手振りを交えて話しました。話に引き込もうとするときほど振りが大きくなるのがたまきの癖でございます。

七尾姉さんは「ほう」と左の眉を上げて聞き入ったような素振りで聞いていましたが、実のところそんな話はどうでもよかったのでございます。当然でありましょう。腹の中では既にぐつぐつと腸《はらわた》が煮えたぎっております。たまきにも煮えたぎる音が聞こえたようで、心なしか声が震えました。

「でな、わっちの懐から一文出して和尚さんのお頭、後ろのところじゃよ」と盆の窪《つむ》あたりを指差しました。「そしたら、和尚さんが急に頭を持ち上げたもんだから一文銭が襟首《えりくび》からすとんと着物の中に滑り込んでしまってな……」

あのときじゃなと七尾姉さんは思い当たりました。和尚さんが妙な具合に背中をもぞもぞさせていた場面を思い出したのです。

「ということは、賭けは、たまきの負けということじゃな」

「そうじゃよ。で、とめきどんに一文とられたわけじゃ」

「もう一文は和尚さまの着物の中か？」

「そうなんじゃ。和尚さまが立ち上がるまで待って、落ちた一文銭を拾うつもりじゃったが、一向に出てこんのじゃ。ひょっとすると和尚さまのふんどしの中に入ってしまったのかもしれんのじゃ。それで諦《あきら》めたんじゃよ。結局のところ二文を損したんじゃな」

七尾姉さんは、帰り際、和尚さまがなにやら歩きにくそうに腰を振る姿を思い出しましまして、思わず吹き出しそうになりましたが、ぐっと堪《こら》えました。

「でもな」とたまきは話を続けました。「わっちはとめきどんと別れて約束通りに成仏しようと一旦はあの世へ行くことにしたんじゃよ。とめきどんはもう少しこの世にいたいというのでわっちだけで三途の川まで行って船に乗ろうと思ったら、船頭さんは……船頭さんはイノシシみたいな顔の船頭さんでな……」とたまきは思い出したように笑いました。

「船頭さんの顔のことはどうでもよいわ」

「イノシシが言うには船賃は六文じゃというんじゃ」

「あたりまえじゃ。昔から三途の川の渡し賃は六文と決まっておる」

「わっちの懐には四文しかないんじゃ。負けてくれんかとたのんだけどな、駄目じゃというんじゃイノシシが。で……」

「で、なんじゃ」

「で……、今、ここにおるわけじゃ」

「たわけ者。謀《はか》ったな化け禿。どうせ作り話じゃろ」

どこまでが本当の話なのかわかったものではないと七尾姉さんは聞く耳を閉ざしました。

「そんな言い方はあんまりでございます。半分は本当でございます。お願いでございます姉さま、もう少し……」

「駄目じゃ。もうこれ以上、ここへくることは許さん。少々甘やかしすぎたんじゃな。甘やかしたわたしも悪いが……今日からは心を鬼にして突き放してくれるわ」

たまきは悲しそうに俯きましたがふと顔を上げて、「そうじゃ、三国屋《みくにや》のことじゃがね。三国屋の屋根になカラスが三羽とまっておってな」

話を変える戦法に出たなと七尾姉さんはたまきの腹を読みました。三国屋は京町二丁目で営む中見世の妓楼《ぎろう》でございます。花魁はひとりきりですが、そこそこ人気の見世でございます。

「それがどうしたんじゃね」

七尾姉さんはたまきの話に引き込まれまいと身構えながらとりあえず聞いてみました。

「三国屋の若い衆が『縁起が悪いわ、あっち行きやがれ』とばかりに一生懸命に追い払おうとしていたんじゃよ。竹竿で屋根を叩いたり、石を投げたりしてな、でもな、一向に散らないんじゃ」

「ほう、それで？」

「それだけじゃ」

「それだけかね？」

「……いえ、それだけじゃありません」とたまきは一生懸命に話を膨《ふく》らませようとしまして考えるも、その続きが一向に思い浮かびません。

「嘘じゃろ」

「いえ、ここまでは本当でございます」

「ここからかね……さあ、どうするね、たまきどん」

たまきは、どのように頭をひねろうと話の続きが思い浮かびません。焦《あせ》れば焦るほど頭の巡《めぐ》りが悪くなるものでございます。やがてたまきのおでこに冷や汗が浮かび始めました。

「残念じゃな、とりあえず消えておれ。呼ぶまで出てこなくてよいぞ。ずっと呼ばんかもしれんぞ」と七尾姉さんはナンマンダブを三回唱えました。たまきは不機嫌の煮凝《にこご》りのような顔で何か言いたげに口をとがらせたまま消えました。一時はこれでしのげるのでございます。

七尾姉さんは「どうしたもんじゃろか」と呟き、溜息を洩らしました。もう一年辛抱するか、それとも三ノ輪の浄閑寺の住職に相談してみようかとも思いましたが、いなくなると寂しくもありますので、さて困ったと再び溜息を洩らしました。いっそ、新しい禿の口を善衛門さんに頼んでみようかとも思いました。すれば、たまきも己の居場所がなくなったと思い、諦めて成仏してくれるのではないかと考えました。たまきのためにもその方がいいと思うのでございます。死んだ者は新たな命に生まれ変わると申します。輪廻転生でございます。新たな命として生まれ変われば、今度はきっとよい人生を送ることができるにちがいありません。そのためには七尾姉さんもお酒を断って神様仏様にお祈りするつもりでございます。ですが、そこはお酒好きな七尾姉さんのことでございますから三日くらいで勘弁してもらって……。ここは心を鬼にして、嫌われようが、試してみるかとも思いました。しかし、そう簡単に新しい禿が見つかるとも限りません。気の合う禿に巡り合うことはなかなか難儀《なんぎ》なことでございますから。七尾姉さんの禿のころのような捻《ひね》くれた禿ならいない方がましですし。七尾姉さんは散々頭を悩ましているうちに頭痛がしてきまして横になりました。そして、うつらうつらとするうちに寝入っていました。夢うつつの中でどうしたもんじゃろかと……。

目が覚めたのは朝の四ツ（午前十時ごろ）のことでございました。外の騒がしさで目が覚めたのでございます。甕《かめ》の水を一杯飲み、うがい鉢で顔を洗い、さてどうしたものかと考えているうちに、良い考えが浮かばないときは湯に入るが一番と、いつものように富士の湯へ出向くこととしました。この時期は乾いた風が吹いて心地良いのでございますが、千歳楼のあたりは風の通り道でもあり、やたらと旋風が吹き、それとともに土《つち》埃《ぼこり》が舞い上がるので滅多やたらと窓も開けられません。知らぬ間に妓楼のそこら中、身体中が埃だらけになります。首筋も砂っぽくなり、気持ちが悪くてたまりません。

七尾姉さんは、手拭と糠袋《ぬかぶくろ》を持って下駄を突っかけてサクサクと小気味よく音を響かせて富士の湯へと向かいます途中、京町二丁目を通ります。そこには三国屋があります。「そうじゃ、たまきがなんぞ言うておったな。カラスが三羽どうのこうのと……」と独りごちながら屋根を見上げますと、カラスが四羽とまっておりました。「たまきの話では三羽であったはずじゃが、一羽増えたようじゃな。それがどうしたというんじゃろ」

と呟き、あたりをぐるりと見回しました。ほかの見世の屋根にはカラスはおりません。はて、なぜじゃろと首を傾《かし》げながら七尾姉さんはその先にある富士の湯へと向かいました。

カラスなんて珍しくありませんし、増えようが減ろうが七尾姉さんにはどうでもよいことでございますが、湯船につかりながらなぜか気になってしかたがありません。カラスが気になるのか、たまきが気になるのか頭の中がごちゃごちゃになりながら髪を洗い、身体を洗い、再び湯船につかり、悶々としながら富士の湯を出ます。

乾いた風が砂埃を立て、せっかくさっぱりした身体に再び埃がまとわりつくことにやるせない気になりながら三国屋の前を通りかかりますと、見世番の忠助《ちゅうすけ》と申しましたか……ちょっとした二枚目で、七尾姉さんがあと十も若ければ靡《なび》いてたかもしれません……手桶《ておけ》と柄杓《ひしゃく》を持って見世の前に打ち水をしておりました。気が利くといえばそうなんですが、そこだけではと歯がゆい気持ちになりながら横切りますと、先ほどのカラスがそれを愚弄するかのように鳴き始めました。先ほどより増えておりますでしょうか、屋根の上にも数羽が円を描くように飛び回っております。

「うるさいカラスども。とっととどこかへうせろ。まったく縁起でもねえ」と忠助さんは柄杓を振り上げて怒鳴りましたが、カラスどもには相手にもされません。カラスは人が騒ぐのを見て喜ぶかのようにぴょんぴょんと柿葺《こけらぶ》きの屋根の上を跳ね回ります。

「何事かね？　あのカラスはなんじゃね？　吉原すずめというのは聞いたことがありますがね、吉原カラスというのは聞いたことが無いんじゃが。雇ったのかね？」

「馬鹿言っちゃいけねえ。だれが雇うんだい」

「じゃあ、あのカラスはなんですかね？」

「俺に聞かれてもわからねえな。おまえさんならカラスとも話ができるんじゃねえのか。ちょっと聞いてもらえねえか」とのことで忠助さんにもカラスがなぜこの見世の上に集まるのかさっぱりわからんとのこと。もちろん、さすがの七尾姉さんといえどもカラスとは話はできませんので、カチンとお頭に怒りが迸《ほとばし》りました。口走った途端、忠助さんはさっと表情を変えました。余計なことを言っちまったとの後悔の顔でございます。七尾姉さんの眉がぴくんと上がりましたが、ただでも頭の中がごちゃごちゃしてますので、とりあえず怒りは飲み込みました。次回に持ち越しです。

それからも忠助さんはカラスに向かって何やらわーわー叫んでおりましたが、そんな様子を背中で聞きながら七尾姉さんは千歳楼へと戻ってまいりました。

吉原の本番は夜でございます。夜にはカラスは塒《ねぐら》へと戻るので静かになりましょうから大事にはならないはずでございます。

案の定、そのように落ち着いた様子でございました。

《　三　》

七尾姉さんの見世から一町（約百十メートル）ほどのところ、揚屋町に伊勢甚《いせじん》という質屋がありまして、そこでは質流れした着物を格安で、とはいえませんが、それなりの料金で貸し出しておりました。もちろん七尾姉さんも利用しない手はありませんので、足しげく通い、借りられるものは借りることにしております。なんせ、千歳楼は狭いですので普段必要でないものを置いておくような所はございません。必要な時に必要な物を借りる、これが生活の知恵でございます。で、翌日、たまきの三回忌に着た喪服を伊勢甚へと返しに行く途中のことでございます。先日、見世先で打ち水をしていた忠助さんが若い衆を四、五人連れ、きょろきょろしながら歩き回っているではありませんか。

七尾姉さんと目がかち合いました。忠助さんは、昼飯時に借金取りにでも見つかってしまったかのような顔つきでさっと目を逸らしましたがもう遅うございました。

「何を探しておられるんですかね？　忠助どん。わたしにできることがあればお手伝いさせていただきますがね」と七尾姉さんはにっこりほほ笑みながら行く手に立ちはだかりました。

「いえ、何でもねえ。放っておいてください。お忙しい七尾姉さんの手を煩《わずら》わしちゃ申しわけねえ」

「何をおっしゃいます。黒塀、忍び返しの中で生きる者同士が助け合うのは当然のことではありんせんか。しかも、わたしは人様が困っている時に知らぬ顔で通り過ぎることなどできん性分でしてな。カラスと話はできませんが、あの世の者となら話せるかもしれませんでな。そのような類のことなら遠慮なく言いつけてくれませんかね」

忠助さんは引きつったような顔で笑いながら、他の者に先へ行くよう合図すると「そうかい、それならちょっと相談に乗ってもらおうかね……実はな」と七尾姉さんの耳へ注ぐように話しかけましたが「足抜けかね」と七尾姉さんが気を回しました。

「そうじゃねえ。滅多なことは言わねえでくれ」と大袈裟《おおげさ》に手振りを交えて否定しました。足抜けとなれば吉原では大事件でありまして、ただ事では済まされません。足抜けした女はもちろん、それに加担した者も無事ではいられません。そして、足抜けされた見世も恥をさらすこととなりますので、そんな噂を流されてはたまったものではありません。ですから大仰に否定するのは無理もありません。

忠助さんは「猫がな」と小さな声で言いました。

「猫ですか？　猫が足抜けですか」と七尾姉さんはからかい半分に言ってみました。

「足抜けじゃねえって言ってるんだ。やめたやめた、こんな姉さんを相手にするのはやめた」と、忠助さんは今度は声を荒らげました。その動揺ぶりに七尾姉さんは笑いを堪えるのに苦労しました。喉元《のどもと》あたりがひくひくと動きました。

「わかりましたよ、黙って聞きますよ、猫がどうしたんですか？」

「……猫がな、いなくなっちまったんだよ」と忠助さんは低い声で言いました。

「猫がいなくなったくらいで大騒ぎですかね」

「とんでもねえ。間違っても猫ぐらいなんて言わねえでくれ。そんじょそこらの猫じゃねえんだ。大事な客様からの貢《みつ》ぎ猫でな……」

へえ、と七尾姉さんは驚きました。櫛《くし》や笄《こうがい》、簪《かんざし》、着物を貢ぐ客様は数多いらっしゃいますが、猫を貢ぐ客様のことは初めて耳にしました。生きな物……いえ、粋な物を貢ぐ客様もいらっしゃるようで。「何でまたいなくなりんした？　見世から出しましたか？」と七尾姉さんは続けざまに聞いてみました。

「それがよくわからねえんで。ひょっとするとあのカラス連中のせいかもしれねえ。カラスが集まって騒ぐものだから、恐れおののいてどこかへ身を隠したのかもしれねえ。

ここんとこ姿が見えねえって、正木《まさき》花魁が騒ぎ始めてな。俺らもこうやって探しておるわけなんでぇ」と忠助さんは困り果てたように顔を歪めました。

「正木花魁の猫ですか。そりゃえらいことですね」

正木花魁と言えば三国屋でたったひとりの花魁で、正木花魁ひとりで三国屋を支えているような女郎さまでございます。そのご機嫌を損ねるようなことがあれば一大事でございます。話を聞けば、正木花魁が命の次にかわいがっていた猫マメゾウがいなくなったとのことで、それはそれは半狂乱のように騒いだそうでございます。「マメや、マメ。どこぞにいるや。早く出てこんとお仕置きですよ」と、妓楼の部屋を一つ一つ、小さな庭をも隈なく探し、布団部屋から行灯部屋、厠、はたや天井裏までも自ら上り、きれいに結いあげた髪をクモの巣だらけにしながら探したそうですが見つからなかったそうでございます。妓楼からは出さぬように気を使っておったそうですが、猫のことですから中庭の石灯籠に上って、そこから屋根伝いに出たとも考えられます。

「外へ出たんじゃ。外にちがいないわ」と正木花魁は若い衆を集結させると、「連れ戻すまでは帰ってこんでもよいぞ。わっちはマメゾウが戻ってくるまでは客様のお相手もせぬのでな」と目を吊り上げて追い立てた次第だそうでございます。若い衆もこんなことで呼出しを掛けられてはたまったものではありませんが、御職《おしょく》の命《めい》でございます。これ以上にへそを曲げられても困ります。断るに断れず大の若い衆が難儀しておるわけでございます。いつ いなくなったかもはっきりせず、猫のことですから、上へ下へとすばしっこく動き回るわけですから、もしかすると、黒塀を乗り越えて外へ出たかも知れないわけですから、そうなれば見つけることは至難の技。吉原の外というのは田んぼや畑が広がっていて、そこを馴れぬ猫が徘徊《はいかい》すれば、目立つことこの上なく、たちまちカラスの餌食となり、細切れになってカラスの腹の中に収まっていてもおかしくないわけでございます。今ごろは骨と皮だけになってハエにたかられているやもしれませんが、それでも若い衆は走り回らなければならないわけでございます。

「これに関しては、わたしの出る幕ではござんせんな。精々《せいぜい》お気張りなんし」と七尾姉さんは忠助さんの横を通ると先を急ぎました。

「だから言っただろうに。相変わらず面倒くせえ姉さまだな」

忠助さんはぶつぶつ言い、不満の面を張り付けながら着物の裾《すそ》を端折《はしょ》り直すと、急いで仲間の後を追いかけました。

わたしの用事は何でしたかね、と七尾姉さんは手荷物を見て「そうじゃった、借りた喪服を返さんといかんね。昼前に返さんと追加料金をとられるでな、猫などに構ってはおられんわね」と呟きながら伊勢甚へと向かいました。

「賞金でも懸《か》かれば本腰を入れるんじゃが。……言えばよかったわね」と七尾姉さんは少々後悔なさいました。

その日の夜、七尾姉さんは散々呼び込みをし、通りすがりの殿方の袖《そで》をひっぱり、腕をひっぱり今日こそは客を取ろうとしましたが、人っ子一人、猫の子一匹見世には入っていただけません。「勘弁してくれねえか」とか「許してくれ」とか「見逃してくれねえか」などと追いはぎか、山賊にでも狙われたかのように急ぎ足で通りすぎる殿方ばかりでございました。結局、七尾姉さんは、その夜も諦めて見世へと引っ込みました。七尾姉さんにとっては猫の行方やカラスの祭りの訳よりなぜにこれほどまでに客様が千歳楼へ登楼されないのか、その訳が知りたいばかりでございます。決して客様を粗末に扱ったことなどありませんし、小唄や三味線の腕前も、全盛期ほどではありませんが今でもそこらの花魁に引けをとるものではございません。活《い》きこそ少々落ちておりますが、まだまだ美貌も……しかし、客足はさっぱりでございます。

実は、七尾姉さん自身はご存じありませんが、ここ千歳楼に関して妙な噂が流れております。その元となったのは吉原裏細見《うらさいけん》なる読み物でございます。こんな物騒なものがこっそり出回っておりまして、それによりますと、この千歳楼の女楼主七尾は物の怪《け》の類であるとまことしやかに書かれておりまして、詳しく申しますと、たとえば、行灯の明かりに照らされた七尾姉さんの影には般若《はんにゃ》のような角が生えていたとか、客を殺《あや》めて切り刻んで鍋の具にして食しているとか、千歳楼へ入った客を見た者はいるが、出てきた客を見た者はおらぬ……とか。このようなことをどこかの誰かが面白おかしく広めているようなのでございます。七尾姉さんに以前、痛い目にあった殿方の仕業でありましょう。ですが七尾姉さんはこのことを一向に存じ上げません。己に関わることに疎《うと》いのが七尾姉さんなのでございます。

浅草寺の鐘が四つ聞こえ、それから少ししたころでございますから夜四ツ半（午後十時半ごろ）でしょうか、吉原の格式ある見世では活況も落ち着いたころでございます。七尾姉さんは相変わらず開店休業のご様子で、宵の口から既に出来上がっておりまして、「このままあの世からだれぞ迎えにこんかね。そのほうがよっぽどか楽でしょうに」などと呟きながら茶碗を箸で叩いておりますと、千歳楼の障子戸を壊そうとするかのように激しく叩く者がおりました。

「まさか、お迎えかね？」と七尾姉さんはどきりとしましたが、はっと我に返り「どなたさまでございましょう」と色気を交えて応対し、戸を少し開けます。

「わたくし三国屋の甚五郎《じんごろう》でございます。折り入ってお願いがありまして」と丁寧な言葉使いでありますが、厳《いか》つい痘痕《あばた》顔を戸の隙間から覗かせました。

《四》

翌日は曇天でございましたが、いつものようにたまきがやってまいりましたが、いつもと違って様子を窺うようにスーッと忍びこむように入ると部屋の隅でちょこんと座して七尾姉さんが起きてくるのを待っておりました。七尾姉さんが深酒した翌日は大抵このようでございます。荒れた部屋の様子を見れば深酒したことはすぐにわかります。皿や茶碗がひっくり返ったり、徳利が転がったり、時には煙草盆までも……しばらくしてがさごそ音がしたかと思うと、奥の間と座敷を隔てる襖《ふすま》がすーっと音もなく開き、死を間際にした病人か、十日も逃げ延びた落ち武者のような顔で七尾姉さんが現れます。一見するとどちらが幽霊かわかりません。

「やっぱり来ていたかねお化け禿どん」

「姉さま、大丈夫ですか？　わっちより顔色が悪いですよ」

「いつものことじゃ、この程度では死なんよ……何の用かね？」

いくら来るなと言っても聞き入れず、しかも、成仏させる手立てもないので、最早諦めた感が七尾姉さんにはありました。と言っても完全に諦めたわけではありません。追々考えるとしますかと、その程度となりました。

「三国屋が大変でございますよ」と七尾姉さんの顔色を窺いながらたまきが言いました。

「知っておるわ。見世の上でカラスが屯《たむろ》して、猫のマメゾウがいなくなったのであろう」

「やっぱり知らないんですね。七尾姉さんにはやっぱりわっちの目と耳が欠かせませんね」とたまきはにんまりします。

「何があったんじゃね?」といいつつ七尾姉さんは頭を抱えます。

「あのな、今度は新造さんがいなくなったそうじゃね」

「新造? 振袖《ふりそで》新造かね? 留袖《とめそで》新造かね? それとも番頭《ばんとう》新造かね?」

振袖新造とは、十五歳前後の禿上がりで、姉さまの付き人をしながら遊女の見習いをする娘のことでございます。もう少し年を取ると留袖新造と呼ばれるようになりまして、遊女から足を洗うと女達の世話をする番頭新造となるのでございます。

たまきは答えました。

「振袖さんでございます」

「足抜けかね。新造でありながらなかなかやりますな。新造なら、まだ、それほどまでにきつくはなかろうに」

「足抜けかどうかは、わからないそうですよ」

「そんなことは決まっておろうが。いなくなれば足抜けじゃ。それ以外に何があったというんじゃ？」

「そうでしょうか」とたまきは怪訝に首を傾げました。

たまきの話によると、姿を消した新造というのは源氏名を春久《はるひさ》といい、年は十四。半年ほど前に甲斐の国から連れてこられた娘だそうでございます。背丈は五尺三寸ほど（約百五十九センチ）とのことです。細い体でありながら鞭《むち》のようにしなやかで、足首がきゅっとしまっていて、たまきの目から見ても羨《うらや》ましいほどの体軀《からだ》だったそうでございます。顔立ちはというと、小作りの顔に、くりっとした大きな目、ちんまりしながらも切り出したようなつんとした鼻など、幼いながらも美形で、将来は部屋持ち、座敷持ち、ひょっとすると花魁かと期待されるような娘で楼主の甚五郎さまも事あるごとに自慢するほどの娘で引っ込み新造に格上げしようかと目論んでいたほどでございます。その娘が、ある夜を境に忽然と姿を消したのでございます。

「折檻《せっかん》した挙句、死なせて、闇から闇に葬ったんじゃないだろうね」と、七尾姉さんは疑いました。ここ吉原ではそれほど珍しい話ではありません。「もし、そうならわたしは許しませんよ。預かった物、預かった人は元のままお返しするのが世道ですからね」

たまきを預かっておきながらご両親に無事な姿でお返しできなかったことが七尾姉さんは心苦しくてなりません。そのような気持ちに駆りたてられるのも致し方ないかと。

たまきは七尾姉さんの目がきりっと光るのを見まして、頼もしく思いましたが、折檻して死なせたような三国屋の雰囲気ではなかったので、これは七尾姉さんの空回りかもしれませんねと思いました。

「たまき、何をそこでぼーっと座っておるのですか。とっとと行って話を聞いてきなさい。新しい話が聞けなんだら帰ってこなくてもいいですよ」

七尾姉さんの厳しい言いつけでございますが、以前と同じようにここにいられるような気がしてたまきは、それでも嬉しくなりました。

「あいあい、でも、だれに聞けばいいでしょうかね」とたまきは顎《あご》に指をあてて小首を傾げました。

京町二丁目の三国屋にはたまきが懇意とする禿、新造がおりませんので、さてどうしましょうかと考えた挙句、その隣の山田屋の禿いさじから話を聞くことにしました。

あっちこっちに顔を出すいさじでございますから何か知っていようと考えたのでございます。いさじもたまきと同じく成仏できぬ禿の幽霊でございまして、しかも、もうその見世で二十数年もの間、さまよっておるようでございます。幽霊の中には死後も年を取らぬまま、死んだときの姿でいる者もいるようで、二十年以上たっても十歳のまま。羨ましいやら痛ましいやら……。死んで年をとるとらないは思い残しの強さなのかもしれません。それにしても怨み辛みというのはいつまでたっても消えぬようで、これも恐ろしいことでございます。いさじというのは、八つで山田屋へと奉公に入り、何事もなく二年ほどを過ごしましたが、十歳のときにはやり病に侵され、それでも休むことも許されず、そのせいでうっかり粗相をしてしまい「客様の前でとんでもねえ粗相をしやがって……」と厳しい折檻のあと押し入れに閉じ込められ、そのまま放置され、朝には冷たくなっておったという、何とも痛ましい死にざまだったと自分自身の口から涙ながらに語るようで、たまきは会うたびにその話を聞かされ、「耳にタコが三つもできましたよ。また聞かされるわっちの身にもなってくださいまし」と泣きごとのようなことを呟きながら出ていきましたが、一時《いっとき》ほどして、たまきが帰って来た時には「姉さま、姉さま」とほくほく顔で報告に参りました。

「良い話が聞けたようですね。勿体《もったい》付けないでとっととお話しなさいな」と七尾姉さんはたまきを横目で見ながら一服つけました。

「へえ、いさじどんの言うことには、春久どんは、年は十四で、半年ほど前に三国屋に奉公に上がったそうで……」

その話はもう聞きましたとばかりに七尾姉さんはふーっと煙を長く吐きました。

相変わらず気の短い姉さまじゃとたまきは思いながら「何でも、甲斐の国から女衒《ぜげん》につれてこられたそうで、多分、元はお武家様の娘さんらしく、奉公に上がったときから礼儀作法、読み書きから算術まで大方のことはそつなくこなされたそうでございます」

「お武家様にもいろいろなご事情があられるそうで、已《や》むに已まれず吉原に沈むことになったんでしょうね。心情を考えると百姓の娘よりはるかに辛かろうに」と七尾姉さんは首を振りながら哀れみました。

「でもな、楽しそうじゃったと言うておったよ」

「遊女が殿方と何をしているかも知らずに奉公に入れば、当初は楽しかろうて。おまんまは食えるし、綺麗な着物も着られる……」

「そうじゃろか」とたまきは細い首を傾げましたが、話を続けました。「いさじどんが壁越しに聞いた話では、ここへくるはずだった春久は十歳という話じゃったが、どこでどう間違ったかやってきた娘は十四歳じゃったとか。女衒に問いただしても、そうじゃったかな、いや、最初から十四と伝えたはずじゃとか、ぜんぜん話が噛み合わなんだとかいうてなさったがな」

「そんな話はよくあることじゃ。女衒なんていい加減なもんじゃ。男の子を間違って連れて来なさった話もあるでな。三つや四つの年の違いなど些細なことじゃ。申し送りの際に手違いがあったんじゃろ。奴らにとってごまかすのはお手の物じゃ」

「でな、も一つ変なことがあったんじゃと。それはな、甲斐のお国訛《なま》りがなんだか妙じゃったというてなさったそうじゃ。取って付けたようなお国訛りじゃったと」

「お国訛りが取って付けたような……じゃと？ そりゃ妙じゃな」

「三国屋には、甲斐の国から来なさった女郎さまもいなさったからな、その女郎さまも『おまえさんは本当に甲斐の国から来なさったか？』と聞いて首を傾げておったそうじゃが、春久さんは母様が甲斐の国の出とか、親父様の役目柄あちらこちら移り住んだとか、はっきりとは答えなかったそうな。聞いた感じでは西の商人のような訛りが混じっていたようじゃと言うてなさった」

「西かね……大坂かね……じゃが故郷を偽る理由などあろうかの？」と七尾姉さんは二度目の煙草に火を付けながら首を傾げました。

「まだあるんじゃよ」とたまきは得意満面の顔で七尾姉さんに詰め寄りました。

「ほう、なんじゃね。聞こうじゃないかね、たまきどん」

「春久どんは、軽業《かるわざ》の名人じゃったそうな」

「軽業かね……飛んだり跳ねたりするあれかね？」と七尾姉さんは少々興ざめしたように煙草の煙を力なく吐きました。

「あい、飛んだり跳ねたりするあれですよ、姉さま。というのはですね、春久どんは些細なことから朋輩《ほうばい》の新造さんと喧嘩になりましたそうで、そのとき、胸を押されて階段から突き落とされそうになったそうですよ。二階からですよ、姉さま。……すると、春久どんは、後ろ向きでくるっと回ってすどんと床に降りたというんです。それはそれは見事だったそうですよ」とたまきはそれを見ていたように目を丸くし興奮気味に鼻の穴を広げました。

「ほう、どうしてそのようなことができたんじゃろ？」と七尾姉さんは鼻から煙を吹きました。

「なんでも、吉原に来る前には軽業の小屋で修業をさせられたとか言っておったそうな。そこの親方がぽっくり逝って小屋が潰《つぶ》れて吉原に売られる羽目になったとか……」

「なるほどな、それならできても不思議ではないわな」と七尾姉さんは納得したようなしないような……。しかし、それが何かの手がかりになるのでしょうか？　七尾姉さんの顔色は少しずつ曇っていきました。

「それとな、どうでもよいかもしれんのじゃが、いさじどんが覗いてたらな、部屋持ちの五月《さつき》さんと不寝番《ねずばん》の茂吉《もきち》さん、座敷持ちの花里《はなさと》さんと雑用の彦八《ひこはち》さん、そして……」

「わかった。その話は、もう、よいわ、たまきどん。上出来じゃ。ご苦労であったな。ではご褒美《ほうび》に線香でも焚《た》いてやろうかな」と、七尾姉さんは煙草盆の下の引き出しから線香を一本取り出すと火鉢に立て、煙草の火をお付けなさいました。たまきは線香の煙を見ていると妙に落ち着くらしいので、ご褒美のときはいつもこれでございます。安い物でございます。たまきが線香を見つめている間、七尾姉さんは考えまして、後は自分の足で聞き回るしかないようですねと思いました。ところで、たまきが最後に言おうとしたのはきっと朝込みのことでございましょう。朝込みとは、遊女と若い衆が、朝のちょっとした合間に持つ男女の関係のことで、もっての外でございます。七尾姉さんには聞かずともわかりました。

ところで、三国屋甚五郎さまからのご依頼とはなんだったのでございましょうか。これはまことに実入りのよい依頼でございました。「いったい、うちでは何が起こっておるのか、ちょっと調べてもらえればありがたいのじゃがな」と半紙に包んだ三両を置いて帰った途端、知らず知らず笑顔になる己が気持ち悪くてなりませんでしたが、背に腹は代えられないと本腰を入れることにしました。いっそのこと妓楼をやめて萬相談処に鞍替えしようかとの考えも過《よぎ》りました。『河岸見世萬相談処《よろずそうだんどころ》 化け物退治、人探し、猫探し、何でもござれ』と宣伝文句までひらめきました。まっ、これはあとでゆっくり考えることとなるでしょう。

《五》

七尾姉さんはおみ足が鈍らない程度に出歩くように心がけております。ですが一日千歩までと決めております。必ず千歩を歩くわけではありませんで、それ以下ということでございます。千歩というと、距離にして五町（約五百五十メートル）くらいでしょうか。それ以上は、切羽詰まった事情がなければ歩きません。ちょうど、富士の湯へ行って帰ってくるくらいの距離でございます。走るなんてことは五年に一度くらいでしょうか。前回走ったのは、吉原が火事になった時でございます。この時ばかりは悠長に歩いてはおられませんで、どこにこのような力が潜んでいたのかと思わせるほどの勢いで持てる荷物をひとまとめにし、山のような荷物を背負って大門まで走りました。当然、当の夜もお酒をいただいておりまして、気持ちよく出来上がっているところに半鐘が鳴り始め、目が覚めるように「火事じゃね」と心のどこかで誰かが叫んだかと思うと七尾姉さんの頭と腰がしゃきっとしまして、それまでの酔いなどどこぞに吹き飛んでしまいまして足が動き始めたわけでございます。そのおかげで身も荷物も無事でございましたが、大門を出た直後には、それはそれはお見苦しい事態となりました。近くにいた人々が思わず顔を背けるほど、とても描写できるようなお姿ではありませんでした。まさに醜態でございました。それ以前に走ったのは、やはり火事のときでございます。それ以前も、やはり火事のときでございます。ここ吉原は数年に一度は全焼するような大火事に見舞われまして、その時だけは七尾姉さんの足が速く動くのでございます。つまり自分の尻に火が付きそうにならないと走らないのでございます。走らない、千歩以上歩かない。なぜかと申しますと、長く歩けば、当然、下駄の歯が減ります。土埃《つちぼこり》で足が汚れます。着物が擦《す》れてほつれます、汚れます。なにより、お腹も減ります。ですから必要以上には歩かないのでございます。ですが、今日ばかりはそうもいっておられません。たまきばかりに聞き込みをやらせておいてはネタも頭打ちとなりかねませんで、やはり三両を丸々せしめるには自らの足を動かさねばならぬと気が付いた次第でございます。尻に火が付く意味は多少違いますが、心の中では同じでございまして、今、久しぶりに走っているような気分でございます。

三国屋の前まで来て、ちょいと玄関先から見世の中を覗きこみました。昼見世の前とあって見世の前はいたって静かでございますが、何やら見世の中は騒々しく、というより大騒ぎでございます。

七尾姉さんが腰をかがめて奥を覗きこんでおりますと中から着物の裾を端折った見世番の忠助さんが飛び出してきて、危うく七尾姉さんとぶつかりそうになりました。

「危ないじゃないですか」と怒鳴る七尾姉さんを尻目に、「それどころじゃねえんだ」と喧嘩にもならず、そのまま忠助さんは仲之町の方へと走っていかれました。

「何事かね?」と背中に聞きますが聞き入れられず、七尾姉さんはその背中を見送るばかりでございました。追いかけて行こうかとも思いましたが、そこまでの気力はございません。そのようなことをせずとも見世の者に聞けばよいことでございます。

戸口のところに立っていた不寝番《ねずばん》の茂吉に「どうしなんした?」と聞きますが、茂吉さんは答えてよいものやらいけないものやら迷っているご様子でございました。

「わたしは楼主の甚五郎さまに一件の見極めを頼まれておるのです。教えてくれてもよいでしょ」と詰め寄りますと「そうでございますか、そのような事情であればお話ししますが、実は……」と重く粘りつくような口を開いてくれました。正木花魁の様子がおかしいとのことでございます。

「おかしい」とはいろいろな捉え方がありますが、「何がどのようにおかしいんですかね」と七尾姉さんが聞きました。

「それが、五日ほど前から目がうつろで、顔色が悪く、肩で息をするほどで、ここ二、三日は立って歩くこともままならず、昨日からは寝たきりになっておられまして、うわ言のようにマメゾウ、マメゾウと……」

「マメゾウがいなくなったせいですかね」

「いえ、そればかりではないようで、それ以前から……」

「体調がお悪いと」

「へえ、それも、相当に……」

「それは、心配でしょう」と、これに関しては口先だけではなく七尾姉さんも心から心配になりました。七尾姉さんとは親交はありませんが、三国屋のたった一人の花魁ということで、お名前もお姿も存じ上げております。徳川様が江戸入りしたことを祝す八朔《はっさく》には必ず白無垢《しろむく》姿で外八文字を描かれます。数多いる花魁の中でもひときわ目立つ存在でございました。正木花魁の道中姿を思い浮かべていると、見世の中が、さらに慌ただしくなり、若い衆が階段を上へ下へと駆けずり回るのが見受けられます。

そして、「医者はまだか」とか「駄目じゃ、手遅れじゃ。呼ばなあかんのは坊さんのほうかもしれん」とか縁起でもない言葉が飛び交い始めております。

「まさか、大袈裟な……」と七尾姉さんは呟《つぶや》きますが。七尾姉さんが玄関先で覗きこんでいるうちに、騒がしさがやがて納まりつつありました。

「……どうしたね」と七尾姉さんは、また茂吉さんに言葉を向けますと「駄目だったようでございます」と弱々しく俯きました。

「駄目とは……?」

つまり、亡くなられたということでございましょうが、七尾姉さんは俄《にわ》かには信じられません。

詳しく聞くところによりますと、正木花魁は数か月前から体調がすぐれませんで、一時はご懐妊かと疑われ、医者に診てもらいましたが、それは早合点だったようで、それでは労咳《ろうがい》、瘡《かさ》かとも疑われましたが、どうやらそれも違うらしいとのことで、ではなんであろうかと散々悩んだ挙句、結局わからないまま、今日まで来てしまったとのことでございます。もちろん、良庵先生の処方する滋養湯を毎日欠かさず飲んでおられたようでありますが、一向によくなりませなんだとか。やっぱりあの先生の薬は役立たずでありましょうかと七尾姉さんは腹の中で呟きました。

そんな騒ぎの中ですから猫や禿が姿を消したとか、カラスが屋根に屯《たむろ》してカーカー騒いだとか、そんな些細なことは消し飛んでしまいました。

日をあらためて出直しましょうかと踵《きびす》を返そうとしたとき、「こんなことになっちまって、松平様になんと申し開くんだい。あたしゃ首を刎《は》ねられるのはごめんだよ」と見世の中から嗄《しわが》れ、震えるような叫び声が響き洩れてまいりました。今の声は確か、遣り手のお常さんではなかったでしょうか。聞き捨てなりませんねと七尾姉さんは思いました。返そうとした踵がぴたりと止まりました。

おろおろする茂吉さんに「ちょっと、今、お常さんの口から出た、松平様というのはどこのどなた様のことでございましょう？」と聞いてみましたが、茂吉さんは惚《とぼ》けたように首を傾げ「へっ、松平様？……いえ、存じ上げません」と言いますが惚けていますと茂吉さんの顔にはっきりと書いてあります。

「わたしの目は節穴ではございませんよ。普通のお人には見えぬ物が見え、普通のお人には聞こえぬ声が聞こえるのでございますよ」とちょっと脅してみました。

「そんな馬鹿な……」と茂吉さんは引きつった顔で怪訝に七尾姉さんの顔を見つめます。

「茂吉さん、あんた、部屋持ちの五月《さつき》さんと朝込みなさってますね」

見世に知られれば無事では済まされません。たまきが聞き込んできたマメネタでございます。どんな些細なことでもそれを遺憾《いかん》なく利用するのが七尾姉さんの底意地の為せる技でございましょう。早速と役にたちましたが、今思えば、もう少しじっくり聞いておけばよかったと思いました。

七尾姉さんは茂吉さんに押し戻されるように玄関先から離され、「俺が喋ったなんてことは絶対に内緒にしてくれ。よいな、そして五月とのことも内緒にしてくれよ」

「わたしはなここに三十年おるんじゃぞ。口が堅くなきゃこれまで生きてこられんぞ」

「人を脅す女は信用できんがな……」

「早く喋らんかね」と七尾姉さんは急かしました。

「松平様というのは武蔵の国、川越藩主、松平斉典《なりつね》様のことでございますわ」

「なんと……」

七尾姉さんはそこで大方を察しました。三十年この世界に居ればわかります。大名の名が出れば、その後に出る言葉は決まっております。吉原遊女がこの言葉をどれほど心待ちにしているか、聞いた途端に心の臓が口から飛び出すかもしれんと思うほどの嬉しい言葉でございます。その言葉こそあの「落籍《らくせき》」でございます。七尾姉さんも落籍され、その後は転落の憂き目に会いましたが一度は幸せの頂点に到達いたしました。その気持ちは重々とわかります。落籍であればその相手が人でなくても、犬でも猫でもよいのでございます。しかし、そのお相手が大名であれば山の天辺に火の見櫓《やぐら》が立つくらいの心持ちでございましょう。という意味は、犬でも猫でも、大名でも材木問屋の隠居でも、ここから出られれば大差はないという意味でもございます。

「決まっておったのかね?」

「へえ、来月には……」

「猫のマメゾウを貰いだのも……?」

「へえ、松平様でございます」

「えらいことですな」

「へえ、えらいことでございます」

「三国屋甚五郎さまは首を洗ってござらっせるかね?」

「へえ、おそらく……」

「も一つき聞きたいのじゃがな、身代金はいかほどじゃったね?」

これに関しては七尾姉さんの個人的な興味でございます。

茂吉さんは七尾姉さんの耳に口を近づけると小声で「へえ、千三百五十両だとか」と注ぐように言いました。

七尾姉さんは、その金額に腰を抜かしそうになりました。七尾姉さんの身代金は三百五十両でしたから、その差額に驚きを隠せません。しかし、なんとか気を静めたいので
「しかたないわね、御職じゃし、しかも、わたしは二十六歳と八か月のときの落籍でし

たからな。きっとその年の差なんじゃ」と自らを慰めました。正木花魁は二十四歳と二か月だそうでございますから、しかし、二年六か月の差が千両とは……納得しようにも納得できません。

当時、七尾姉さんの歯ぎしりが半町四方に轟きそうでございます。その美貌と気風の良さで次期御職とまで言われましたが、その人気にとんでも天狗となった玉清花魁は、やがて振る舞いが粗暴となり、我がままとなり、お酒の量が増え、人気にも陰りが出てきたのでございます。そこで見世側が考えたのは、落ち目になりつつある玉清花魁を、早いところ手放して、格下の座敷持ち女郎を昇格させて利益を増やす方が見世の為にはよいのではないかと楼主、内儀、遣り手、その他若い衆が密かに相談し、三百五十両と格安で売り出したような次第で、それに応じたのが気のよい材木問屋の隠居八郎兵衛さまでございました。玉清《たまきよ》花魁の気風と美貌を贔屓《ひいき》にしていたこともあり、事情を察しつつも快《こころよ》く応じられたのでございました。

七尾姉さんの事情はともかく、千三百五十両と吹っ掛けたからにはその代償は大きい物となることは想像に難くありません。まだ金銭の受け渡し等、落籍に関わる請状の取り交わしはまだといいましても、話がまとまった以上「正木花魁がお亡くなりになられました」「はい、そうでございますか、ナンマンダブ……」などと穏やかに終息する話とはとても思えません。松平様にとってもそれなりの覚悟の上の落籍でありましょうから甚五郎さまの首が胴体から離れることになっても全然おかしくはありません。七尾姉さんは思わず手を合わせたくなりました。

「もう一つ聞きたいのじゃが……」

「も一つ、も一つといつまで続くのかね」と茂吉さんは腕を組んで不機嫌を表しました。

「いいじゃろ、どうせ暇なんじゃし……」

「とんでもねえ、これから大忙しでえ。これを最後にしてくだせえよ」

「へえ、わかりんした。でな……正木花魁はここ二、三日歩くこともままならなかったということじゃが、体調が悪くなり始めたころは、どんな様子だったのかね」

「そうですな、……最初は、頭が重いの胸が苦しいのと言っておられ、それからはちょっと体を動かすとすぐに疲れると言い、そうこうしているうちに顔色が悪くなられ、一日二日休むわけで、するとちょっと良くなるということを繰り返しましたが、だんだんとその頻度が多くなり、休んでいる間が長くなりましたね。どこが痛いというわけでもなく、最初は心の病かと皆が思っておったんですが……しばらくすると食が細くなって、みるみる痩せていって、髪は抜けるわ、肌はどす黒くなるわ……最近では見る影もありませんでしたわ。まるで六十の婆さんのようになって……」

「ちなみに、正木花魁は松平様のことをどう思っておったんでしょうね？」とそれを最後に聞こうとしたとき、先ほど飛び出していった忠助さんが良庵先生を背負って駆け戻ってまいりました。背負った方も背負われた方も大変だったご様子で忠助さんは見世に着くや否やへたりこみ、ぜいぜいと喘《あえ》いでおりました。背負われていた良庵先生も転げ落ちるようにしてしゃがみ込んでしまったほどでございます。

「これじゃったら自分の足で走った方が楽だったわい」と息を切らしながら言ったかと思うと、すぐに見世の中から若い衆が出てきて良庵先生を引きずりこむようにして連れて行きました。同時に茂吉さんも見世の中へ駆けこんでしまって結局、話は尻切れトンボとなってしまいました。

「今ごろ医者が来ても手遅れじゃ」と中では声があがっておりましたが、それでも死因くらいはわかるかもしれないと、おそらく良庵先生は正木花魁の骸を検分することでしょう。ひょっとすると何者かに殺められたのかもしれませんので……そうであればこのままにしてはおけません。疑いがあれば番屋に届けなければなりません。亡くなったからと言われて何もしないまま帰ることはできません。

七尾姉さんも何か物足りず、聞いた話も釈然とせず、そのまま辞去する気にはなりませんでしたので、その場で身じろぎもせずじっと見世の中を窺っておりました。ねばっていればいいことがありそうなので、ちょっと待ってる七尾姉さんでございます。

正木花魁が、松平様のことをどのように思っていたかなんてことは、傍から見ても分かることではないなと、七尾姉さんは思いました。落籍は嬉しいものと前には申しましたが、だれとて諸手を挙げて喜ぶばかりではないことを七尾姉さんは知っております。稀《まれ》なことではありますが、他に好いた人がいたりすれば話は別なのでございますが、正木花魁がそうであったかどうかは今となってはわかりませんな、などと、いろいろ心情をまさぐっておりますうちに時が過ぎていきました。

半時もしたころ、良庵先生が見世の若い衆に見送られて出てまいりました。待っていた甲斐がありましたとばかりに数歩歩いたところで七尾姉さんは良庵先生を捕まえました。

「良庵先生、正木花魁の具合はどうでありましたか？」

七尾姉さんは正木花魁が亡くなったことを知っておりますが、良庵先生は七尾姉さんが知っているとは知りませんので、とりあえず、こんな聞き方をしてみたのでございます。

良庵先生は声の主を振り返り「ああ、七尾さんでしたか？　なんですかな」と怪訝に見ました。

「正木花魁のことですよ。どんな具合でありましたか？」

良庵先生はすぐには答えようとはしませんでした。口元にぐっと力を入れ、巾着のように閉ざしておりましたがふと解くと「駄目じゃった……」と力なく言われました。

「亡くなったと……」

七尾姉さんはさも初めて知ったかのように落胆して見せ、「なにか、悪い病だったんですかね？」と探りを入れてみました。

そこでも、良庵先生はしばらく間をあけ、「わからん」とだけ答えました。しかし、奥歯にアタリメでも挟《はさ》まったようなはっきりしない「わからん」でありまして、七尾姉さんはその挟まりを見咎《みとが》め、良庵先生はそれが何であるかを見抜いているにちがいないと読みました。

その様子から、七尾姉さんのお頭《つむ》の中の琴線がピンと弾けたような気がしました。正木花魁は何者かに殺められたのではないかと直感したのであります。しかし、この一件が見渡せないながらもそれを悟った刹那《せつな》、七尾姉さんは、これはかなり厄介《やっかい》な一件ですなと、先の縺《もつ》れ具合に気が遠くなるような思いでございました。

「良庵先生ほどのお医者さまなら、本当はわかっておられるんでしょうに。正木花魁の死の理由《わけ》が……」と七尾姉さんは鎌をかけてみました。

良庵先生は七尾姉さんの顔をちらっと見るとそれからは何も語らず、ただ歩調を速め、七尾姉さんから離れようとしているようでございました。その様子から、やはりと七尾姉さんは察しました。七尾姉さんはその後ろ姿を見つめるだけでそれ以上は追いかけませんでした。なぜだかわかりましょうか？　そろそろ折り返さないと千歩を越えてしまいますから。

《六》

七尾姉さんが今、もっとも気がかりなのは新造春久さんの安否でございます。カラスの屯《たむろ》、猫の失踪に関しましては大した出来事ではございません。亡くなった正木花魁は気の毒でありますが、亡くなってしまった人を偲《しの》びはしますが心配してもしかたがありません。安否のわからぬ春久が無事でいてくれることだけを今は願っております。

なぜ、春久さんはいなくなったのでしょうか？　生きていようが、死んでいようが、この囲われた吉原から人一人を消しさることは簡単なことではございません。

生きた女が出られる門は大門一つでございます。ここ吉原には厳しい監視の目があります。いろいろな手立てや助っ人を使えば出るに出られないことはありませんが、新造の春久さんに助っ人がいるとも、また、それだけの知恵があるとは思えません。決して馬鹿だ愚かだと言っているわけではありませんで、七尾姉さんは、ただ、世間の常識から考えてそのように思うのであります。死んだ女であれば裏門から出られますが、自分では出られませんで、誰かが手を貸したことになります。

一連の出来事に繋《つな》がりがあるとすれば、春久さんの失踪もわかるはずでありましょうが、繋がりというものが全くといっていいほど見えてきませんので、七尾姉さんのお酒の量も増えるにちがいありませんし、たまきへの当たりもきつくなることが予想されます。気の毒なのはたまきでございます。

「たまき、ぼーっとしてないで何か聞き込んできなさい。これ、たまき」と七尾姉さんは声を張り上げますが、もう馴れたものでございます。八つ当たりの的にされることを察したたまきはどこぞへとさっさと退散しているようでございます。

突然、千歳楼の戸が勢いよく開きまして、文吉親分の顔が現れました。

「今、何て言った？」と文吉親分は口を尖らせました。

「何ですか？」

途端に酔いが覚めてしまいました。風呂上がりにちょっと酔わせていただこうとちびりちびりとさせていただいていたんですが、一番良い心持ちの時分にこの猿顔を見せられては騙された気分となりますが、その本人を目の前にしては文句もいえません。

「今、何て叫んだかって聞いてるんだ？」と文吉親分は素早く懐の十手を引き抜くと七尾姉さんの鼻先に突き付けました。黒錆《くろさび》に覆われ、金茶色の下緒《さげお》の付いた十手でございます。これで何人もの下手人と思われる人様の頭を小突いてきたのでしょう。悲鳴が聞こえてくるようでございます。

「いったい、わたしは何を叫んだと言いなさるんで？」と七尾姉さんは首を突き出して惚けて見せます。

「今、たまきって叫んだだろ？」

「わたしがですか？」

「おまえしかおらんだろ？　ほかにだれか居るのか？」

「だれか見えますか？」

「見えねえから言ってるんだ」とようやくそこで質問の応酬が止みました。「たまきとは、ここで死んだ禿だろ。俺がこの間見た禿は……確かたまきだったような……見たような見なかったような……」

「何を見たんですか？」

「いや、見たとははっきり言っちゃいねえ。見なかったかもしれねえ」

「はっきりしませんね。しっかりしてくださいな親分ともあろうお方が。確かにたまきというのは以前、わたしが抱えておりました禿でしてね。二年前に亡くしました。風呂上がりにちょっと酔わせていただいておりまして、昔のことを思い出しておりました。思わず名を呼んでしまったかもしれませんが……それがそんなにいけませんか？」

「いや、そうじゃねえ。そうは言ってねえが……そうか、思い出してのことか。死んだ者を思い出すことは悪くねえ。俺も亡くした金魚のことをよく思い出すわ。たまにはそうしてやってくれ。死んだ者も草葉の陰で喜ぶってもんだ」と言うと、慌てて十手を懐深く差しこみました。「俺もな、最近、ちょっと気が高ぶっちまってな、すぐにお頭にかっと来ちまうんだ」

「お役目のしすぎじゃありませんか。根を詰めすぎると体に毒でございますよ」

「ああ、わかってる。わかっているんだがこればっかりはどうにもならねえ。お上から十手を預かるお役目だからよ」と文吉親分は項《うなじ》をぺたぺたと叩きました。

「で、今日は御用の向きでありましょうか？　こんな陽の高いうちにこんなところへ……ご苦労様でございますが」

「呑気《のんき》なもんだ。こんな昼日中から酒か。羨ましい限りだ」と日照り続きの七尾姉さんの懐具合も知らない文吉親分は呑気に上がり框《がまち》に尻の半分を掛けると話し始めました。

「……実はな」

良庵先生は七尾姉さんと別れた後、その足で番屋へと立ち寄ったそうであります。そこで、正木花魁の骸を検分したことを告げ、その様子を、ちょうど居合わせた同心の佐竹様にお話ししたとのことでございます。この佐竹様というお方はといいますと目明しである文吉親分のいわば上司でありまして、文吉親分はこのお方に雇われ、このお方から給金を、わずかばかりではありますが、いただいておるわけでございます。

その佐竹様が同席されたその場で良庵先生が説明されたこととは、正木花魁は二、三か月ものあいだ体調がすぐれず、次第に体力が衰え、食が細り、顔色が悪くなり、髪が抜けるなどする病は、確かにあるにはあるが、しかし、これは性質の悪いはやり病でも、一時の病をこじらせたわけでもなく……。

「で、良庵先生はなんと？」と七尾姉さんは我慢して文吉親分の顔に己の顔を寄せました。文吉親分はさらに顔を近づけ、二寸（約六センチ）のところでおっしゃいました。顔がぼけてよく見えないのが幸いでございました。

「何者かに毒を盛られたんじゃねえかとおっしゃるんだ」と文吉親分。

「毒ですか？　なんと恐ろしや……で誰にですかね」

「それがわかれば苦労はしねえ」

「それを見つけて捕らえるのが、文吉親分のお役目」

「そういうこった」

「つまり、正木花魁は、三月《みつき》ほど前から少しずつ毒を盛られ、少しずつ弱っていって、おっ死んでしまいんしたと、こういうことでございましょうか」

「良庵先生が言うにはそのようだ」

「しかし、なぜに、そのような大事なことをわたしめに？」と、七尾姉さんはいったん二尺（約六十センチ）ほどの距離を取ると、右の眉を上げて首を傾げました。

「それだ、大事なことはこれからだ。つまり、正木花魁は、じっくり時をかけられて殺められたわけだ。なぜ、このような殺され方をされなければならなかったかと言えば、つまり、ただ殺すことが目的だったわけではなく、病死に見せたかったわけだな」

「へえ、もし、それが本当であれば、そのように考えてもおかしくないですね。で、なんぜ、わたしに？」

「本題はこれからだ」と文吉親分は佳境に入ったかのように身を乗り出し、七尾姉さんへ一尺ほどの距離へと再び顔を近づけました。この距離で見ますと猿顔がはっきりと見て取れます。困った距離ですなと七尾姉さんは思いました。

「正木花魁は、なぜ殺されなければならなかったかということがわかれば、下手人がわかるわけだ」

「へえ、確かに……それで、なぜ……」

「そう、急ぐでねえ。七尾姉さんはせっかちでいけねえ」

「へえ、何分、生まれつきの性分で申しわけありんせんが……」

七尾姉さんはなんだか聞いているのが馬鹿らしくなってまいりました。

「で、俺は考えたんだ。なぜ殺されなければならなかったかを探るには、三国屋の女郎衆に聞かねばならん。もっともな話だ。わかるな……わかるだろ」と七尾姉さんの頷くのを確かめると「だがな、俺が行っても女郎衆はすんなりと喋ってくれそうにないわけだ」

「どうしてですか。十手を突き出して喋らねえか、隠しだてすると……」

「それがいけねえんだ。女郎衆にはそれが通用しねえんだ。上等じゃねえですか、どこへでも連れて行っておくんなさいな。喜んでお供させていただきますと、まあこんな具合だ。ここと比べればどこでも極楽のようなもんだから当然だがな」と文吉親分は腕組みをして大袈裟《おおげさ》に首を振りました。嫌われてるだけでしょっと七尾姉さんの喉元まで出かけましたが、ぐいと飲み込みました。虫唾《むしず》より後味の悪い気分が残りましたが、文吉親分に気分を害されても厄介ですので七尾姉さんは決して顔には出しません。

「で、そこで相談なんだが、おまえさんはこの吉原ではそれなりの顔だ。それを見込んで頼みがあるんだが……」

「わたしに犬になれと」

「とんでもねえ、犬とはいわねえ、ちょいと話を聞いてきてくれればいいんだ」

「お仕事のご依頼ということでよろしいんでしょうかね」

「仕事というほどのことではねえんだが……とりあえず仕事だな」

「ようがすが、ご褒美はいかほどで？」

「何だ？」と文吉親分はもともと小さな目をさらに小さくしてきょとんとなさいました。

「ご褒美ですよ。お仕事をすればご褒美がいただけるのは当然と思うのですが。わたしも食うや食わずで干からびる寸前でして……あぜ道で干からびたカエルを見たことはおありですか？　……では、干からびた女郎はどうですかね。ちょうどあのような姿でございますよ。見たいですかね。ご趣味が悪うございますね」と七尾姉さんは言ってやりました。それからもちょっとの間からかい半分せがんでやりましたが、文吉親分も困り果てていましたので、それ以上はいじらないで受けてさしあげることにしました。文吉親分の懐具合を鑑《かんが》みての思いやりでございます。恩を売っておくとあとあと都合もよろしいかと、大人の算段を立てたわけでございます。ついでてでございますし。

文吉親分の後ろ姿を見送ったあと、「たまき、居るんでしょ。出てきんさい」という

と、ひょっこりと奥の方から顔を出しました。

たまきはにやにやしながら、「あのエテ吉親分、七尾姉さんにほの字でありんすな。

三国屋の一件より、七尾姉さんに会いたいから来なさったんですよ、きっと。見ていて

わかりんしたよ」と七尾姉さんの顔を覗きこみました。

「余計なこと言うでないわ。わたしはあの手の顔はきらいじゃということを知っておる

じゃろ。甚《はなは》だ迷惑じゃよ」

「わっちもです。エテ公は嫌いでありんす」とたまきはお腹を抱えて笑いました。

二人が散々笑い、気が済んだところで、七尾姉さんはたまきに命じました。

「ちょっと三国屋の様子を見てきなさい。聞けることがあれば誰でもよいので聞いてき

なさいよ」

たまきが思い出し笑いを堪《こら》えながら出ていくと、さてどんな話が聞けるやらと、七尾

姉さんはちょっと楽しみになりました。複雑に絡まった話でありながら、ひと所がほぐ

れると、次々にほぐれていくような気がしてなりません。ニヤニヤしながら七尾姉さん

は煙草を一服付けました。

一時《いっとき》ほどしたころたまきが戻ってまいりましたが、その顔を見るかぎり耳触りのよい話を仕入れられたようには思えませんでした。

「どうじゃったね？」と七尾姉さんに対座するととりあえず聞いてみます。

たまきは煙草盆を挟んで七尾姉さんはとりあえず「へえ、なんと申しましょうか、静かながらてんやわんやでございます」と困った顔を浮かべました。確かに三国屋の様子が見えるようでございます。御職である正木花魁が亡くなり、その骸を浄閑寺《じょうかんじ》へと運ばねばなりませんが、その前にやはり、楼内でのお弔いをしないわけにはいきませんし、楼主である甚五郎さまは番屋からお呼び出しがありましょうし、武蔵国川越藩松平様へも報告をせねばなりませんでしょうし、さらには甚五郎さまは首を洗わねばなりませんし、やらなければならないことが積み上がって山のように聳《そび》えているに違いありません。気の毒と言うほか言いようがありません。

「正木花魁の亡骸は番屋へと運ばれたようですよ」とたまきは言います。

おそらく、正木花魁の亡骸は、まず、文吉親分が詰める番屋へと運ばれ、そこから吉原一帯を管轄する大番屋へと運ばれ、同心佐竹様の立ち合いで大番屋付の医者による検分が行われることでしょう。そこで事件とするか否か正式に判断が下されるわけでございます。町医者の良庵先生が見て「妙じゃな」と思ったわけですから大番屋付の医者がそれを見落とすわけはありますまい。ひょっとすると正木花魁の亡骸は大番屋から三国屋へ返されることなく、甚五郎さまと共に奉行所へと移送されるやもしれませんねと七尾姉さんは思いました。

「他にお話は聞けましたかね」

「それが……」とたまきは天井を見上げました。困った時のたまきの仕草です。

「そうですか、しかたないですね。たまきが悪いんじゃないですよ。そう、落ち込みなさんな」

「落ち込んでなんていませんよ」とにっとたまきは笑いました。

「そうかね、それならよいわ。とりあえずごくろうさま」と七尾姉さんはたまきの気持ちを慮《おもんぱか》って労をねぎらいました。

「そうじゃ、見世の中をぐるり見てきましたよ」とたまきはひらめいたように言いました。

「早く言わんかね、で、どうじゃったね」

「特に変わった様子はありませんでした。春久さんと思われる新造さんの姿もありませんでしたよ」

もともと大きな見世ではありませんのでそれほどの苦労ではありませんが、たまきは一つ一つの部屋、設えられた押し入れ、天袋、行灯部屋、布団部屋に至るまで、覗いてきましたが閉じ込められているような禿、新造を見つけることはできなかったそうでございます。

「そうか、あいわかった」

やはり、三国屋にはいないようですねと七尾姉さんは胸の内で呟きました。ではどこにいるのやら。まさか、消えてしまったなんてことは……。たまきのような幽霊ではないのですから忽然と消えることなどあろうはずがありません。

たまきは気を利かせてか、再び三国屋へと出向きましたが、すぐに戻ってきて七尾姉さんに報告しました。

「大変です、姉さま」とその勢いは、生きているお人であれば戸口から駆込むやいなや転げて上がり框《がまち》にデコをしたたか打ちつけていたことでしょう。人がひとり消えて、人がひとり死んで、これ以上に大変なことはありましょうか。それなのに「大変じゃ」とは一体なにごとなのでしょう。

「正木花魁の亡骸が大番屋から三国屋へ戻ってまいりましたよ。楼主の甚五郎さまもご一緒です」

「なんと……確かに大変じゃ」

驚きのあまり七尾姉さんの目が泳ぎました。

これはつまり、正木花魁の一件には事件性がないと大番屋からお墨付きをいただいたことになります。もう少し詳しく申しますと、同心の佐竹様がこの一件に関しまして「是非に及ばず」といったかどうかわかりませんが、これは仕方のないことで事件にすることではないと突き放したことになります。では、良庵先生の見立ては間違いであったのでしょうか。確かに良庵先生が処方した薬は効きませんが、見立てが、そこまで違っているとは思えません。七尾姉さんはちょっとの間、宙を見つめて考えました。果たして事件などなかったのでしょうか？

いやいや。このことで、七尾姉さんの腹の中ではその理由が読めてまいりました。お役人の世界ではありがちなことでございましょう。どこからか押し返せない強い圧力がかかったに違いありません。色々な力や圧力が縦横無尽にかかっているのがこの吉原というところでございます。あったことをなかったことに、なかったことをあったことにすることなど造作もないことなのでございます。

既に、七尾姉さんの胸の中には一つの構図が、おぼろげではありますが出来上がっております。

長年、この吉原で様々な出来事を見聞きしてきた七尾姉さんだからこそ、他人様《ひと》には見えないことが見え、聞こえないことが聞こえ、それをつなぎ合わせることで他人様には見えない構図が見えてくるのでございます。それでも、やはり推測でございますので、それだけで迂闊《うかつ》にお話しするわけにはまいりません。他人様にお話しする前に確かめなければならないことがいくつかあります。しかし、それをどのように確かめようか、今、七尾姉さんの胸の中ではあれこれ算段をいたしておる最中でございます。これぼかりはたまきに任せるわけにはまいりませんので、とりあえず一升ほどのお酒の力をお借りして考えさせていただきたいと思います。七尾姉さんにとって、お酒は発想と行動の糧でございます。七尾姉さんに限らず、そのようなお方は多ございましょうが……。

《七》

翌日には二日酔いのないすっきりとしたお顔の七尾姉さんが見られました。よい手立てが浮かんだのかどうかはわかりませんが、足取りも軽く、朝の五ッ（午前八時ごろ）には千歳楼を出ました。たまきには「留守番でもしながら百人一首でも覚えなさいな」

とカルタを部屋に広げてやりました。たまきは「もう全部空で読めますよ」といいます。たまきがここへ来た時から暇さえあれば嗜《たしな》みとしてカルタを並べておりましたから、ものの覚えのよいたまきはすぐに覚えてしまいました。「じゃあ、逆からでも覚えなさい」との押し付けに「意味がわかりません」と不平の体を表しながら七尾姉さんの背中を見送りました。

五月の末でございます。清々しいようなそうでないような。ここは吉原でございます。「乾いた風が吹いて……」などと喜んではおられませんで、大きく息をしようものならたちまち鼻の中が埃だらけになります。梅雨時の方がよっぽどましかと。

七尾姉さんの足は真っすぐに三国屋へと向かっておりました。この刻限にはどの見世にも簾《すだれ》がおりてひっそりとし、通りには客様はおらず、開店準備のための出入りの棒手振りがひっきりなしに行きかっておるばかりでございます。

三国屋はいつになく静まり返っております。正木花魁が亡くなって、昨日の今日でございますから、奥では静かに弔いが行われているのでございましょう。縁起を担《かつ》ぐ妓楼では、不幸を表に出せませんので坊さんを呼んでも外へと響かぬよう密かに読経をしてもらいます。そして、皆が寝静まるのを待って吉原の裏門から浄閑寺へと運ばれることになります。寂しいばかりの葬儀であります。

七尾姉さんが三国屋の玄関を入り、見世番の忠助さんに「線香だけあげさせてもらえますかね」とお願いすると、忠助は快諾とともに正木花魁の部屋まで案内してくださいました。

障子を開けると部屋の真ん中に正木花魁の亡骸が寝かされておりました。お顔には死化粧が施されてはいますが、とても生前を思わせる気品あるお顔ではございません。窶《やつ》れ細った、まるで老婆のようなお顔でございました。しかも花魁であったとも思えぬ薄い敷き布団に寝かされ、薄い掛け布団が掛けられているだけでございます。本来なら、花魁の使用する敷布団は三つ布団と言いまして三枚重ねの三尺（約九十センチ）はある布団でございますので、その変わりようはあまりにも痛ましく七尾姉さんの目に映るのでございます。さらに、毒のせいで掛け布団の膨らみも目立たぬほどに痩せておられることも見受けられます。正木花魁が寝かされる横には粗末な祭壇が設えられておりますが、それが一層哀れを醸《かも》しておるような次第でございます。七尾姉さんは線香を一本立てさせていただき、念仏を唱えさせていただきました。

七尾姉さんは忠助さんに向き直るとその顔をまじまじと見つめながら聞いてみました。

「お役人様はなんと？」

「へえ、不審な点はない。病死であろうと」

いつもの忠助さんの威勢は沈み、呟くようにいいました。忠助さんの顔には、お上には逆らえぬ辛さが滲《にじ》んでおりました。

「病死でないことはわかっておりますな」

「俺の口からは何ともいえませんわ。今日は正木のためにありがとうございました。このままお引き取りを……」

忠助さんが口止めされていることは明白でありました。

「一つお聞きしたいのですがね、忠助どん」

忠助さんは俯き加減の顔から上目遣いで七尾姉さんを見ました。

「正木花魁が亡くなる前日に姿を消したという春久を連れてきたのは、どこの口入れ屋でございますかね」

「口入れ屋のことでございますか……確か、山谷浅草町の桂屋だったと思いますが、それがどうしたというんですかね？」

「桂屋というのは確かお頭《かしら》が吉三郎《よしさぶろう》さんでしたね。いえ、それだけ知りたかったんですよ」とそれ以上のことを七尾姉さんは語りませんでした。忠助さんも怪訝の色を少し濃くしましたが、それ以上は聞き入ってはきませんでした。

山谷浅草町といえば、吉原から目と鼻の先、四半里（約一キロ）ほどのところでございます。そこいら一帯には口入れを生業とする店が多くありまして、吉原に出入りする業者も数多ありましたが、春久を口入れした桂屋というのはあまり評判のよい業者ではありません。吉原に出入りする店というのは、妓楼とのお付き合いでありますから、もっぱら女を連れてくることを生業《なりわい》としております。その者は俗に女衒《ぜげん》と呼ばれております。女衒などという輩ときたら札付きの男衆ばかりでございますが、その中でも桂屋に出入りする輩は評判がことのほかよろしくありません。妓楼より依頼を受けた金額よりさらに値切って引き取った女たちを、なんだかんだと理由をつけては金額を上乗せして見世に引き渡したり、高く口入れできると踏んだ女は当初の依頼の妓楼ではなく、上級の妓楼へと斡旋したり、それだけではありませんで、吉原へと連れて行く途中にもかかわらず年頃の娘には客を取らせて金儲けをしたり、はたまた、女衒自身が娘を手籠《てご》めにしたりと、悪い噂は枚挙《まいきょ》に暇《いとま》がございません。そんな男衆を選んで雇い入れているような店でございました。

七尾姉さんは苦言を呈すいい機会だと、その足で山谷浅草町へと向かいました。ですが、もともとの用件は春久さんの件でございます。

歩くのは一日千歩までと決めていたのですが、今日ばかりはそうも言っておられません。往復すると今日一日で十日分も歩くことになるわけですから、今日より九日は歩くことを控えなければなりませんねと心の中で呟きながら、七尾姉さんは目的の桂屋へと向かいました。

口入れ屋の吉三郎というのは一見誠実そうな、まるで歌舞伎役者のような人相で人当たりも良いのですが、腹の中では金儲けのことしか考えていない、それはそれは有名な守銭奴でございます。吉原界隈の亡八からも一目置かれるほど有名なお人でございます。それはいいのです。お金が好きなのは吉三郎さんに限ったことではありません。七尾姉さんもどっこいどっこいかもしれません。問題はその手法なのでございます。

春久さんの件で出向いたはずなのに、胸の内はどのようにとっちめてやろうかなどとの思いが渦巻いておりました。女郎たちから恨み言、つらみ言を聞かされた回数は十や二十では収まりません。そうこう思いを募らせているうちに桂屋の前まで来ていました。

「春久の件じゃぞ」と七尾姉さんは自分自身に言い聞かせました。

桂屋と白抜きの黒い暖簾《のれん》がはためき、七尾姉さんを手招きしているようで、それにも腹が立ち、それを払いのけるようにして店へと入ると、人相の悪い五十半ばの番頭さんが出迎えました。

「これはこれは七尾姉さん。今日はどのような御用で」

「お頭の吉三郎さんにお聞きしたいことがあるのですが……おいでですかね？」と七尾

姉さんは既に臨戦の顔つきになっております。さぞかし険しい顔つきから刺々しい口調に聞こえたことでしょう。番頭さんがぎょっとした顔になりました。

「へえ、おりますが、どのような御用で？」と番頭さんはちょっといらつく態度に変わりました。

「三国屋の一件で……といえばおわかりになると思いますが、そのようにお伝え願えませんでしょうか？　六郎さん」

この番頭さんは六郎といいまして、今は口入れ屋の番頭という役に納まっておりますが、七尾姉さんが能登の国から奉公に出るとき、村まで連れに来た女衒でございます。当時、七尾姉さんが十で妹の里が八つ、六郎が二十の半ばあたりでありましょう。血気盛んな時期でもあったのでありましょう、それはひどい扱いでございまして、慣れない道中を七尾姉さん姉妹を引きずるようにして江戸吉原まで連れて来た女衒でありました。その記憶がまざまざと蘇ったのでございます。

「もう、昔のことではございませんか。わたしも扱いかたがわからぬ時分でございました」と六郎さんは、七尾姉さんの目を見て、今でもそのことを根に持たれていることを察しながら言い訳なさいました。

「わたしは何も申しておりませんがね。早いとこ、用件をお伝え願えませんでしょうか?」

「へい、しばらく」と言い、六郎さんは店の奥へと入って行きました。「こちらは評判悪いですよ」とその背中に投げかけてやりましたが、「へえ、承知しております」とでも言いたげに横顔をニヤリと崩しました。腹立ちのあまり七尾姉さんの横腹が震えました。開き直っているのであれば何を言っても無駄でしょうねと七尾姉さんは胸の奥で思いました。

店は三和土を上がると十二畳ほどの板の間になっておりまして、そこに人相の悪い男数人が茶を啜っておりました。各地方へ散り、娘を連れ帰った直後のひと時といったところでございましょう。以前にも見た顔が二つ三つありまして、七尾姉さんは気分が悪くなりました。

「何をじろじろ見ているんですか?」と七尾姉さんの方から蹴散らすように言いました。

男衆は何も言わず、さっと視線を逸らし、茶を啜りました。

七尾姉さんは女衒の間でも有名で、会ったことのない女衒でも噂くらいは聞いたことはあるはずでございます。「これが噂の七尾姉さんか」「怒らすと吉原での仕事がやりづらくなるぜ」と腹の中の声が聞こえてきそうでありました。

六郎さんが出てきて「どうぞこちらへ」と手招きし、七尾姉さんは奥座敷へと導かれました。

奥座敷にはすでに吉三郎さんが座しておりまして、すました顔でお茶を啜っておりました。吉三郎さんは色白の優男《やさおとこ》で、よくこれでひと癖もふた癖もある女衒をまとめられるもんだと感心しながら対座しました。この店の二代目だそうですが。

七尾姉さんが座を構えるや否や「いや、三国屋さんの一件には驚きましてね」と挨拶もそこそこに話が始まりまして、七尾姉さんにとっては好都合でありました。堅苦しい挨拶が苦手でございます。

「いくつかお聞きしたいことがありましてね。それにしても相変わらず評判は悪いですね」と七尾姉さんが先手を打とうとすると、「七尾姉さんはいつまでもお綺麗でなによ り」と妙な間合いでお世辞を入れられて出鼻をくじかれそうになりましたが、怯《ひる》むことなく、「女達からいろいろと聞いておりますよ。使用人の素行は、もう少し何とかならないもんですかね。お頭さんがそれをさせているんですかね」

「人を使うということは、なかなかに大変でしてね、それなりの褒美が必要になるんですよ」との言葉に、何を説いても無駄なようですねと七尾姉さんは諦めました。

「正木花魁のことですよ」と七尾姉さんは話を変えてみました。

「まだまだ若いのに、なんとおしいことを。ご病気だったとは知りませんでしたね」と言うと、吉三郎さんはお茶の最後の一口をぐいと飲み干しました。

「病気で亡くなったのではないことは既にお耳に入っておられるはずですが」

「いえ」と吉三郎さんは首を傾げるも薄ら笑いを浮かべます。

七尾姉さんの話は本題に入ります。

「三国屋さんへ新造春久を世話したのはこちらだとお聞きしたのですが、それは間違いありませんね」

「そのようなことに関しましては七尾姉さんにお話しするようなことではございませんが」

「そうはまいりませんよ。わたしは三国屋甚五郎さまより事の真相を明らかにするよう依頼されておりましてね、邪険に扱われるとそのまま申し上げなければなりません。甚五郎さまは京町組合のお頭ですからね、場合によってはそこら一帯の出入りが止められることになりかねませんね。それだけではありません。松平斉典様からもお咎めがあるかもしれませんね。それはそれは厳しいお咎めになるかと思いますが」と言い、七尾姉さんはちらと吉三郎さんの顔を見ますと、明らかに動揺の色が見て取れます。吉三郎さんは煙管を手に取りますが、心なしか震えております。煙草を詰めるも、煙管《きせる》の先が震えてなかなか火入れの火が付けられません。この程度のことで動揺するようでは歌舞伎役者は務まりませんなと七尾姉さんは思いました。やはり女を食い物にする上っ面だけの男のようですねと見抜き内心ほっとしました。二代目が大変なことはわかりますが、もう少しやりようがあるのではないでしょうかと思いましたが、この場ではそこまで口を出すつもりはなくなりました。

「女衒の頭《かしら》が精々ですね」と七尾姉さんは呟《つぶや》きました。吉三郎さんに聞こえたかどうかはわかりません。

煙草に火を付けるのを諦《あきら》めた吉三郎さんは「何がお知りになりたいんで？」と七尾姉さんに向き直りました。

「三国屋さんにお世話した春久という娘さんはどのような素性の娘さんでしょうかね？　なんだか只者ではないような気がしてならないんですがね」と七尾姉さんは率直にお聞きになりました。

「わたしもね、よく知らないんですよ」と言う吉三郎さんの顔には答えたくないとの顔と答えずにはおられない顔が交互に現れます。「わたしが思うに、おそらく、どこかで手違いがあって、得体の知れない娘と入れ替わったんじゃないかと思うのですが。……元の名をハルと言いましたが、本当の名かどうかはわかりません。そこから春久と名付けられたようで」

「得体の知れないというのは、まさか物の怪ですかね？　わたしはそのようなものは信じない性質でね」と七尾姉さんは、自分で言っておきながら笑ってしまいました。

「ご冗談を……これはわたしの想像なんですがね」と前置きしながらも真実ですと言えない複雑な立場から吉三郎さんは話し始めました。

吉三郎さんが言うには、こうであります。

とある大名……と申しましても、もう何処の何某《なにがし》様かはわかっておりますが、とりあえず吉三郎さんの話を忠実に申しますと、……二年ほど前のことでございますが、とある大名が参勤で江戸へ出向いたのでございます。何某様は月に三度、江戸城に登城し、将軍様に謁見する以外特にすることもなく、あまりにも暇を持て余したあげく、自暴自棄となり「江戸でないとできない遊びはないものか」と考えなさったそうでございます。

では、お忍びで吉原へと足を伸ばしてみてはいかがでございましょうかと、不届きな側近に唆《そそのか》されまして、普通なら「たわけもの、そのような不埒なことができるものか」と一喝しそうなものですが、自暴自棄となっておりますので、「それはおもしろそうじゃな」と迂闊《うかつ》にも乗ってしまったのが運の尽きでございました。ですが、このようなことはよくあることでございまして、将軍様もたびたび登楼なされたとか。……まだ若く、そのような悪所へと足を踏み入れたことのない何某様は、三国屋へと登楼なさいました。

引手茶屋を通さないで上がる、俗にいう素上がりというものでございます。当然、地位がおありな方なので駆け出し女郎や部屋持ち、座敷持ち程度の女郎では分不相応でございますので「花魁はおらぬか？　苦しゅうないぞ」といったかどうかはわかりませんが、正木花魁を指名いたしました。三国屋は中見世で、しかもその中でも小さめの見世でありましたので花魁は一人きりでございました。そこへ現れたのが正木花魁でございます。吉原というところをただの女郎屋の集まりと小馬鹿にしていた何某様は、現れた正木花魁の美しさに息をのみ、瞠目するばかりでございました。口をぽかんと開けたまま四半時も身じろぎもせず見入っていたとか。

何某様は、その晩、正木花魁と一夜を過ごされ……何をされたかなどという野暮《やぼ》は詮索なさらず……翌朝、後朝《きぬぎぬ》の別れとなったそうでございます。それ以来、寝ても覚めても頭の中は正木花魁のことばかりとなり、二日を開けず登楼なさるようになりました。これでは大名とはいえ、お金がいくらあっても足りません。花魁の揚げ代は一両一分でございますが、それ以外に料理代、花代、その他諸々で二十両から三十両が、たった一夜で消えてゆくのでございます。傾城《けいせい》町とはよく言ったものでございます。そんな関係が半年も続き、参勤が明けて国へ戻ることになりましたが、最早別れることなどできぬほどに入れ込み、国元へ連れて帰るにはどうしたらよいかなどと算段を立てるようになりました。

それが落籍という方策でございました。

正木花魁を三国屋より買い取り、国元へ連れて帰ろうと考えたわけでありますが、国元には何も知らぬ奥方様が、何某様の帰りを首を長くして待っておられます。

「さて困った。どのように隠すか。隠し通せるものかどうか」

位の高いお人が側室や妾《めかけ》を持つことは珍しくはありませんが、何某様の奥方様は、それはそれは嫉妬《しっと》深い性質《たち》のお方で、そのようなことが露見すればただ事では済まされないことを何某様は懸念されておられたのでございます。

嫉妬深いお方ほど用心深いようで、奥方様は「なにかおかしいぞね」と感じたようで、それとなく密偵を差し向けて何某様の動向を探らせていたのでございます。

そんな性質を心得ておりました何某様も用心しておりました。当初はうまく隠しておいでありましたが、お金の使い方も荒くなり、当時持参した金も底をつくようになりました。そこで、国元へ金を無心する密書を再三届けることとなりましたが、やがてそれが知られるところとなり、そこから吉原遊女に入れ上げていることが露見した次第でございます。

奥方様は当然の如く激高し、さてどうしたものかと側近を集めて案を練ることとなりました。その結果出たのは、手っ取り早く二人の仲を引き裂くというものでございました。ですが、何某様との関係に亀裂を生じさせても後味の悪いものとなりますので慎重には慎重を期さなければなりません。

もし、正木花魁が病気で亡くなるようなことがあれば、それで一件落着ではあるまいかと考えたのが奥方様でございました。しかし、病気にすることなど簡単なことではございません。祈禱師を雇って呪いを掛けたり、丑の刻参りでわら人形に釘を打ち込んでもなかなか効果があったという話を聞いたことはございません。

そこで、手っ取り早く刺《し》客《かく》を遣《つか》わすことにしたわけでございます。旅の途中の女衒に目星を付け、この奥方様が手配した刺客をうまく三国屋へ世話してくれるように画策したわけでございます。いつの時代でもお金さえ積めば何とかなるものでございます。女衒などというのは金次第で、どうにでも転びます。もともと別の娘を連れていくはずであったそうですが、途中ですり替えたわけで、そこで年齢の齟齬《そご》が生じたわけでありました。

ですが、金の力が功を奏し、うまく三国屋へ刺客を送り込むことができたわけでございます。それがハルでございました。ハルというのは幼いころから忍びの修練を積まされた、いわば「くの一」でございまして、十四ということで奉公に入ったのでございますが実は十六で、人を殺める技を縦から横からと様々に仕込まれてきた女子《おなご》でございました。特に軽業師のような身のこなしには見張るものがあったそうでございます。どうりで階段から突き落とされても猫のようにひらりと着地するはずでございます。

三国屋へ入りこんだハルは春久という源氏名をいただき、機会を狙っておりました。外部との連絡を取りながら、正木花魁を病に見せかけて殺害するもっともよい手段として毒を用いることにしたようでございます。『石見銀山《いわみ》』でございます。わかりやすく申せば『ヒ素』でございます。これは無味無臭でなかなか見抜くことの難しい毒でございまして、盛られた本人は一向に気づくことはありません。「最近、体の具合がおもわしくありませんね」という具合に徐々に衰弱し、しまいに死に至るという恐ろしい毒でございます。春久さんは正木花魁の食事にヒ素を少しずつ振りかけ、三月《みつき》を費やして衰弱死させたわけで……。

「……とまあ、こんな筋書きだったかもしれねえ」と吉三郎さんは火の付いていない煙《きせ》管《る》の吸口を舐めながら夢物語を思い出すように語りました。

七尾姉さんが聞いて、それなら辻褄は合いますねと気持ち良く腑に落ちる思いがしました。

「ところで、春久はどこへ消えたのでしょうか？」と七尾姉さんは聞きます。

「そこまでは知らねえ。仕事が終わればとっととずらかるんじゃねえですか」と吉三郎さんはようやくそこで煙草に火を付け、天井に向かってフーと長く煙を吐きました。

春久さんが居なくなったのは正木花魁が亡くなる前でありましたが、既に死を見越していたのかもしれません。「もう、今日明日でありましょう」と。亡くなってからでは怪しまれますのでその前に姿を消したのかもしれません。危険を回避する手筈も当初の企てに含まれていたのでしょう。

「カラスの一件や、猫のマメゾウのことはご存じですかね」

吉三郎さんはおでこに皺を寄せて首を横へと振りました。そこまでの件は耳に入っていないようでございます。

七尾姉さんはそこでちょっと考えてみました。カラスが騒いでそれに驚いてマメゾウが姿を消したのか、それともマメゾウが姿を消した後にカラスが騒いだのか、これは誰も確かめたことではありませんので、定かではありませんが、ひょっとすると後者であったかもしれませんねと。であれば、一つの答えが導かれます。最初に発生した件が、マメゾウの失踪ではないでしょうか。しかもマメゾウは既に死んでおりまして、その死骸は三国屋のどこか……おそらく、中庭あたりに埋められているのではないでしょうか。その死臭にカラスが群がったというのであれば全ての辻褄が合うというものです。

七尾姉さんは、吉三郎さんにとりあえず礼を言うと桂屋を後にしました。席を立つ前に、もう一言苦言をぶつけてやろうかと思いましたが、無駄でしょうねと思って飲みこみました。哀れを見つめながら七尾姉さんは座を立ったわけでございます。その後、七尾姉さんの頭の中では推測の続きが展開されて、マメゾウの死の真相まで見えてまいりました。

吉原では、夜見世のときには客様の注文により料理をお出しします。豪華な料理を、それはそれは食べきれないほど気前よく並べます。食べきれないほどの料理ですから、当然、食べきれませんので残ります。残った料理は取っておいて次の日の花魁や新造、禿の朝餉《あさげ》となります。どの時点で春久さんが毒を盛ったかはわかりませんが、正木花魁が好きで必ず我先に食す料理を知っていれば、その料理に毒を振りかければよいわけでありおます。出し巻き卵ではないでしょうかねと七尾姉さんは勝手に想像しました。七尾姉さんの大好物でもあります。……であれば、確実に正木花魁の口へと入ることとなります。しかし、正木花魁は、我が命の次に可愛がっている猫のマメゾウに出し巻き卵を与えることがあったかもしれません。それに毒が振りかかっていれば当然マメゾウの口にも毒が入るわけでございます。その結果、小さな猫のことですから正木花魁より早く毒が回り、押っ死んでしまったのではないでしょうか。

しかし、春久さんはマメゾウの死を隠す必要があります。幸い、最初にマメゾウの死を知ったのは春久さんであったわけでございましょう。どのように猫の死骸を隠すか考えたのでしょう。ここは吉原という囲まれた狭い所であります。隠すところなど限られております。中庭に埋めるしかありません。猫の死骸はやがて腐り、死臭が……。

しかし、十五、六の娘が刺客とは、いやはや恐ろしいことでございますが、この時代には珍しくはないのです。それを生業とする伊賀衆、甲賀衆などがおります。ハルはその地方の出であったのかもしれません。ハルの口から時折出る西の地方のお国訛《なま》りがそれを物語っております。

春久さんは、正木花魁の死を見届ける前にとっとと姿を消したということですが、どのようにしてでしょうかとも考えましたが、その娘、くの一ということですから、黒塀際にある番屋の屋根にトントンと上ってそこから忍び返しの付いた黒塀をピョンと飛び越えたに違いありません。羨ましい限りでございます。そのようなことができれば七尾姉さんだってとうの昔にここを逃げ出しております。

「来世はくの一に生まれ変わりたいものじゃが、人を殺めるのはまっぴらごめんじゃな」とも七尾姉さんは思いました。

そしてもう一つ思ったことがあります。奥方様の嫉妬によって妾となるはずであった正木花魁の命が奪われたことは松平斉典様のお耳に入るのでしょうか。斉典様が賢明なお人であれば、たとえ病死として知らされても何者かに殺害されたのではないかと勘繰るのは必定でございます。しかし、それをあえて奥方様にぶつけることができましょうか。それとも、波風が立たぬよう胸の内にしまっておかれるのでしょうか。それなら正木花魁があまりにも不憫《ふびん》でなりません。七尾姉さんは胸が詰まる思いでございました。

千歳楼へと戻るとカルタが広げられたままで、たまきの姿がどこにも見当たりません。カルタにも飽き、暇を持て余してどこかへ遊びに行ってしまったようです。

七尾姉さんはひとり、お茶を啜《すす》りながら、疲れた足をもみながら、さて甚五郎さんや文吉親分にどのように説明するかと色々考えておりますと、ぱたぱたと足音がしてたまきが戻ってまいりました。

「大変です、大変です。いましがた妙な人を見かけましたよ、姉さま。呑気《のんき》にお茶なんか啜ってる場合ではありんせんよ」

体を半分ほど障子から入れ込んで丑《うし》の方角を指差しました。

七尾姉さんはむっとした顔をたまきに向けました。

「呑気に茶を啜って何が悪いんじゃ。わたしの見世じゃぞ。……いいから、ちょっと静かにしていてくれんかね。考え事をしておるんじゃ。話は後でゆっくりと聞くからな」

「そうですか、じゃあそうします。でも、後で、なぜもっと早く言わなかったってどやしつけないでくださいな。言われる方の身にもなってくださいな。わっちが悪いんじゃないですからね」

「わかったわね。……じゃあ今聞く耳をやるので、手っ取り早く話しんさい」

「あい……江戸町二丁目の辰巳屋《たつみや》に新しい女子さんが口入れされたんですよ」

辰巳屋といえば最近、なにかと繁盛する中見世であります。いずれは大見世に格上げかと噂されるほど景気のよい見世でございます。

「そうかね。それはそれは大事《おおごと》じゃな……そんことはよいわ。どこでも新しい女子は入る。繁盛すれば人手も欲しくなるというもんじゃ、なにも珍しくはなかろうに」

「ちょっと気になったんですが……」というたまきには、ちょっと勿体付ける仕草が隠れておりましたが、七尾姉さんはうっかり見過ごしてしまいました。

「いつもそうじゃ。おまえはいつも、なんでも気になるんじゃ。鈴屋の番頭の耳毛も気になっておるじゃろ」

「そうでありんす。あの番頭さん、耳毛にはいつ気が付くんでしょうかね。長い毛が一本飛び出しておるのです。わっちは気になって気になって……もうよいです」とたまきは膨《ふく》れっ面を作りました。「あれは春久どんかもしれません。いや、きっとそうですよ」

聞いた途端、七尾姉さんの茶を啜る手の動きがぴたりと止まりました。

「なんと？　今、なんといいなんした？」

たまきの、人相を見る眼には七尾姉さんも一目置いております。たまきがそういえばそうである可能性は十分にあります。女子は化粧をして着飾ればだれかわからなくなりますが、たまきはそれを器用に見抜くのでございます。

ハルが辰巳屋に口入れされたと？……さて、ハルは次の仕事に取り掛かったのでございましょうか。

七尾姉さんはふと思いました。いっそのことハルを取っ捕まえて正木花魁の一件を問い詰めてみましょうかと。ですが、ハルがそれを素直に認めるとは思えません。それに、やめておきなさいと止めるもう一人の七尾姉さんがおりました。もっともな話でございます。口封じに毒を盛られるようなことがあっては困ります。そのようなことを心配しながらでは美味しいお酒が飲めなくなりますから。

金魚が見た女郎の骸《むくろ》ひとつ

《一》

「今夜は惣仕舞《そうじま》いですからね、客様はご遠慮願いますよ」

などと言いながら、浴衣姿の七尾姉さんは慣れない足取りで梯子《はしご》を一段、また一段と千歳楼《ちとせろう》の屋根へと上がっていかれました。

軒行灯《のきあんどん》や提灯に灯がともり、吉原遊郭が田畑の中、四角に浮かび上がるころでございます。あちらこちらで見世清搔《すががき》が奏《かな》でられ、呼び込みにも活況を帯びてくるころでございます。

「身揚《みあ》がりと言ったほうがいいんじゃないですかね、姉さん」と先に上がっていたたまきが申しますが、たまきのお頭《つむ》にはカチンときた七尾姉さんの拳固を落とすことはできませんので「おぼろ娘は黙ってなさい」と叱責されるだけでございました。話を先へ進める前にちょっとご講釈しますと、「惣仕舞い」というのは、その見世の遊女を全て揚げて見世を貸し切ることをいいます。「身揚がり」というのは自分で自分を買い取って休むことをいいます。どちらでも間違ってはおりませんが、後者の方がぴったりのような気はします。

今、七尾姉さんが登っている梯子のことでございますが、これは京町二丁目で貸し物屋を営む相馬屋《そうまや》から三日前にお借りしたものでございます。

なぜ、七尾姉さんが千歳楼の屋根へと上ったかと申しますと、雨漏りの修繕のためでもセミの真似でもございません。七尾姉さんがちょうど一年前の次の日から楽しみにしていた催しがこれから始まるからでございます。これは七尾姉さんのみならず江戸庶民ならだれしもが待ちに待った催しでございましょう。ですから三日も前から梯子を借りなければ品切れになってしまうとの心配から至った行いなのでございます。七尾姉さんは三日もの間、狭い千歳楼の中に、座敷と奥の部屋を貫いて置いておりましたので、当然、客様をお呼びすることはできません。どのみち、客様が来られるとは思っておらないという諦《あきら》めからこのような暴挙に及んでいるのかもしれません。今年で四回目でございます。

七尾姉さんの背中には手作りの背負子《しょいこ》が負われておりまして、その中には徳利《とっくり》三本と肴《さかな》がひっくり返らないように工夫されて納められております。しかも、お尻にはふんどしのように座布団が宛てがわれております。これは一年前、ここから降りるときに最後の一段を踏み外して、尻をしたたか地べたに打ちつけた反省からこのような工夫を施したのでございます。その時は五日間寝込みましたが、その間、たまき以外だれにも知られず、悟られず、却ってそのことが悲しくて切なくて枕を濡らした次第でございます。たまきはそんな七尾姉さんを枕元で一生懸命に慰めましたが、とんだやぶ蛇でございました。「生きている者がおぼろ娘に慰められるほど情けないことはないわね。後生だから放っておいてくれんかね、たまきどん」とまで七尾姉さんは言い、たまきを追い払おうとしたくらいでありました。

七尾姉さんは梯子を登りきると、傾斜のついた屋根を這うようにして大棟へと上がり、そこに腰を落ち着けました。尻の下の座布団がちょうどよい具合に当たりを和らげてくれます。吉原の屋根は柿葺《こけらぶ》きでありますのでそれほど固くはありませんが、やはり女子の尻ですから直に置くと少々酷であります。商売道具でもありますので大切に扱わないといけませんし。

背負子を下ろして傍らに置くと、背負子の籠から一本の徳利を取り出し、その蓋を取り、おもむろに懐からお茶碗を出しましてふっと埃《ほこり》を吹きます。そして慣れた手つきでとくとくと茶碗にお酒を注ぎます。いい音でございますねと目を細め、その香りを嗅ぐと、まずは一杯を飲み干します。まあ、七尾姉さんにとってはお茶代わりのお酒でございます。これくらいの徳利なら二、三本空けてもどうってことありません。去年、足を踏み外したのはお酒のせいではありませんと本人は申しておりました。まっ、これくらいのお酒で足元を崩すような七尾姉さんではありませんのでそれについては信じてよいのではないでしょうか。

徳利一本を空けるころ、夕闇も深くなり、七尾姉さんの頬《ほお》もほんのりと赤みをおびてまいります。秩父の山々の稜線にはうっすらと夕焼けが残っておりますが、何の前触れもなく、南の空にすーっと光の筋が夜空を斬り裂きます。光の筋の先が夜空に吸い込まれるように消えたかと思うと次の瞬間、大輪の花が咲きました。続けざまに二つ三つと花開きます。しばらく遅れて、ドン、ドドンと夜空を震わせます。屋根の上の暗がりの七尾姉さんの顔が照らされて一層赤みを帯びて見えます。

七尾姉さんは「たまや～」などと野暮《やぼ》な掛け声はいたしません。黙ったまま、ちびりちびりとお酒をいただきながら、うっとりと眺めるのでございます。肴はシメサバでございます。指先でちょいと摘《つ》まみます。地獄と呼ばれるこの吉原でも生き方、考え方によっては極楽を味わうことができることを七尾姉さんは知っています。さすが七尾姉さんでございます。

今日はと申しますと、年に一度の花火の日でございます。この花火は隅田川の下流、両国のあたりから打ち上げられることが恒例となっております。七尾姉さんが楼主を務める千歳楼は吉原遊郭の端、浄念河岸《じょうねんがし》の角にありまして、両国までは一里ほどありますが、平屋の屋根からでも花火を見物するに妨げる物はございません。七尾姉さんは、ここで花火見物することが年に一番の楽しみとなっておりました。江戸は火事が多い街でございますので、たびたび花火禁止のお触れが出ましたが、それでも度重なる陳情の末、年に一度、隅田川下流の右岸でのみ許されることとなったわけであります。

「たまや〜」と七尾姉さんはつい叫んでしまいました。粋に飲むつもりでありましたが、酔うにつれて箍《たが》が外れて本性が露《あら》わになりましたようで、もう手を叩いて囃《はや》し立て始めております。

「だれでぇ。屋根の上で手を叩いてはしゃいでいなさるのは」と下を行くどこぞの殿方が見上げます。

「七尾姉さんですよ。相手にすると厄介《やっかい》ですよ。ほっときなさいな」とどこぞの河岸見世の女郎さまが忠告なさいます。普通のお人であればそこで我が振りを改めるものでございますが、そこは七尾姉さんの気の強さなのか鈍さなのか、一向意に介すことはございません。

吉原のあちらこちらでもパンパンと弾ける音が響いております。冷やかし連中がネズミ花火を鳴らして女郎さま方を驚かせて楽しんでいるのでございます。もちろんこの吉原でも花火は厳禁でございますが、そんなことを気にする連中ではございません。きゃあきゃあ言い戸惑う女子を見て喜ぶ殿方の性はいつの時代も同じでございます。七尾姉さんもそのようなことにいちいち目くじらを立てることはございません。楽しければいいじゃありませんかというのが、お酒を飲んだときの七尾姉さんでございます。

「たまや～、かぎや～、えちごや～」と、その後の掛け声は妙なものとなっていきました。

翌日、七尾姉さんは千歳楼の座敷で目が覚めました。浴衣がはだけてそれはそれはお見苦しい姿で、とてもご披露できるものではございません。とは言ってもだれぞに何かされたわけではありません。ただ、酔っぱらってそのまま寝入って、寝苦しさのあまり身もだえした末のいつものお姿でございます。誰が見ているわけでもありません。誰かが入ってくるわけでもありません。入ってくれば御の字でございます。

七尾姉さんは身を起こすとその様子を見、その様子を理解し、大きなため息をつきました。まだ、身支度を整える気力は戻っておりません。しばらく……そう、おそらく半時もそのまま、頭がはっきりするまでそのお姿でいて、やおら立ち上がることとなるでしょう。それまでしばらくお待ちください。

「何時《なんどき》じゃろ？」と思うも、外の様子はわかりません。障子は閉め切られていて座敷は蒸し風呂のようでございます。

「たまきはおらぬか？」

たまきはきっとこの様子を察し、当分は顔を出さないはずでございます。「肝心な時に何の役にも立たん禿《かむろ》じゃな。やはり、生身の禿を頼んでみるか」とも七尾姉さんは思いました。

「トフ〜、トフ〜、豆腐はいらんかね〜」という棒手振りの掛け声が通りましたところで今、朝四ツ（午前十時ごろ）とわかります。

頭がはっきりしてきたところでやおら立ち上がり、奥の部屋までふらふらと行くと、部屋の隅に置かれた甕《かめ》に首を突っ込むようにして水を飲み、そこでようやく一息つきます。そして、昨夜のことを思い起こします。ぼんやりと思い出されたのは、屋根で、花火を見物しながら徳利三本を飲み干し、花火が終わったあと、梯子を無事に降りたところまででございます。そこからは夢なのか現《うつつ》なのか、梯子を外して見世の中へ入れた…

…その時、襖《ふすま》に二か所ばかり穴を開けた……それに腹を立てて、自棄酒《やけざけ》を飲み……でしょうか。改めて襖を見てみると、確かに二か所に穴が開いております。

「なるほど、辻褄はあいますな……そうでありましたか」とさらに落ち込むこととなりました。たまきは呆れて来ぬはずじゃと納得いたしました。

　七尾姉さんは座敷の隅の桐簞笥《きりだんす》の一番上の引き出しから袖《そで》の梅を取り出すと、それを鷲摑むようにして口へ入れ、そしてまた甕に顔を突っ込みました。袖の梅とは、二日酔いによく効くという評判の薬で、吉原の名物でもあります。しかし、七尾姉さんには焼け石に水、気休めにしかなりません。

　七尾姉さんはようやく身支度を整え始めました。「妙じゃの、股座《またぐら》がすーすーするがの」と思い、何気なく見上げて、そこでようやく、湯文字が天井からぶら下がっておりますことに気付きました。湯文字とは下着のことでございます。はだけてはおりますが…浴衣は身に付けております。つまり、いつの間にか下着をとってあのようなところへ……素面《しらふ》であのようなことを行うのも難儀でございますが、なぜか酔うと素面ではできぬことをいとも簡単？にできてしまうのでございますから不思議でございます。七尾姉さんにはいくら考えてもわかりません。そのあたりの記憶がまったくないのでございます。しかし、そのようなことは今日が初めてではありませんので、深く考えることはいたしません。だらんとぶら下がり、どこからか吹きこんだ風に揺らめく湯文字を引っ張ると簪《かんざし》と共に落ちてきました。あやうくお頭に突き刺さるところでございましたが、咄嗟《とっさ》に避《よ》けたので足元の畳に突き刺さりました。どうやら簪で湯文字を天井に打ちつけたらしいのです。なるほど我ながらなかなかのものじゃ。くノ一の筋がありそうじゃとまんざらでもなさそうにほくそ笑むと七尾姉さんは富士の湯へ行くことにしました。

途中、相馬屋へ立ち寄ると玄関先から「千歳楼の七尾ですがね、梯子お返ししますので取りに行ってくださいな。見世に入るとすぐにわかりますから」と言って富士の湯へと向かいました。帰るころには梯子は片付いていることでしょう。

湯に入り、身も心もさっぱりした七尾姉さんは、富士の湯を出たところで行く先が、やけに騒々しくなっておりますことに気付きました。人垣が二重三重にもなって押し合いへし合いしております。九郎助《くろすけ》稲荷のあたりのようでございます。九郎助様がご降臨なされたのでしょうかと様子を窺いながら七尾姉さんがその人だかりへと近づきますと、その中から文吉親分のと思われる声が聞こえました。背丈のある七尾姉さんでも人垣の中の様子は見えませんが、耳を澄まさずとも文吉親分の大きな声は筒抜けでございます。

「おめえ、やけに詳しいじゃねえか……俺は、この手の物には見聞がねえんだ。ちょいとそこまで来て、いろいろと教えてくれねえか。暇は取らせねえ。暇は取らせねえ」と。しかし、相手の声は、なにやらぼそぼそとするだけでよく聞こえません。するとまた文吉親分の声がしました。「いいじゃねえか、取って食おうというわけじゃねえ。話を聞くだけだ。いいだろ。いいだろ」

するとまたぼそぼそと。

「そうかい、そんなにお上が嫌いだっていうのかい」と声はさらに大きくなり、怒鳴り声のようになりました。しかし、相手側は相変わらずぼそぼそ。

「ごちゃごちゃ言ってねえで素直にお縄につきやがれ。詫《わ》びさえ入れれば閻魔様にもお慈悲があろうってもんだ」と文吉親分の決め台詞でございます。下手人と見込んだ者を、とりあえず番屋へと連れて行き、そこで締め上げるのが文吉親分のやり口……いえ、やり方なのでございます。かなり強引なやり方は有名でございまして、そのせいで嫌われているようでございますが、やはり、ここ吉原で目明しとして生きていくためにはその程度の陰口、悪口を気にしていては到底無理でございます。やはりご本人も一向意に介すことはございません。

すると、人垣が二つに割れて道ができ、文吉親分に帯をつかまれ、押され押されて出てまいりましたのは童顔で小太りの男でございました。その男の顔を見て七尾姉さんは思わず声をあげました。

「あれ、長吉《ちょうきち》さん。長吉さんじゃないですかね。何をやらかしたんですか？」

「ああ、七尾姉さん。わたしは何もやってないんですよ。わたしがそんなことできる人間じゃないってことを文吉親分に教えてやってくださいよ」と長吉さんは七尾姉さんに助けを求めました。「そんなこと」と言われましても何のことだかはわかりませんし、それができる人かどうか、それを知るほどの仲ではありませんが、とりあえず七尾姉さんは文吉親分の前に立ちはだかると「長吉さんが何をしたかは知りませんが、いきなり引っ立てるなんてあんまりじゃないですかね」と問いただしました。七尾姉さんの脳裏では、後々ご利益に与《あずか》れるやもしれませんので、とりあえず恩の種を蒔いておきましょうとの算段が働いた次第でございます。

「おう、おまえか、おまえの知り合いかい？　だが、そんなことは関係ねえ。あのな、こんなところで花魁崩れの姉さまに講釈垂れてる暇はねえんだ。どきな、どきな」と文吉親分は目明しらしく七尾姉さんを押しのけました。花魁崩れとは随分な言い方ですねとご立腹ですが七尾姉さんは引っ立てられる長吉さんと文吉親分の後ろ姿を見ているだけでございました。どうせ逆らったところでどうにかなるものでもありませんので。

二人の姿が見えなくなると人垣もばらけましたが、七尾姉さんはその場にいた一人の女、……確かどこか中見世の針子さんだったと思います、五十絡みの女に声をかけて何事があったかと聞いてみました。

「あんた、知らないのかい？　昨日ね、黒川屋《くろかわや》で女郎が殺されなさったってこと。その下手人が捕まったのよ。文吉親分の久々のお手柄ね」

長吉さんは話を聞くために連れていかれただけで、捕まったわけではないのですが、この女にとってはどっちでも同じことなのでしょう。「昨日から大騒ぎだよ。浄念河岸の方でも屋根の上で騒いだ女がいたらしいけど……なんでも屋根の上で湯文字振りまわしながらおっぴろげて騒いでなさったとか……この吉原で、みっともないったらありゃしない。格式ある吉原ですよ。そこまでして客を取りたいのかね」

七尾姉さんには何をおっぴろげたのかとてもそこまで聞く勇気はありませんでした。

「両方ともちっとも知りませんでしたよ。へえ、そんなことが……花火に浮かれたんでしょうかね。手間を取らせましたね、それでは……」

七尾姉さんはしばらくの間、お酒は控えようと思いましたが、いつまで続くことやら……。

長吉さんというお人は浅草田原町にある大場屋《おおばや》という和菓子屋の若旦那で、年は四十半ば。和菓子屋の跡継ぎとは言いましても和菓子作りにはとんと興味はなく、「継がれた店は三代目でつぶれると言うが、大場屋は一代半でつぶれるね」と囁《ささや》かれる始末でございます。私生活の方では多趣味で知られておりまして、お金に物を言わせての芸事、蒐集、さらには吉原へも若い時から足しげく通い、一部の見世では顔で通れるほどでございます。七尾姉さんが妓楼《ぎろう》に抱えられておりましたころにも、ご贔屓《ひいき》にしていただいて何度か床を付けさせていただいておりますので股座のどこにホクロがあるかまでも存じ上げておりますが、悪事を働くかどうかというような心の底までは存じ上げません。七尾姉さんは、さてどうしたものかと考えましたが、最近はめっきり疎遠にもなっておりますので放っておきましょうと事情がわかった直後に踵《きびす》を返しました。七尾姉さんの、意外にも薄情な性格を垣間見ることとなりました。

《二》

七尾姉さんが千歳楼へ戻ると、梯子《はしご》が片付いておりまして、見世はがらんとしております。富士の湯へ行く前に引き取ってくれるように頼んでおいた甲斐がありました。湯が効いたのか、袖の梅が効いたのかわかりませんが、気分もすっかりよくなりまして、しかし、座敷と部屋は相も変わらず散らかったままでございます。

「さて、掃除でもしますか」と本腰を入れようとしたところにたまきの足音が近づいてきまして、「姉さん、姉さん」と声がしましたので、「勝手に入ってきなさい」と声を返すと、ぬーっと入ってきて「姉さん気分はいかがですかね」と挨拶代わりに聞いてきました。七尾姉さんは押し入れから箒《ほうき》と塵取《ちりと》りを引っ張り出すと、たまきを横目に掃除を始めました。禿なら掃除くらい黙っていてもするのが普通なんじゃがと胸の内でございます。いくら気が利いても幽霊には無理ですけどね。

「気分はよいぞ。徳利二本や三本で二日酔いなどにはならんわね。七尾姉さんをなんじゃと思っておるんじゃ、たまきどん」

「あちゃ……姉さん、覚えておらんのですかね？」とたまきは呆れたような顔で箒を動かす七尾姉さんの顔を覗きこみました。

「なんじゃね？」と七尾姉さんは手を止めます。

「姉さんはね、屋根の上で徳利三本を空けると懲《こ》りもせず『足りんぞ。酒、持ってこんかね』と叫んで、自分で一旦梯子を下りると、見世のどこからか引っ張り出した大徳利を担《かつ》いで酒屋まで買いに行きなさったんじゃよ。戻ってきたかと思うと、それをぐいぐいと飲まれましたよ。年に一度の花火でございましたので箍《たが》が外れたのでしょうね」

「わたしの箍が外れやすいことは知っておるじゃろ。外れる前になんとかせんかね」

そう言われて七尾姉さんの脳裏には、うっすらと記憶が蘇《よみがえ》り、断片的な記憶の隙間が埋まり始めました。酒屋の戸を叩いて怒鳴っている己の姿がぼんやりと脳裏に浮かびます。どうりで何も覚えておらんほど酔ったんじゃなとようやく合点がいった次第でございます。

「わたしは何をしたかね。話せるところだけでよいよ。わたしがこれから、そう長くはないと思うが生きていく上で妨げにならん程度に話してくれんかねたまきどん。たまきどんのことですから、うまく話してくれると思うがな」と七尾姉さんは兢々《きょうきょう》と聞きました。

「わっちが話せるところはほんのちょっとでございます。……姉さんは酔いが進むにつれていい気分になられたようで、最初は花火を静かに楽しまれておりましたが、ドンドンと打ち上がる花火を見ているうちに、上機嫌になられまして、さらにお酒を飲まれまして……その後は歌うわ踊るわ、仕舞いには……胸元から手を突っ込んで湯文字を引っ張り出して、屋根で仁王立ちされまして、振り回して……」

七尾姉さんは素面の時でさえ吉原の中では怖い物などありません。そのお方にお酒が加わればまさに鬼に金棒でございまして、天下を取ったような心持ちになられます。

「そこまでで、何分《なんぶ》の話じゃね？」

「四分くらいでしょうか」とたまきは顎《あご》に指を当てて答えました。

「そうかね、もうよい。それ以上、聞きたくないわ。おまえさんのその胸の奥に鍵を掛けてしまっておいておくれ」

「わっちもそれ以上話したくありません。ですが、わっちの胸は張り裂けそうでございます。姉さんのそばで見ていたわっち、恥ずかしくて恥ずかしくて消えてしまいたかったですわね」

「消えたんじゃろ」

「しかたなくでございます」

「薄情な禿じゃな。とめてくれればよかろうに」

「馬の小便と七尾姉さんのお酒はとめられませんとどこかの遣り手さんが言っておりました」

「お竹《たけ》ババアじゃな。なんぜそんなところへ顔を出すんじゃ？　二度と顔を出すんじゃありませんよ。ろくなことがありませんからね」

　お竹というのは七尾姉さんが玉屋抱えのときの姉女郎でございます。一から十まで仕込んでくれた今でも頭が上がらぬたった一人の姉さまでございます。道で顔を合わせればその場で滾々《こんこん》と説教をしてくださるありがたいお人でございまして、ですのでとりあえずは黙って聞くことにしております。今は大野屋《おおのや》という小見世の遣り手の座についておるようでございます。そして、どこにでも顔を出し、首を突っ込んで話を盗み聞きするのがたまきでございます。

「姉さんもちょっとはお身体のことを考えて、お酒を控えてくださいな」とたまきは七尾姉さんを気遣っていいました。ですが、七尾姉さんのお頭《つむ》にはカチンときたようでございます。

「大きなお世話じゃ。おぼろ娘に言われたくないわ。わたしのことよりおまえさん自身の成仏を考えたらどうかね、たまきどん。わたしはおまえさんのことが心配じゃ」

不機嫌になったたまきの顔が途端に潰《つぶ》れたように歪みました。心配してるのにそんな言い方ってありますかね、と心の中で呟《つぶや》きましたがとりあえずその場では心を平穏に保ってわかった振りをしました。

昨夜のことに話は戻ります。たまきは七尾姉さんが屋根で騒いでいるうちに居たたまれなくなって姿を消しまして、なにやら騒いでいる黒川屋の方へ行ってみたというので、ためしに何事が起こったか知っておるかと七尾姉さんが聞いてみましたところ、「あい、そう言われると思ってちゃんとネタを仕入れてきましたよ。姉さんのことですから聞いて来いと言うに決まってますからね」とたまきどん。

「上出来じゃな。おぼろ娘でもいないよりはましじゃな」と七尾姉さんは笑みを零しました。

なんだかたまきのお腹のあたりがぐるぐるしてきまして鼻の穴がぴくぴくしてきました。この腹立ちを抑えられるかどうかたまきにもわからなくなってきました。それでも奉公の身でございます。ぐっと堪《こら》えましたたまきどん。

聞くところによりますと、七尾姉さんが湯文字を振り回し始めた夜の五ッ（午後八時ごろ）のことでございます。

「事が起こった場所は、江戸町二丁目の中見世、黒川屋の二階でございますよ」

「それはさっき聞いたわね。で、殺《あや》められたのはだれじゃね？」と七尾姉さんはたまきに聞きました。

「えー……」とたまきは思い出そうとちょっと天井を見上げ「……天井にいっぱい穴が開いておりますが、あれは……」

「あれはいいんじゃ。虫が食ったんじゃよ、最近の虫は性質《たち》が悪いわ……誰じゃね？」

「へえ、確か………座敷持ちの琴吹《ことぶき》さんだったかと」

「黒川屋の琴吹……」

七尾姉さんは記憶の中を浚《さら》いましたがちょっと出てきません。黒川屋という妓楼の屋号こそは聞き覚えはありますが、今までに関わったことはありません。「わたしの知らない女子さんじゃな」

知らないからといって扱いを粗末にするわけではありませんが、わたしに関わらぬ一件かもしれんなと七尾姉さんは思いました。

たまきは文吉親分と若い衆の話を盗み聞きしてきたようでその話を続けました。

「花火の音に混じってどこからかちょっと気の抜けたような、だけどはっきりとしたパンと音がしたので、黒川屋の若い衆が『どこか近いところじゃぞ。妙な音がしなすった。見世の中で花火なぞされちゃたまらねえ』と一つ一つの部屋を、障子を開けて覗いてみたところ、琴吹さんの座敷で琴吹さんが倒れておったとか」

「パンとは何の音じゃったね？」

「たぶん、鉄砲じゃないかと言っておりましたよ」

「ということは琴吹さんは鉄砲で撃ち殺されたというわけかね。……どこをじゃね」

「ここです、ここ」とたまきは眉間《みけん》のあたりを指差しました。

「こんなところをかね。一つかね」

「あい。一つ穴が開いてまして、真っ赤な血が噴き出しておりまして、座敷は血の池地獄でありましたよ。地獄には血の池地獄があるそうですが、あんなところ死んでも行くの嫌ですよ」とたまきは思い出してか気分を悪くしたようであります。

「血の池地獄とな……」

鉄砲の弾の傷口から噴き出た血で、血の池地獄とな？　と七尾姉さんは頭を捻りましたが、たまきはそれを払拭するように付け加えました。

「あのですね、窓のところに猫脚になった台がありましてな、その上に金魚鉢が置いてありましたよ。大きな丸い金魚鉢でしてね、差し渡しが二尺（約六十センチ）はありましたね。向こう側とこちら側がガラスになっている太鼓のような形をしておりましてな、幅は一尺くらいでしょうかね、周りは漆に螺鈿《らでん》細工が施してありましてな、五両は下らない金魚鉢でございますよ。姉さんにはとても買えるような代物ではありませんよ」

「余計なことを挟《はさ》むでないよ、たまきどん」

「……向こう側とこちら側のガラスが割れておりましてな、そこから水が流れ出しておりましてな、あたり一面が水浸しでありましたね。流れ出した水と血が混ざってそりゃもう血の池地獄でありんしたよ」

そういうことかねと、七尾姉さんは割れたガラスから噴き出した水と血が混じって薄められて広がったわけじゃなとその様子を思い浮かべて納得しました。

「金魚はどうなったね？」とふいに七尾姉さんは気になってたまきに聞きました。

「あい、二匹おりましてな、金魚は水の無くなった鉢の底でぴたぴた踊っていたそうで、それを見た女郎さんが他の鉢に移したとか言ってなさいましたが、それが気になりますかね、姉さん？」

七尾姉さんは思わず吹き出しました。「そうじゃな、ちょっと気になったでな」というのは、もしそれを放ったらかしにしているのを文吉親分に見られたときには、それはそれはきつく当たられるであろうと思ったからでありました。実は文吉親分は、金魚を飼うのが趣味であり、また生活を支える糧でもあります。というのは、文吉親分は卵から孵《かえ》し育てた金魚を売って糊口《ここう》を凌《しの》いでおるわけでございます。文吉親分のような目明しというのは同心の旦那からわずかばかりの給金で雇われている身でありまして、それだけでは、なかなか生活はままならないのが現実でございます。そこで文吉親分は、金魚を育て増やしてお金に替えるという已《や》むに已まれぬ二足の草鞋を履いておるわけでございます。そのようなわけでございますので、罪滅ぼしからでしょうか、そのかわいがりようといったら気味の悪いほどでございます。非番の時にはお酒を舐めながら夜遅くまで金魚と話をするのが唯一の楽しみとか。それを近所のお婆さんが何気なく覗き見し、金魚と話をする文吉親分を見てびっくりして腰を抜かしたとの逸話が残っております。

ですから七尾姉さんは少々気になったのでございます。文吉親分に飼われている金魚も夜な夜な話しかけられてたいそう迷惑でしょうと七尾姉さんは思いました。

「金魚鉢のガラス二枚と、琴吹さんの眉間《みけん》を貫いたというわけかね」と七尾姉さんが聞きました。

「あい、そのようでございます」とたまきはその場の様子を思い出すようにしながら言いました。

「琴吹さんの部屋はどんな造りになっておったかね」

たまきはちょっと頭の中を整理するかのように虚空を見上げながら答えました。

「あい。見世は通りに面しておりましてな、琴吹さんの部屋は通りに繋がる路地に面しておりましたね」

黒川屋は通りと路地が交わる角に構えております。

「路地の幅はどれほどじゃね」

「そうでありんすな」とたまきは考えて「一間（約一・八メートル）ほどでありましょうかね」とのことです。

「道の向こう側はどうなっておったかね」

「あい。路地を挟んで白木屋《しらきや》という小見世の妓楼さんでございます」

七尾姉さんはその様子を頭の中で描いてみました。黒川屋の琴吹さんの座敷は路地に面していてその向こうは白木屋の部屋になって、つまり、こちら側の座敷と向こう側の部屋が向きあうような形になっているとのことのようでございます。

「白木屋の部屋はだれの部屋か聞いたかね？」

「あい、部屋持ちの松風《まつかぜ》さんとか」

「松風さんかね……」

七尾姉さんは、ちょっと顔を合わせて一言二言話をしたことはありますが、親しい間柄ではありません。かわいいおちょぼ口をした幼顔《おさながお》の女郎さんでございます。「しかし、松風さんがこの件に関わっているとは思えんがな。おまえさんはどう思うね？」

「わっちにはわかりませんね」

「そうじゃろ。それでよいわ。……まあ、どのみちわたしには関係ないことじゃ。放っておきましょ」と七尾姉さんは掃除を再開しました。

「ところで、天井の穴はほんとうに虫でありんすか？　そうは見えませんがね」とたまきが訝《いぶか》し気に指をさしました。

「嘘など言わんぞ。虫のせいじゃ。わたしの腹の虫のせいじゃ」と七尾姉さんはたまきを追い出そうとするかのように慌ただしく箒を動かしました。舞い上がった埃が風とともにたまきの身体の中を吹き抜けていきます。たまきにとってはとても気持ちのよいことではありませんで、思わず強い口調が出ました。

「姉さん」

七尾姉さんは受けて立ちますよと言わんばかりに、

「なんじゃね」と睨みつけました。

《三》

翌朝となりまして、鮮やかな陽が部屋の障子を照らし、その日差しのおかげで七尾姉さんはお酒抜きの清々しい朝を迎えることができました。先日の屋根の上の醜態のせいで、さすがに昨晩はお酒をいただく気にはなれませんでした。寝付きは少々悪うございましたが、一度寝入ると、お酒に頼っていた七尾姉さんでも真っ逆さまに熟寝《うまい》へと落ちるようでございます。これほどお頭の軽い目覚めは何年ぶりでございましょうか。ですが少々寝すぎたようでありました。

「このような朝もよいもんじゃな。部屋もきれいじゃし、天井も湯文字も無事じゃし。

……何時《なんどき》じゃろうか。たまきはまだかね」とあたりを見回し、「そうじゃった」と昨日のことを思い起こしました。当分は来んじゃろうなと七尾姉さんは思いました。というのは、昨日の「なんじゃね」の後、たまきと近年にない大喧嘩となったわけであります。詳しくご説明いたしてもよろしいのですが、女子同士の喧嘩などというのはご披露するほどのものではありません。それはそれはお聞き苦しいものでございまして、それでもようございましたら次の件《くだり》へ進まれたらようございますが、お嫌なら飛ばされても物語の進行上、特に支障はございません。

で……「なんじゃね」と睨《にら》みつけた刹那《せつな》、七尾姉さんの切れやすい堪忍袋の緒がぷつんと切れたわけであります。ですが、その前に、たまきが持つ、ひと回り小さな堪忍袋の緒もぷつんと切れていたわけでございました。ぷつんぷつんとほぼ同時でございました。

たまきは七尾姉さんを睨みつけながら「姉さんは、わっちに少々辛く当たっておらんですかね。わっちのことがそんなにお嫌いですかね」とここしばらくのたまきに対する七尾姉さんの言動を思い起こし、溜まりに溜まった堪忍袋の中のしこりを一気に吐き出したのでございます。これが戦闘開始、法螺貝《ほらがい》の音となったわけでございます。

「いや、たまきどん。おまえさんのことは大好きじゃよ。じゃがな、言いたいことは山ほどあるんじゃ。だいたい、おまえさんはいつもいつもここへなにしに来ておるんじゃ。掃除をするわけでもなし、御使いをするわけでもなし。肝心な時にはどこぞへ行って油を売り歩いておる。それでも千歳楼の禿のつもりかね」と七尾姉さんの憤懣も噴出いたしました。

「しかたないでありんしょう。この世の者ではないんですから。生身の人のようにはできんせん」とたまきはぷいと顔を背けました。

「そもそも、おまえが、おっ死ぬのが悪いんじゃぞ。死んだらそれっきりじゃ。なんぜもっと命を大切にせんかったのじゃね？」

「わっちだって好きでおっ死んだわけじゃありんせん。もっと生きたかったでありんすよ。姉さんのところでいろいろお手伝いしたり漢詩や和歌を学んだりしたかったでありんすよ」

その言葉を聞いて、七尾姉さんの胸が詰まりました。さすがたまきでございます。七尾姉さんの胸を打つ術も心得ております。ですが、七尾姉さんはぐっと堪えました。ここが踏ん張りどころ、突っ張りどころでございます。しかし、たまきもそれがわかってか押してきます。

「姉さんがもっとわっちの様子を気にかけてくれてたら死なずにすんだかもしれんせ

ん」とたまきが言った途端、七尾姉さんのお頭にカチンと怒りが迸《ほとばし》りました。たまきにもカチンの音が聞こえたのか、ぎょっとして顔色を変えました。

「おまえさんが死んだのは、わたしのせいですかね」

「いえ……全部とは言いませんが……半分くらいでしょうか。三分か、いえ二分くらいでしょうか。だって姉さん、言ってたじゃないですか。奉公人を無事に親元に返すのが預かった者の責じゃと」

「ほう、それでわたしを恨んで化けて出たわけかね」

「化けて出たとはあんまりな言い様ではありんせんかね、姉さん」とたまきはこれ以上できないというほど口を尖らせました。

「じゃあなんじゃね」

「迷っただけでありんす」

「迷うわけなかろう。あの世なんて一本道じゃろ」

「そうではないんですよ。姉さま。いろいろ分かれ道がありましてね」

「また作り話じゃな。ぐだぐだ言うておらんとっとと成仏したらよかろうに。何ならよい坊さんでも世話しましょうかね」

「そんなことしてもらわなくてもその時が来たら、わっちは勝手に成仏します。余計なことしないでくださいな」

「いつじゃね」

「そのうち、そのうちなんて言っておると、そのうち地獄に落ちますよ」

「そのうちです」

「地獄ですか……へえ、いいですよ。わっち、一度でいいから地獄めぐりがしたかったんでありんすよ」

「血の池地獄くらいで恐れ慄《おのの》いているおまえさんに、地獄めぐりなんてできますかね。いいかね、地獄には針山地獄とか糞尿地獄とか阿鼻《あび》地獄とか極寒地獄とか……」

「さすが姉さん、地獄のことは詳しいでありんすな」

「なんじゃと？　どういう意味じゃね……」とまあ、それからも一時《いっとき》ほど散々言い合った挙句、たまきは「わっち鞍替えさせていただきます」と言い、「おお、おもしろいね。幽霊の鞍替えなんて聞いたことがありませんわ。できるもんならやってごらんなさいな」と返した途端、たまきはふっと消えたのでございました。消える間際のたまきの悲しそうな顔は七尾姉さんの胸の中に残りました。

　ですが、生きている者は生きている者同士、死んだ者は死んだ者同士、お互い、いつまでも未練を残していてはいけないんじゃよとの七尾姉さんの気持ちからこのような件に発展したわけでございます。「少しは効いたじゃろう」と思いつつ、言い過ぎたかもしれんなとの七尾姉さんの胸の内でございます。

七尾姉さんがうがい鉢に向かって房楊枝《ふさようじ》で歯を磨いておりますとどこからともなく足音が近づいてきます。まさかと思いつつ耳を澄ましますが、その足音はいつものたまきの足音ではございません。しかも調子のよい元気な足音ではございませんで、どこか弱々しく力ない、しかも酔っぱらったお人が奏でる千鳥足のような足音でございます。

朝っぱらからお酒を飲む粋人とは「どなた様でしょうかね？　肖《あやか》りたいものです」と七尾姉さんは房楊枝をくわえたまま玄関の方へ顔を向けました。すると、その影の様子から殿方が障子に手を掛けるのがわかりました。しかし、心張り棒がしてありますので開けることはできません。刹那、影の主が戸を叩き始めました。

「七尾姉さん、開けてくれないかね。頼みますよ、七尾姉さん。いるんでしょ」

やれやれ、長吉さんでございます。しかし、どうしてこんな朝早く？　と七尾姉さんは首を傾げつつ、房楊枝を髪に挿すと戸口へと向かいました。それにしても文吉親分がお解き放ちになったとは……咎《とが》が晴れたのでございましょうか。

七尾姉さんが心張り棒を外すや否や長吉さんは肩で戸をこじ開けるようにして押し入るや否や三和土《たたき》へと転がり、そこへぺたりとへたりこみました。

「あれあれ。こんなに朝早く」

「何言ってるんですか。もう朝の四ツ時（午前十時ごろ）ですよ」

「あら、もうそんな刻限ですかね。で、今日はお泊りでございましょうか？」と皮肉を込めて七尾姉さんは聞きました。

「頼みます、助けてくださいな」と長吉さんは喘《あえ》ぎながら言いました。

「追われていなさるので？」

「そうじゃないですよ。……いえ、そうかもしれませんね。詳しくお話をさせていただく前に……水を一杯いただけませんか」と、長吉さんは草履《ぞうり》を脱ぎ捨てると、這《は》うようにして座敷へと上がり込み、大の字になって天井を仰ぎました。そして大きく息を繰り返しました。太ったお腹がさらに大きく膨《ふく》らんだり凹んだりを繰り返しております。

七尾姉さんには大方の察しはついておりますが、さて、どのような謝礼を用意していただけるのでありましょうか気が気ではありません。

茶碗に水を注ぎ、命からがら逃げてきたような長吉さんを横目で見ながら、その情景を思い浮かべておりました。昨日の昼前に文吉親分に番屋へと連れていかれて、厳しい取り調べを受け、ようやく今朝お解き放ちされたのでございましょう。しかし、あの文吉親分がお解き放ちになるとは、まさか咎がきれいさっぱりと晴れたのか、下手人が他で捕まったのか、そうでなければめったにあることではございません。長吉さんに聞いてみますと、「晴れちゃいないんですよ」とのことでございます。「やっぱり」と七尾姉さんは心の奥底でほくそ笑みました。「でも、なぜお解き放ちに？　あの文吉親分ですよ……鳥黐《とりもち》のような性質《たち》の文吉親分ですよ」

「ああ、そうなんですよ、条件付きなんですよ……この吉原から出ないようにと……とりあえず身の寄せ所を決めれば出してやるとのことなんですよ」

「へえ、……で、身の寄せ所というのは？　……まさかとは思いますが」

「そうですよ、後生ですよ七尾姉さん」

「勘弁してくださいよ」と言いながら、七尾姉さんの鼻先にお金の匂いが漂ってまいりました。うまくお金儲けに結び付けたいものです。

「頼みますよ、これぱかりは七尾姉さんに頼むしか、他に頼るところがないんですよ。文吉親分にも千歳楼に身を寄せると言ってしまったんで、もう他へは替えられないんですよ」

七尾姉さんのところでなければ、あらためて引っ張る口実となりますので、長吉さんも受け入れてもらうために必死でございます。

「しかし、わたしにも本業がありますし、いつまでも居座られてはわたしの方が干上がってしまいますしね……」と七尾姉さんは困ったような顔を作って小芝居を打ちます。

「……ではこうしましょう。わたしの咎が晴れるまで、貸し切りということでどうでしょう。一日一両でどうでしょうかね」

一日一両であれば、悪くはありませんが、もう一声ほしいところでございます。七尾姉さんはちょっと渋ってみました。すると「じゃあ、一両一分でどうでしょうか。花魁の揚げ代と同じですよ」と長吉さん。長吉さんにも自由になるお金は限られているようですし、これが精一杯に出せるお金のようでございます。欲を出して逃げられては元も子もありませんし、ここで手を打ちますかと胸の奥でにんまりとします。いつの間にか入り込んでいたたまきも長吉さんの後ろでにんまりでございます。鞍替えさせていただきますなんて大きな口を叩きながら、たまきはけろっとした顔で入り込んでいたのでございます。七尾姉さんがきっと睨むと、ふっと消えました。

七尾姉さんはすぐに困った顔に作り変え胸の内では快諾させていただきました。

「そうですね、仕方がありませんね。では、そうと決まれば、わたしの方から大場屋の親父様のところへ文を出しておきましょうかね。親父様も心配でしょうから」

「そうしてくれると助かります。さすが七尾姉さんだ。地獄で仏とはまさにこのことです」

七尾姉さんにとっても、親父様に知らせておいたほうが、万一、長吉さんが文吉親分に引っ張られた時には支払いを親父様へお願いすることができて取りっぱぐれも防げるというものでございます。さすが七尾姉さん。抜かりはございません。

「ではその後、わたしがちょっと探ってみましょうかね。顔も広いですからね。長吉さんの身の証《あかし》が立てられたときには……」

「もちろん礼はさせていただきますよ。そうですね。五両でどうですかね。これくらいが親父の目を盗んで持ち出せる精一杯のお金なんです」

七尾姉さんにとっては一本締めしたくなるような気分でございました。五日で六両一分、十日で十二両二分。それに加えて礼金が五両。捕らぬ狸《たぬき》の何とやらでございます。算術に疎《うと》い七尾姉さんですが、お金にまつわる算術は得意でございます。お酒を断つと良いことばかりのようでございます。

まずその前に、七尾姉さんは、長吉さんが文吉親分になぜ番屋まで引っ張られることになったのかを聞いてみないことには始まりません。

「そうなんですよ。ちょっとした誤解なんですよ。あの親分さん、面《つら》は猿なのに一度こうと決めたら一歩も引かない牛のようなお人ですからね。何を言っても聞き入れてくださらないんですよ。よくあれで親分が務まりますね」

まあ、それだから務まるといえばそうなのですが。

長吉さんが申すには、つまり、こういうことだそうでございます。

話は四日前のことから始まります。長吉さんは久々に大門を潜《くぐ》りました。久々とはいえほんの半月ぶりだそうでございます。お目当ては、白木屋の部屋持ち女郎の門脇《かどわき》さんでございます。いつものように門脇さんを指名すると二階の奥の部屋へと通されまして、そこでいつにも増して奮発し、豪勢な料理を注文し太鼓持ちと三味線弾きを呼んで散々歌って踊って飲んで、その後、床を付けてもらって極楽気分を満喫するうちに何だかそのまま帰るのが嫌になり、翌朝の後朝《きぬぎぬ》の別れをすっぽかし、居続けを決めること三日。もう一日二日といいたいところですが、やはりそこまで居続けると懐も寂しくなり、家の方からもお叱《しか》りを受けることになりかねませんので、三日の居続けの料金六両三分を支払い、しぶしぶ見世を出たのが昨日の朝四ツ（午前十時ごろ）だそうでございます。丁度、七尾姉さんが二日酔いで目覚め、天井に湯文字が張り付いているのを見つけたころでございましょう。

「あのころに見世を出たんじゃな」と七尾姉さんの脳裏では見世を未練たらしく出ていく長吉さんの後ろ姿を思い浮かべました。しかし、三日で六両三分とは……そんな金があるのなら、もうちょっと吹っ掛けてもよかったですねと胸の内で呟きました。

長吉さんは、そのまま帰ればよかったのですが、「ちょっと九郎助様に手を合わせていこうかね」と思い立ちまして、というのは門脇さんの心をもう少し開かせていただこうとお願いをしに参ったのでございます。九郎助様のご利益の評判はなかなかのものと聞きますので。ですが、そこまで楽しんでおきながら、さらなる欲を出したせいか、九郎助様へのお賽銭《さいせん》をケチったせいか、そのとき運が尽きたのかもしれません。滞りなく手を合わせましたが、急に昨夜のお酒の残りが下の方へと下がってまいりまして、簡単に申せば、尿意でございます。若旦那といいましても、もうそれなりのお歳です。ぶるっときますと我慢ができません。ちょうど人通りも少ないので九郎助様の裏手へと回り、着物の裾《すそ》を分けると、ふんどしの脇から一物を引っ張り出して始めました。ちょろちょろと快楽の余韻を楽しむうちに、ふと見やると傍らに、何やら見慣れないものが落ちていることに気づきました。長吉さんはそれを目にした途端、どきりとして、出ていたものが思わず止まってしまいました。

「これはこれは珍なるもの」

長吉さんの趣味の一つである、あるものの実物が目の前に落ちているのでございます。絵や図面では見たことがあるのですが、実物を目にしたのは初めてでございまして、所用の途中であることも忘れ、急いで一物をしまい、手を着物の裾《すそ》で拭《ぬぐ》うと、その手で拾い上げました。それは短銃でございました。長さは一尺三寸（約三十九センチ）ほどでございましょうか、木製の銃床《じゅうしょう》と黒鉄《くろがね》の銃身、真鍮《しんちゅう》の部品からなる単発の銃でございます。目の肥えた長吉さんはそれが本物であると一目して見抜きました。

「へえ、こんなところで本物の短銃に出会えるとは思ってもおりませんでしたよ。さすが吉原でございますね、いろいろな客様がおいでになるようで……それにしても本物は重みがありますね。はて、落としたんでしょうかね、それとも捨てたんでしょうかね」

と、手にしてまじまじと見入っているところへやってきたのが文吉親分でございます。昨夜の一件の聞きこみに右往左往し、足を棒にしながらも何もつかめないまま苛々《いらいら》は頭の天辺まで迸《ほとばし》っておりました。

「おい、そこで何をしていなさる。おい、それは何だ？」

文吉親分は腹の底でにやりとしました。

長吉さんは一番見られてはいけないところを一番見られてはいけない人に見られてしまったわけでございます。びっくりした長吉さんは思わず短銃を落としてしまうほどでございました。

「おまえさん、それを捨てようとしてたのか。こんなところに物を捨てちゃいけねえな」

「いえ、めっそうもございません。わたしがここに立ち寄ったら、こんなものが捨ててあったのでございます」

「捨ててあったとなぜわかる？」

「いえ、落とし物かもしれませんね」

「おまえが、たった今、捨てたんじゃねえのか。俺はおまえが捨てるところをこの目で見たぞ。確かに見たぞ。俺の目が節穴とでもいうのかい？　俺の目が節穴とでもいうのかい？」と文吉親分は語尾を強め、つぶらな目を剝き、懐から十手を引き抜きました。

「いえ、誤解でございます。今ここで拾って見ていたのですが、急に声を掛けられてびっくりして落としたのでございます」

「ほう、そういうことか。……で、それはなんだ」

「へえ、短銃のようでございますな」

「短銃か……火縄銃か？」

「いえ、……これはちょっと珍しい銃でございまして、これは火打ちからくり銃といいましてね、本来なら火縄がある部分に火打ち石が挟みこまれていましてね、引き金を引くと火打ち石が火花を飛ばして、その火花で火薬に火をつけて弾を放つという仕掛けのものでございます。西洋から持ち込まれたものにちがいありません。わが国では質の良い火打ち石が手に入りませんで……」

「ほう、なるほど。やけに詳しいんだな」

「へえ、少々鉄砲に興味がありまして……といっても本物を見るのは初めてでございます。いえ、本当でございます。ですからつい手が伸びてしまったのでございます」

「昨日、ちょっとした事件があってな、女郎がひとり殺められたわけだ。……眉間を一発よ」

「へ？　その一件がこの銃で？」

「そりゃわからねえ……それにしても、おめえ、やけに詳しいじゃねえか……俺は、この手の物には見聞がねえんだ。ちょっとそこまで来て、いろいろと教えてくれねえか。暇は取らせねえ。暇は取らせねえ」と、このあたりから七尾姉さんが立ち合った、富士の湯の帰りの騒ぎに繋がるのでございます。

前にも少しご説明いたしましたが、長吉さんというのは非常に多趣味でありまして、吉原通いはもちろん、浮世絵、錦絵、春画の蒐集、生人形……これは女子をそっくりに作り上げた艶めかしい人形でございまして、こんなものまで集めております。おまけに銃好事家でありますから詳しいわけでございます。

「長吉さんは、その一件のときにはどこにいたんですかね」と七尾姉さんが耳を掻きなから聞きました。

「門脇さんの部屋におりましたよ」

長吉さんは座を正して七尾姉さんに答えました。

「門脇さんは……どこの妓楼の女郎さんでしたかね」

「へえ、白木屋さんでございますよ」

七尾姉さんは呆気に取られました。

「白木屋さんというのは路地を挟んですぐ向かいが黒川屋さんの？」

「へえ、そのとおり。よくご存じで」

「もちろん、その騒ぎがあったころは門脇さんと一緒だったんですよね」

「いえ、それが、ちょうど別の客が入って門脇さんは座を外してしまったんですよ。戻ってきたのは引け四ツ（午前零時ごろ）の時分だったでしょうか」

「ということは長吉さんの身の証を立てるお人は誰もおらんということですね」

「そういうことになりますかね」と自分の立場も忘れ、長吉さんはあっけらかんと言いました。

「今の話を聞いて、実のところ、わたしはな、おまえさんが下手人ではないかと思うようになったんですが、違っておりますかね」

「めっそうもありません。確かにわたしはだらしがなくていい加減でわがままな人間ですが、人様にご迷惑をかけるようなことはこれっぽっちも……」

「いろいろなお人に十分以上に迷惑をかけておりませんかね」と七尾姉さんが言うと長吉さんは突然涙を浮かべて「そんな言い方ってありますか。わたしはわたしなりに一生懸命に……」と恨めしそうに睨みますが、さてどうでしょうかと七尾姉さんも睨み返しました。稼業も蔑《ないがし》ろにし、欲にかまけて遊び回っている人を信じてよいものやら、七尾姉さんは、過去にも涙ながらに嘘を並べる人を何人も見てきました。

そこへ、千歳楼の戸が勢いよく開いて文吉親分の顔が入ってきました。

「ここにいたか、よい心がけだな。それは褒《ほ》めてやる。聞きたいことができたんでな、ちょっと番屋まで来てもらおうか」

「待ってくださいよ、今、帰ったばかりで、すぐなんて、あんまりじゃないですか」と長吉さんは七尾姉さんの後ろへ隠れ、悪戯《いたずら》っ子がお仕置きから逃げ回るように顔だけを出しました。

ここで金蔓《かねづる》に逃げられては大変です。「ここで聞いたらいいじゃないですか。お茶くらい出しますので、文吉親分」と七尾姉さんは宥《なだ》めてみました。

文吉親分は腕組みをしながらちょっと考えていましたが「そうかい、そうだな、喉《のど》も渇いたことだし、じゃあ、茶くらい馳走《ちそう》になってやろうかな」といい、文吉親分は半尻を上がり框《がまち》へとひっかけました。

七尾姉さんが茶の用意をするあいだ、文吉親分と長吉さんはにらめっこするように座っておりました。その様子を見て七尾姉さんは、長吉さんは猫に睨《にら》まれた鼠のように思え、妙におかしくなりまして茶を注ぐ手が震えました。

茶が出されると文吉親分は音を立てて啜りながら、「で、おまえさんに聞きたいのは、琴吹との仲だ」と本題に入りました。

「へ……へえ、それが何か?」と、明らかに長吉さんの顔色が変わりました。文吉親分は何かをつかんでここへ来たことは間違いありません。

「おまえ、振られたんだそうだな琴吹に……。何度も通い詰めたにもかかわらず、一度も会ってもらえなかったっていうじゃねえか」

「いえ、一度だけ、ちらっと……」

「……で、白木屋の門脇に鞍替えしたわけだ」

「鞍替えしただなんて」と長吉さんは口を尖らせて精いっぱい不服を表しました。

七尾姉さんは長吉さんの顔をまじまじと見ました。「ますますあやしいですね」との意味を含めた視線でございます。この男、まだ何か隠しておるな、と七尾姉さんは思いました。

「諦めたところは男らしくていいんだ。褒めてやるわ」との文吉親分の言葉に、

「ありがとうございます」と長吉さんはぺこりと頭を下げます。

「諦めたつもりだが……実は腹の底でぐらぐらと別の思いが沸いてきたわけだ。裏返しの思いだ。これを憎しみというわな」

文吉親分は尻尾をつかんだとばかりにほくそ笑みました。文吉親分の笑みほど気持ちの悪い物はございません。赤ら顔の猿が浮かべる引きつった笑顔を想像していただければおわかりになるかと思います。傍《はた》で見ていた七尾姉さんの二の腕に鳥肌が立つほどでございました。

「……へえ、振られたのは本当でございますが、憎むなんてめっそうもありません」

「振った琴吹を殺そうと、おまえは持参した短銃を持って、ちょうど向かいとなる松風の部屋に忍び込み……」

「ちょっと待ってください。松風さんの部屋に忍び込むって、当の本人がいたでしょうに」と七尾姉さんが口を挟みました。

「いや。この日は隅田川の花火だったからな、松風は他に何人かの女郎と客、遣り手、若い衆を引き連れて花火見物に出向いていたわけだ。どこぞ大店の御曹司が屋形船を借

り切っての大判振る舞いだったそうだ。それで、この部屋は空いていたわけだ」

「なんと、豪勢な……わたしは二十年玉屋に抱えられていましたがね、一度だって屋形船を借り切ってもらったことなんてありませんよ」

「俺にあたるんじゃねえよ」と文吉親分は七尾姉さんを睨みました。

「振られたくらいのことで人を殺めますかね。わたしはちょっと信じませんね」と七尾姉さんは長吉さんへちらっと視線を流しました。

「おまえ、さっきは疑っていたじゃねえか、見世の外まで聞こえていたぜ」と文吉親分が七尾姉さんの尻尾をつかんだように言いました。

「それは……そう言いましたが、ちょっとからかっただけですよ。いいですか……長吉さんのこの冴えない顔を見てやってくださいな。振られ続けて二十ン年ですよ。いまさら振られたからといって人を殺めようと思いますかね」

七尾姉さんは何か言いたげな長吉さんの口を押さえるように続けました。「いちいちそんなことをしてたら、ここらの女郎なんて一人残らず殺されてますわね」

「しかしな……」と言いかける文吉親分ですが、「十日待ってくださいな。わたしが長吉さんの身の証を立ててみせます」と七尾姉さんは文吉親分の口も制しました。

「おう、上等じゃねえか。やってもらおうじゃねえか。もし、できなかったら長吉を引っ括《くく》るぜ。そして獄門台へ送るぜ」

「どうぞ、お好きなように」

まあ、そうでしょう。長吉さんが磔《はりつけ》になろうが首を刎《は》ねられようが七尾姉さんは痛くも痒くもありません。手を合わせて念仏を唱えるだけでございます。ただ、お金だけは取りっぱぐれないように用心しないといけません。親父様に掛けあって取り立てる算段はしております。

「いいか、長吉。それまでの間、吉原から一歩も出るんじゃねえぞ。門番にも大場屋の長吉を出さぬように命じておくからな。一旦は七尾に長吉を預けてやるわ」というと力任せに戸を閉めて出て行きました。

やれやれと、大きなことを吹いてしまったことを戸の閉まる音の余韻と共に後悔をいたしました。たったの十日で、事《こと》の真相を解き明かすことができましょうや。同時に十日で幾らになりましょうやと長吉さんの顔に聞きました。長吉さんは不安そうな顔を七尾姉さんへ向けるだけでありました。人を殺める様な顔には思えませんが、人の胸の奥底には何が潜むかわからぬことも七尾姉さんはこの吉原で生きてきて知っているつもりでございました。

《四》

七尾姉さんは長吉さんに白木屋での当時の様子を詳しく聞くことにしました。三日間の居続けをした最後の日のことでございますので前の二日間については割愛させていただきます。聞いたところで腹が立つやら歯が浮くやらの話ばかりでありましょうし……。

当の日、さすがに長吉さんも三日目となると疲れが重なりまして、門脇さんが座を外しても気にならなくなっておりました。むしろほっとするくらいでございました。妓楼というのは客様が姉さんを指名しますと、その客様のお相手をしていても座を外して別の客さまのお相手をすることがあります。それを「回し」といいます。「回しにぶつかっちまったか」などといってがっかりしますが、それに文句を言うのは野暮というもので、その間は暇をつぶして済ませるのが通でございます。ですから、長吉さんは部屋に一人でいても何ら不思議ではないのでございます。

この日、隅田川では花火がありましたので、客様の入りは少なく、人気の姉さんは屋形船に駆り出されておりまして、白木屋さんは閑散としておりました。それが却ってこの一件を複雑にしているのでございます。

文吉親分が描く真相はというと、以下のとおりでございます。

振られたことから憎しみを募らせた長吉さんは、密かに琴吹さんを殺すことを決意しまして用意周到に殺害を企てまして、実は三日前から短銃を懐に忍ばせて白木屋へと上がり込んでいたわけでございます。妓楼は刀など刃物を持って上がることは厳禁で、将軍様が上がるときでさえもそのしきたりは守っていただくほど厳格でございました。だからといって短銃ならよいかと申しますと駄目に決まっております。しかし、長吉さんはこっそりとこれを持ちこんだ……これはあくまでも文吉親分の胸の内でございます。……長吉さんは、黒川屋、白木屋の間取りを熟知しておりますので、あとは機会を狙うだけでございます。

長吉さんは、松風さんの部屋へ何度も行っては様子を窺うもなかなか機会に恵まれず、そして三日目、松風さんが出払っていて、部屋が空いていることを知ります。楼内は閑散としていて、わずかな客様も部屋に籠《こも》って女郎さまたちと囁《ささや》き合っている様子でございます。門脇さんは回しの客の相手をしていて、長吉さんは一人でございます。絶好の機会が到来したのでございます。長吉さんは懐の短銃に手を掛けながら、遠くで花火の音響く白木屋の廊下を、きっと忍び足で歩き、松風さんの部屋の様子を窺いつつ戸を開け、さっと忍び込みます。心の臓がどきどきしたことでしょう。想像ですが……。そして長吉さんは懐から短銃を取り出し、窓の障子をほんのわずか開けます。そこから覗くとお向かいの、黒川屋の琴吹さんの部屋が丸見えでございます。しかも、琴吹さんは一人でございます。おそらく客がつかず、お茶を挽《ひ》いていたのでございましょう。

まさに好機到来でございます。こちら側の好機とあちら側の好機が意気投合し、千客万来の様相でございます。

長吉さんが手にする短銃は、火縄式ではありませんので、火を準備する必要はありません。撃鉄に挟みこまれた火打ち石が火花を飛ばしてくれます。短銃は用意周到な長吉さんによって、撃つばかりに準備されておりますので、後は撃鉄を上げて狙いすまし、引き金を引くだけでございます。

長吉さんは、そこでまずは撃鉄を上げたのでございます。金属的な音が静かな部屋に響きました。引き金がわずかに動いて撃鉄に掛かります。遠くの空では花火が盛大に打ちあがっております。その音に呼応するかのように長吉さんの指先が震えます。

琴吹さんは座敷で、あくびをしながら化粧を直したり、御髪《おぐし》を整えたり、寝転んだりと暇を持て余しておりまして、そしてふと窓際に置かれた金魚鉢の金魚が気になったらしく、金魚に顔を近づけ「元気かね？　腹はすいておらんかね」と言ったか言わぬかわかりませんが、金魚鉢と琴吹さんの顔が重なったそのときを狙いすました長吉さんが恨み辛みを込めて引き金を引いた、とのことでございましょう。花火の音の中に短銃の音が絡み合って江戸町二丁目界隈《かいわい》に響き渡ったのでございます。「おや、今の音はなんだろうね。ちょっと変わった音だったよね」と気が付いたお方がいたかどうかはわかりません。

路地を挟んでいるとはいえ、部屋と部屋の距離はわずか二間（約三・六メートル）ほどでございますので、外すことはございません。その弾は金魚鉢のガラスを二枚貫き、正確に琴吹さんの眉間を捉えた……とまあこんな具合でしょう。

長々とご説明いたしましたが、要は、長吉さんは、持ち込んだ短銃で路地を挟んだ隣の窓から琴吹さんを撃ったということでございます。文吉親分の頭の中ではかなり単純に推理されておりますが、ここでは演出を交えながらわかりやすくご説明させていただきました。

直後に、白木屋の客に目星を付けて、全ての客、女郎の検分を行えばもっと早くに下手人をお縄にできたのではないかと文吉親分は今になって臍《ほぞ》を噬《か》む思いでございました。

文吉親分は、文吉親分なりに、今、白木屋の客の洗い出しに躍起《やっき》になっていることでしょう。

七尾姉さんには文吉親分の推理が手に取るようにわかりますが、何一つ証となることはありません。とはいえ、それは間違ってますよと突っぱねるだけの証もありません。もう一つ付けくわえさせていただけば、短銃など、この時代であってもそう簡単に手に入れられる物ではございません。お金を積めば別の話でございますが、とても一般庶民が用意できるような額ではありません。しかし、吉原へ通う客様の中には捨てるほど、いえ、捨てたいほどお金を持っている人がざらにおりまして、そのようなお方なら手に入れられるかと思います。下手人はお金持ちである可能性は否定できません。さて、長吉さんはどうでしょうか。そのあたりも文吉親分が長吉さんから目を離さない理由かもしれません。ためしに七尾姉さんが長吉さんに聞いてみますと、「わたしですか……そうですね、好きなものなら無理すれば四、五十両位は用意できますがね……舶来の短銃を欲しいと思えば……もう少し無理して出してもいいかもしれませんね」と真顔でお答えなさいました。和菓子屋とはそれほど儲かるものなのでしょうか。七尾姉さんも和菓子屋に鞍替えしようかとさえ思うと同時に「やっぱり長吉さんが殺めたのではないかね」と少し胸の内が揺らぎました。

《五》

お金になるとわかればなんとか長吉さんの身の証を立ててやりたいと思った七尾姉さんの商魂に火が付きました。悠長に千歳楼の中でくすぶっているわけにはまいりません。この際、江戸町二丁目まで行って己の眼で見てみましょうと足を動かすことにしました。七尾姉さん、歩数など気にはしておられません。十七両二分をそっくりいただく為に早速、七尾姉さんの足は江戸町二丁目、黒川屋へと向かいました。

まだ昼前でございまして、見世が開く刻限には間がありまして、通りも閑散としております。どこからか三味線の音が聞こえます。どなたかが稽古をしているのでしょう。音がずれたり途切れたり……。

七尾姉さんは、黒川屋の前まで来てだれにお伺いしましょうかねと考える間もなく目にとまったお方がおりました。黒川屋の見世番の英治《えいじ》さんです。英治さんは紅殻格子《べんがらごうし》に雑巾を掛ける最中でして、七尾姉さんはその後ろ姿に、「お忙しいところ申しわけありませんがね。琴吹さんのことで、ちょっと検分したいことがありましてね、中を見させていただきたいのですが、よろしいですかね」と聞いてみました。

英治さんの動きがぴたりと止まりました。その後ろ姿には不服の体《てい》が漲《みなぎ》っております。英治さんはゆっくりと振り返りました。

「どこのどなたが妙なご依頼をされるのかと思いきや、千歳楼の七尾姉さんではありませんか。ここは見世は見世でも見世物小屋ではござんせんのでお引き取りを」と英治さんは再び背を向けますと雑巾掛けをお続けなさいました。

「そう簡単に引き下がるわけにもまいりませんでね。わたしはね、文吉親分の名代でこちらへ伺った次第でございますので」と七尾姉さんは凄んでみました。

文吉親分は尊敬されているわけでも、恐れられているわけでもありません。役目柄、それなりの知名度はありますので効果は覿面《てきめん》でございました。嫌われてはおりますが。

「文吉親分の名代だと？」と言いながらも英治さんの態度が一変しまして「さて困った……どうしたものか」と素直な心の内がその顔に現れました。

「へえ、琴吹さんの件、文吉親分から頼まれましてね。断るとあとあと厄介なことになるかもしれませんが、それでも断ると……。文吉親分、なかなか執念深いお人ですからね、後々ねちねちとね……」と七尾姉さんは色香を込めた流し目を英治さんに送りました。

「ほう、その手も交えての口説きかね。あと十も若ければそれだけで靡《なび》くところだが……。仕方ねえな。ちょっと待っていておくんなさい」というと、英治さんは雑巾を桶《おけ》に投げ込み、見世の中へと飛び込みました。頼まれたわけではないですが、まあいいでしょう。解決すれば文吉親分の手柄になることですし。それにしても十も若ければとはどんな意味なのでしょうかね。英治さんの年が十若ければなのか、それとも、七尾姉さんの年が十若ければなのか……七尾姉さんは首を傾げました。酒の肴が一つできたような気持ちでございます。後でお酒でも飲みながらゆっくりと考えることにしましょう。

英治さんは今、遣り手か楼主様にお伺いを立てに行ったのでございましょう。

しばらくすると遣り手のお民さんが太った体を揺らしながら不貞腐れたような顔で出てきました。「ああ、七尾姉さんね。文吉親分の名代だって？　しかし、よくもまあ花魁からそこまで落ちたもんだわね。猿に使われる犬だわね」などとお民さんは憎まれ口を叩きますが、そんなことで怯《ひる》んでいる七尾姉さんではございません。「何事も求められるうちが華でございます」と、笑顔で返しました。

「厄介な人が厄介な人に頼んだもんだわ」とお民さんは呟くように言いましたが、七尾姉さんの耳にははっきりと聞こえました。これ以上言い合っても時を無駄にするばかりでございますので、七尾姉さんは聞き流します。

黒川屋は、中見世とはいえ比較的小さく、半籬《はんまがき》を見なければ小見世と間違えそうでございますが、中へ入ると、やはりそれなりに凝《こ》った造りになっておりまして、やはり中見世の格は窺えます。英治さんが案内してくれますが、「目を離すんじゃないよ」とでも言われたのでしょう、その目は常に七尾姉さんを見ていました。わたしに気があるんじゃないのと思わせるような目つきで見ておられます。まんざらではない七尾姉さんでございます。先ほどの言葉は、英治さんが十若ければ……ということですねと七尾姉さんは勝手に解釈いたしました。「わたしに気があるのなら言ってくれればいいですのに」と七尾姉さんの胸の内でございます。今の七尾姉さんには断る理由など何一つありませんので……。何事も都合の良いように解釈するのがうまい生き方なのでございましょう。吉原で長く生きる秘訣のようなものでございます。

階段を上がったところに遣り手の部屋がありまして、その向かい側に部屋が六つ並んでおりまして路地を見下ろすことができます。手前二つ、その向こう二つが花魁の部屋らしく、一番奥の二つが座敷持ちである琴吹さんの部屋とのことでございます。座敷持ちというのは部屋と座敷を与えられた比較的格の高い遊女で、琴吹さんも人気のある女郎さまであったようでございます。

与えられていた二つの部屋は、ぴしゃりと障子が閉められておりまして、ひっそりとしておりますが、どこからか線香の香りが漂ってきます。

「どうぞ、こちらでございます」と英治さんは手前の障子を開けると中へ七尾姉さんを導きました。

琴吹さんの部屋は、きちんと整理されておりました。二部屋のうち一部屋は生活の間、その向こうの座敷は客様を迎え入れる間となっております。

窓は開け放たれておりまして、向かいの白木屋が窺えます。座敷の窓際には猫脚台が置いてあり、その上には当日のまま金魚鉢が載っていました。金魚鉢のガラスは貫かれていて、その穴から広がったひび割れでガラスがずれております。

部屋と座敷を隔てる襖《ふすま》は開けられたままでございました。簞笥《たんす》、鏡台は黒漆《うるし》に螺鈿《らでん》細工、それらを隠すように立てられた屛風《びょうぶ》は六曲一隻。梅に鶯《うぐいす》が描かれる、まあ、妓楼ではごく普通の代物でございまして、どこも似たり寄ったりでございますなと七尾姉さんはあらためて思った次第でございます。異様なのは畳でございました。うっすらと血の色を含んだ大きな染みが広がっていて、人の死を連想させるには十分でございました。

「後は、わたしの方で勝手に見させていただきますので……」と七尾姉さんは英治さんを追い払おうとしましたが、「いえ、最後までお付き合いさせていただきます」と監視を認めた形となりましたが、却って都合がよかったかもしれません。

七尾姉さんは座敷の方へと移動しようと思い、染みを踏まぬように跨《また》ごうとしましたがあまりにも染みが大きく跨ぐことができません。金魚鉢から流れ出た水の量は四斗六升（約八十リットル）ほどもありましたでしょうか。一気に流れ出れば部屋中に広がるのでしょうが、ガラスのひび割れから噴き出すように流出したのでしょう。流れ出たほとんどの水は畳に吸い込まれたようで、足の裏にひんやりとした感触を味わいました。気持ちのよいものではありません。

「短銃の音を聞いたのはだれですかね」と七尾姉さんは英治さんに聞いてみました。

「さあ、みんな聞いたようですがね」と英治さんは不貞腐れたように答えました。

「音の出所はすぐにわかったんですかね？」

「音の出所？　そんなことわかるわけねえだろ」と英治さんは憤慨したように声を荒げました。「そこらじゅうでネズミ花火を弾けさせてるんで、その音じゃねえかと思いながら、それでも何か様子が妙だなって思って、部屋を順に見て回って、ようやく琴吹の座敷で骸を見つけたわけだよ」

「最初に、ここへ入ったのはどなたでしょうかね？」

「さあ、最初と言われてもね。ここだってわかった途端、皆がどやどやと入りましたからね」

「琴吹さんは、その時にはもう事切れてましたかね」

「眉間を撃たれりゃ、その場で息絶えますわな」

「そうでしょうね」と七尾姉さんもとりあえず納得した振りをしました。

七尾姉さんはその場の状況を記憶にとどめようとじっくり見分していると、「……で、なにかわかりましたか？」と今度は英治さんが急き立てるように、しかも皮肉交じりに聞いてきました。

七尾姉さんは答えず、湿った畳の上を歩き、座敷の方へと移動しました。座敷の方で倒れていたとのことですので、その様子をなんとなく想像してみました。

「このあたりですかね」と七尾姉さんは手で示してみました。

「このあたりですよ」と英治さんは別の位置を示しました。

「あらそうですか……ですが、金魚鉢はここですよね」と、猫脚台の上の金魚鉢を指差しました。

「多分、撃たれて倒れたときに、こちらのほうへ倒れたんでしょうよ」

確かに、撃たれて息絶えるとき、その場に崩れ落ちるとは限りません。体が苦し紛れに勝手にのたうつことだってあるかもしれません。頭が潰れた蛇がのたうつ姿を見たことがあります。七尾姉さんは、そんなことを思い出しながら身震いしました。

七尾姉さんは、金魚鉢のガラスの穴を通して向かいの白木屋を見ました。確かに二つの穴を結ぶと白木屋の松風さんの部屋に向かいます。

「そのとき、あの部屋の障子は開いてましたかね」

「いえ、閉まっておりましたね」と英治さんは躊躇《ためら》いもなく言いました。撃った後に開けたままにしておくとは思えませんね。何事もなかったかのように下手人が自ら閉めたとも考えられます。

「灯《あか》りはどうでしたかね？」

「灯《とも》ってましたね」

灯っていて当然です。通りに面した部屋に灯りが灯ってないと不景気に見えますから使われてない部屋でも灯しておくものです。

結局、七尾姉さんは、何もつかめぬまま、わからぬまま黒川屋を後にすることになりました。次の見分は白木屋でございます。

白木屋の見世先でも「……わたしはね、文吉親分の名代でこちらへ伺った次第でございます」と、先ほどの場面を再現したようなやり取りを行いました。七尾姉さんの声は響きますので、英治さんが紅殻格子《べんがらごうし》に雑巾を掛けながら笑っております。

白木屋でも同じく見世番の幸助《こうすけ》さんに松風さんの部屋まで案内していただきました。

路地を挟《はさ》んで全く対称的な間取りでございます。ただし、松風さんは部屋持ちでありまして、つまり、部屋一つで寝起きし、そこで客様をお迎えします。その向こうは別の姉さまのお部屋となります。路地に面した部屋はすべて空いていたそうでございます。

七尾姉さんが部屋を見ても、どこにでもありそうな女郎の部屋でございます。屏風の位置も同じ、ですが、絵は桜でございました。特に気を引くような物などございません。

「松風さんは、今どこに？」と七尾姉さんは聞いてみました。

「さあ、富士の湯へでも行っていなさるんでは」と幸助さんは曖昧に答えました。この刻限ならやはり富士の湯でしょうねと七尾姉さんも思いました。これと言って松風さんに聞いてみたいことがあったわけではありません。松風さんが、この一件に関わっているとは思えませんので。おそらく、一番都合のよい部屋として利用されたにすぎないのでしょうと七尾姉さんは思いました。

七尾姉さんはもう一つ聞いてみました。「長吉さんが居続けをなさっていた部屋はどちらでしょうかね」と。

「この廊下を行った突きあたりですよ。案内させてもらってもいいですが、何もありませんよ」と言われましたが、やはり見ないわけにはまいりませんので、とりあえず見させていただきましたが、やはり、覗いても、事件につながるような目新しい物は何もありませんでした。殺風景な回し部屋でございます。

聞き忘れたことはないかと、頭の中を整理していると、そうそう、と思い出しました。その日、その刻限にどこの誰が登楼なさっていたか、とりあえず聞いておきました。これは黒川屋も同じです。白木屋さんは六人で黒川屋さんは四人とのこと。名前も教えてくださいましたが、ほとんど記憶には残りませんでした。まあいいですよと七尾姉さんは思いました。こんなところが七尾姉さんのいい加減なところでございます。

さてと、帰りますか……と七尾姉さん。見送りもなく白木屋を出ます。どの道を通って帰るのが一番近道なのかと考えながら歩きますが、何か釈然としません。考え事をしながら歩いていたせいか道を間違えてしまいました。この狭い吉原で道を間違えるなんてこの三十年で初めてのことです。右へ曲がるところを間違えて京町二丁目の方へ来てしまいました。迂闊《うかつ》でしたねと反省しながら貸し物屋の相馬屋の前まで来た時、「そうじゃ」と一つひらめきました。向かいの部屋から撃ったとは限りませんねと思ったのでございます。七尾姉さんが梯子を使って屋根へと上ったように、琴吹さんを撃った下手人も梯子を使って屋根に上がり、窓越しに琴吹さんを撃ったのではないかねと。

相馬屋に、「あの日、梯子を貸した人はわたしの他にだれかかね」と尋ねたところ。

「へえ、梯子は三丁ありますが、あの日、貸し出していたのは七尾姉さんただのひとりでしたね」

「わたし一人かね。だれも屋根の上で花火を見物しとらんのかね」と七尾姉さんは別の意味で驚きました。

「さあ、見物してたかどうかは、わかりませんがね。……おひとりで」と七尾姉さんの鼻先に指を差されました。七尾姉さんは粋な人が少ないですなと思いながら踵《きびす》を返して千歳楼へと帰りました。そして、ちょっと空回りしたことにも気づきました。梯子を掛けたり、持ち歩けば、それはもう目立つこと至極。そのような間抜けなお人がこのような大胆な一件を企てるとは思えません。そしてもう一つ思ったことは、来年の花火の際には、梯子を借りるのは一日だけにしましょうと。貸し料が高くつくだけのようですから。

「それにしても、まさか、わたしだけとは……」

《 六 》

千歳楼の戸を開けると、座敷で長吉さんが呑気《のんき》に昼寝でございます。しかも大の字でございます。一日一両一分と花魁並みの謝礼をいただくことになっておりますが、あまりにも呑気な長吉さんにいささか腹が立ちまして、ちょっとからかってやろうと思いました。

長吉さんは七尾姉さんの気配を感じてか、むっくりと身を起こしました。

「……ああ、七尾姉さん、帰ったんですか」と長吉さんの嗄《しわが》れ声。そして、脇の下を掻き掻き煙草盆を引き寄せると、懐から煙管を出して煙草の葉を詰め始めました。よい香りが漂いました。七尾姉さんが日ごろ吸っている煙草より上等なもののようでございます。

「長吉さんは呑気じゃね、いいのかね」と七尾姉さんは目を細めて言ってやりました。

「ああ、いいんです。七尾姉さんに任せておけばいいんです。大船に乗るとはこのことですね。ただ、ここは狭くてちょっと不自由ですけど、しばらくの間でしょうから我慢しますよ。……しかし、ここは妙なところですね。なぜかと申しますとね、寝ているとどこからともなく人の気配がしましてね、七尾姉さんが帰ったのかなっと思って目を開けますが、なぜか体が動かないんですよ。縄で縛られたようにですよ……でもちゃんと人の気配がして、しかも部屋の中を歩き回っているんです。次第にその気配が近づいてきて、怖くて怖くて目をつぶるんです。すると誰かが顔を覗き込んでいるような気がするんですよ……そんなことがもう何度もありましてね。汗、びっしょりですよ」と喘《あえ》ぐように言う長吉さんのはだけた胸のあたりには玉の汗が光っております。

「そうですかね、わたしはそんなこと一度もありませんがね……きっと、疲れているんですよ」

「そうですか？　そうですよね。……で、どうでした？」と長吉さんは煙草入れを懐へ戻すと聞きました。七尾姉さんも一服どうですかの一言がありません。相変わらず気の利かないお人でございます。振られて当たり前のお人でございます。

「わたしも色よい話ができればいいんですが、そうもいかないようです」

長吉さんは煙草に火を付けると、一口、ふーっと長い煙を吐き「さて、どんな話でしょうかね？」と他人事《ひとごと》のように聞きました。

「実はね、事の次第を調べれば調べるほど長吉さんにとって都合の悪い話ばかりが出てきてしまうんですよ。最初はわたしも、まさか長吉さんがこんな大それたことをと思っていたんですけど……」

長吉さんの煙草を飲む手がぴたりと止まって、その目は七尾姉さんを見据えておりました。「こう、いろいろ出てくると、長吉さんの他に下手人はいないって思えてしかたがないんですよ。やっぱり文吉親分の鼻は正しかったんですかね」

「なに言ってるんですか、七尾姉さん。わたしがそんなこと……できるわけないですよ」

「人というのはわかりませんよ。刃傷沙汰《にんじょうざた》でもね、まさかこんな人がって思うことありますでしょ。そうそう、二年ほど前に、木久屋《きくや》で起こった事件覚えていますかね。かわいい顔した座敷持ちになりたての松野《まつの》という女郎さんがいましてね、まだ十七でしたね。好いた殿方を刺し殺し、その首を掻き切った事件ですよ。まさかあの娘《こ》がね……」

「……だからわたしですか？」

「へえ。この際、文吉親分に全てを打ち明けて、少しでもお慈悲をいただいたらどうでしょうか？」

「やっていないことは打ち明けようがないじゃありませんか」

長吉さんの煙草が燃え尽きて煙がすっと消えてしまいました。

「やっていなくても文吉親分に『やったよな、おまえ』といわれれば、やっていなくてもやったことになってしまうんですよ。そうなりゃ……」

「そうなりゃ？」と長吉さんは身を乗り出して七尾姉さんの眼前に童顔を寄せました。

七尾姉さんは、痩せれば二枚目かもしれませんねと思いながら、「市中引き回しのうえ獄門、もしくは磔《はりつけ》、火あぶり、のこぎり挽き……のこぎり挽きだけは勘弁してもらいたいですよね。わたしは挽くの、まっぴら御免ですからね。ナンマンダブ、ナンマンダブ」と長吉さんの顔に手を合わせます。

聞いていた長吉さんは生唾を飲み込むだけが精一杯で、もう次の言葉が出てきません。

「自分の方から『わたしがやりました。文吉親分のお縄をちょうだいたします』と申し出て手を差し出せば、ひょっとすれば終生島流しくらいで勘弁してもらえるかもしれませんよ」

「終生島流しって……死罪と替わらない、それ以上に苦しいって聞きますよ」

「それじゃあ死罪を選びますかね」

「嫌ですよ」

「でしょ。生きてりゃ、なんかいいことありますよ」

「島流しも嫌ですよ。絶対に嫌です。だってやってないんだもん」と涙目になりながら長吉さんは子供のように声を震わせました。

「だったら、呑気に昼寝などしてないで、何か思い出すなり、考えるなりしたらどうですか。ご自身のことですよ」

「しかたないでしょ。昨日は一睡もさせてもらえなかったんですから、あの文吉親分に。おまえがやったんだろ、おまえがやったんだろって千回くらい聞かれましたよ。わたしは次第に、本当は自分がやったんじゃないかって思うようになって、やりましたって言っちゃおうかどうしようか迷いましたよ。ですが、ここは踏ん張りどころだと思って唇を嚙んで頑張ったんですよ。気が付いたら朝でした」

そこで、七尾姉さんはそうでしたねと思いました。文吉親分の取り調べは拷問並みに厳しいとの噂ですので疲れていてもしかたがないと、昼寝の理由《わけ》がようやくわかりました。ちょっとやりすぎましたかねと思いました。

七尾姉さんもちょっと反省すると、気を取り直して長吉さんに向き直りました。

「聞きたいことがあるんですがね」

「へえ、なんでございましょう」と、長吉さんはいままでに見たこともないような神妙な眼差しを七尾姉さんに向けました。薬が丁度いい具合に効いたようでございます。

「殺された琴吹さんに恨みを抱くような人に心当たりはありませんかね？」

「琴吹さんは人気の姉さんですからね。いずれは昼三、呼出し、御職《おしょく》と噂されておりましたくらいですから……しかし、なかなか靡《なび》いてくれません。そこがまたいいんです。どのように口説くか、難攻不落の城を攻め落とすような心持ちでしてね、ですから敗れた男衆は一様に怨んでいたかもしれませんね。誰しもが男らしく引き下がるとは限りませんし」

「心当たりでもありますかね……たとえば」

「へえ、わたし…………何ですかその目は、やっぱりわたしを疑ってますね」

「あたりまえですよ。何もかもおまえさんに都合の悪いことばかりじゃないですかね。

ご自分の命が懸かっておるんですよ。真面目にやらんかね」

「真面目にやってるつもりなんですがね」

「そうは見えませんがね……では他には」

「へえ……噂ですが」と言いながら、一人二人三人と名前を挙げますが、誰とて決め手となるような人は浮かびません。七尾姉さんの目の前にいる人物を除いては。

七尾姉さんは思いまして、ぼそりと呟きました。「殿方とはかぎりませんな」

「そうですね。そうですよ。短銃なら女子でも扱えますからね」

「そうかね？」

七尾姉さんは自分で言っておきながら、少々無理があると思いました。短銃を手に入れること、そしてそれを構えて撃つこと。簡単なことではありません。引き金を引くだけで人を殺めることができるとは言え、はたして何の修練もしないでできるものでしょうか。

「ちなみに、心当たりはあるのかね」

長吉さんは口を尖らせて首を横に振りました。

埒《らち》が明かないと思った七尾姉さんは「琴吹さんとはどんな女子さんでしたかね？」と聞きました。

「琴吹さんですか……へえ、わたしが知る限りのことですが……歳は十九、名は佐代といいましてね……わたしとの馴初《なれそ》めは一年ほど前でしょうか、座敷持ちに昇格したころでしたからね……」と長吉さんは話し始めました。

佐代は十五の時に吉原へ連れて来られたとのことでございます。生家は日本橋に店を構えておりました廻船問屋美鈴屋《みすずや》だそうでございます。廻船問屋とは、海運業者のことで、樽廻船《たるかいせん》や菱垣廻船《ひがきかいせん》と呼ばれる大きな船を使いまして、日本全国の沿岸を航行して酒、米、味噌、醤油《しょうゆ》、その他の生活物資を運んでおりました。美鈴屋は三百石船三隻と五百石船四隻、合計七隻の菱垣廻船を所有する中堅の問屋で、佐代はそこの箱入り娘でございました。

美鈴屋はたいそうな繁盛ぶりで、このまま行けば十年後には江戸でも一、二を争う廻船問屋になりそうな勢いでございました。

「ほう、わたしの大好きなお酒も運んでいただいておったんじゃな。世話になったわけじゃ」

余談でございますが菱垣廻船ではお酒は運びません。お酒を運んだのは樽廻船でございます、あしからず。

で、飛ぶ鳥落とす勢いでございましたが、そう簡単に問屋は卸しません。どこに落とし穴がぱっくりと口を開けているかはわからないのが人の世の常でございまして、大坂から江戸へと五百石船二隻で幕府に納める年貢米を運ぶ途中、季節外れの時化《しけ》に襲われまして、積み荷、乗員もろとも沈んでしまったのでございます。しかし、この程度であれば、過去にも経験があり、持ちこたえることはできましたでしょう。ですが、その一月後、出航した五百石船二隻も、またもや時化に遭い、沈んでしまったとのことでございます。美鈴屋は積み荷である米の補償と乗組員の家族への賠償のため、莫大な借金を抱えまして、あえなく店は潰れることとなり、一家は離散。ご両親はその後、首を括《くく》って自害なされたとのことでございます。娘の佐代は、一旦は親類に匿《かくま》われますが、債権者によって、すぐに居場所を突き止められ、借金の形に吉原へ売られた……いえ、奉公に出された次第でございます。商家の娘が吉原へ落ちるといえば、九分方はこの筋書きでございます。

その時、佐代は十五。吉原では、下は七つ、八つくらいから奉公に出されます。禿として修業をさせられるわけでありますが、十五、六、場合によっては二十すぎてから奉公に出されることもあります。そんな場合は当然、禿として修業することはありませんので、その年から、新造であったり、遊女であったりとその歳に合った仕事をこなさないといけません。そのような場合は未熟なため、なかなか出世が滞ることとなります。

佐代の場合、十五ですから、新造から始められたわけであります。本来なら三、四年の修業を必要とするところ、佐代に限っては大店の箱入り娘であったこともあり、読み書き、所作などそれなりに出来上がっておりましたので、一年ほどで水揚げを済ませることとなったようでございます。十六で部屋持ち、十八で座敷持ちと出世はことのほか早く、殺められた時は座敷持ち二年目でございました。

「わたしとどっこいどっこいですな」と七尾姉さんは見栄を張っていいました。確かに七尾姉さんも早い出世ではありましたがそこまで早くはありません。しかも、お酒で大失敗して一度降格させられた経緯もあります。昔のことでございます。

七尾姉さんは、ここでもう一つ思ったことがあります。「なんだかそのあたりに下手人が隠れていそうじゃな」とのことであります。

佐代さんのご両親は菱垣廻船の遭難により莫大な借金を背負い、自害なされたとのことでありますから、ひょっとすると借金を回収しそこなった債権者の一人に怨まれ、殺害されたのかとの憶測も湧いてまいりましたが、さてどうでしょう？　吉原へと身を落とした娘の命までも狙うものでしょうか。しかも、借金があるのなら殺めてしまってはお金を取りっぱぐれてしまうだけですから、少しでも回収するには、むしろ、生かしておいたほうがよいとの考えもできます。確かに、借金を返せない相手を殺めるという事件がないわけではありませんが……と考えはじめると七尾姉さんの頭の中がごちゃごちゃとして、しまいには眠くなってまいります。どちらにしても、まずは、白木屋の、事件の時に見世に居合わせた客の素性を洗い直す必要がありますねと七尾姉さんは思いました。

翌日、七尾姉さんは昼見世前の閑散とした時分に、もう一度、白木屋へと足を運ぶことにしました。やはり、一番客に詳しい見世番の幸助さんに聞くのが手っ取り早いようです。幸助さんは見世先の床机に腰掛け、腕を組み、足を組み、うとうとと気持ちよさそうに舟を漕いでおりました。難破しませんようにと願いながらとんとんと肩を叩くと「へい、……らっしゃい」と回らない呂律《ろれつ》で言い、舌を噛みそうになられました。

「わたしですよ、七尾姉さんですよ」

幸助さんは大きなため息をつきました。「……なんだい、またあんたかい。いいところだったのによ」

「どんな夢を見てたんですか？　なんだか気持ちよさそうに腰を揺らしておったようですが」

「いえるわけねえ。そこまで首を突っ込むことはねえだろ……で、今日は何の用で？」

と、幸助さんは無愛想に言いました。

「ええ、実はね……」と七尾姉さんは、当日居合わせた客の素性を知りたい旨を告げました。

「うちは小見世だが、客の素性は確かだ。怪しい客なんて一人だっていやしねえんだ」

「それはわかってますよ。ですが、どんな商いをしているかとか、どこのご家中かなんてこともつかんでおられるんですかね」

「もちろんだ」と幸助は断言しました。

吉原の妓楼、大見世、中見世あたりでは登楼する際には客様の名前はもちろん住まいや生業までも事細かに聞くのがしきたりとなっております。もちろん見世にもよりますが、ここ白木屋さんは小見世ながら、そのあたりはしっかりしていたようでございます。

客様が本当のことを言うか言わぬかはわかりませんが、妓楼も商売でございますから、客様が本当のことを言ったか嘘を言ったかは、なんとなくわかるものでございます。怪しいとか、嘘とわかればお帰りいただくことになるわけでございます。

「その客様の中に、金貸しを生業にするお方はおられましたかね。または大金を貸すことができるような生業のお方でもよいのですが」

「大金とは……幾らだね？」

幾らといわれても七尾姉さんも困りました。廻船問屋に貸しつける額と言えば、いかほどなのか？　千両二千両という単位の額ではないでしょうかねと思いましたが、実のところ見当もつきません。とりあえず「五千両……くらい」と言ってみました。

「いねえよ。一人もいねえ。そんな客なら大見世で花魁を揚げてなさるだろ」

客様の趣味、趣向もありましょうが、大方の客ならそうするでしょうねと思いながら七尾姉さんは、見世の造りを見回しました。

「何をじろじろ見てるんだい」と幸助さんは一喝。

「いえ……」と七尾姉さんはいい、にこりと返して、それはあまりにも失礼だったと反省しました。

ついでなので、黒川屋にも立ち寄り、床机で同じように舟を漕ぐ英治さんに「あの女郎を揚げるぜ」と男の声色を真似ていいますと「へい、ありがとうごぜいまひゅ」とやはり回らない呂律で舌を嚙みそうにいいました。よだれを拭きながら七尾姉さんの顔を見て「ちぇっ」と舌打ちをします。まだ昼見世も始まっておりません。

「呑気でいいですね。見世番というのは」と七尾姉さんは口元を隠して笑いました。

「なんの用だい？」と英治さんは突っかかってきました。

「ちょっとお聞きしたいんですがね……殺された琴吹さんの生家での出来事について英

治さんは経緯を聞いておられるんですかね？」

「ああ、聞いているさ。女郎の事情を知っておかなけりゃ、その扱いにも苦労するばかりだからな」

「そう、じゃあ話は早いですね。……で、英治さんは琴吹さんの口から何か聞いておりますかね？　もしくは、何か聞いた人はおりませんかね？　どんなことでもいいんですがね」と雲をつかむような問いを投げかけた七尾姉さんは英治さんの顔をまじまじと見ました。

英治さんはわずかに顔色を曇らせ、ちょっと記憶の澱《おり》を浚《さら》うような表情を浮かべました。

七尾姉さんは「ひょっとすると、琴吹さんは怨まれて狙われてることを知っていたかもしれませんのでね」と後押ししてみました。

「そうかもしれねえな、だが、怨みの大きさでは琴吹の方が上手かもしれねえぜ」と英治さんの口から意表を突くような言葉が返され七尾姉さんは面食らいました。

「そんな様子があったので？」

七尾姉さんの方から顔を近付けると英治さんの目を見据えました。

「聞いた者がいる。年も近くて仲がいい留袖新造の松江だ。ちらっと聞いたんだが、

『こんなところへ来ることになったのもあの男のせいなんですよ。許せない。両親の仇……』とか……湯舟につかっている時に悔しそうに呟くのを聞いたとか」

「あの男とは誰ですかね？」

「そこまでは聞いちゃいねえ。松江も聞いちゃいねえ。知っていることはそれだけだ」

「いつの話ですかね？」

「俺が松江から聞いたのは二十日ほど前だな」

「誰を指していたか、見当が付きませんかね。英治さんならその前日の客で、琴吹さんと関係のあった客の顔は思い当たると思うのですがね」

「簡単にいってくれるね。……まっ、ちょっと考えてやってもいい。七尾姉さんに貸しを作っておくのもいいかもしれねえからな」といいながら、腕を組んだまま考え込みました。

「また明日にでも来ますから、思い出しておいてくださいな」

「あまり期待されても困るが」

その時点ではそれ以上は英治さんから聞き出せそうもないので黒川屋を辞去しましたが、一つ手がかりとなることが得られて光が見えたような気がいたしました。そして、英治さんの記憶がさらなる手がかりとなるやもしれません。

琴吹さんがいうある人物――この人物を仮に「乙太郎《おったろう》」と名付けさせていただきます――琴吹さんが、この乙太郎さんを怨んでいたことは間違いないでしょう。であれば、怨んでいた乙太郎さんから先手を打たれて殺された可能性が濃厚となるわけです。しかし、どうでしょう？　怨まれている側にとっては、わざわざ琴吹さんを殺める必要があったのでしょうか？　ここは吉原、黒塀と忍び返しに囲まれた吉原でございます。琴吹さんは、ここからそう簡単に外へ出ることはかないません。乙太郎さんが身の危険を感じるようなことはないように思います。しかも、琴吹さんはか弱い女子。琴吹さんがくの一ではないという条件付きではございますが、もし本当に身の危険を感じたのであれば、吉原へ来なければよいだけの話でございましょう。寝ても覚めても女郎さまが愛おしいというのであれば見世を変えればよいだけの話ではありませんか。乙太郎さんは何をそれほどまでに恐れたのでございましょうか。

それとも、何かよほど都合の悪い弱みを握られての口封じでありましょうか……。

「はは～ん」と七尾姉さんはほくそ笑みました。「……なるほど、そういうことですか」

まだ仮定ではございますが、七尾姉さんの胸の内にはふつふつと自信が漲《みなぎ》ってまいりました。……乙太郎さんは、琴吹さんを揚げて楽しんでいるさなか、琴吹さんが美鈴屋の娘佐代さんとは知らずに、うっかりとんでもない真実を口走ってしまったとか……。たとえば、「あの美鈴屋の四隻の船を沈めたのは俺だ」とか。それほど簡単に船を沈めることができるかどうかはわかりませんが、七尾姉さんは、そのあたりに何か裏があるような気がしてきました。

ひとまずこの話は七尾姉さんの胸の中にしまっておくことにしまして、その夜は長吉さんと夜中まで飲み、溜まりに溜まった泣き言を聞いてさしあげました。いくら努力しても和菓子作りの腕が上がらないとか、奉公人が馬鹿にするとか、よい縁談がまとまらないとか愚にもつかない泣き言ばかりでございました。その憂さを晴らすように長吉さんは趣味に没頭していたようでございます。しかし、まあ、めそめそ泣かれ、味気ないお酒でございました。ですが、もうしばらくの辛抱でございます。たまきも途中何度か顔を覗かせ、しばらくは長吉さんの頭の上で呆れ顔で聞いていましたが、半時もしないうちに首をすくめて退散してしまいました。その様子から、まだまだ先日の喧嘩が尾を引いているのがわかります。鞍替えも諦めたのでございましょうか。それでよいのですが。どこか他へ行って、そこでゆらゆら出られても困りますので。七尾姉さんもいささかほっといたしました。

翌日、支度を済ませた七尾姉さんは座敷でごろ寝の長吉さんを跨《また》ぐと、もう一度黒川屋の英治さんに話を聞きに出かけました。今朝のお茶に茶柱が二本立っておりましたのでよい返事が聞けそうでございます。

黒川屋に着くと、ちょうど見世から床机を出そうとしている英治さんとかち会い、そこで何か思い出しましたかと聞いてみました。英治さんは七尾姉さんの顔を見るなり、にやりとなさいました。

「早速だな。もったいねえが教えてやるぜ。貸しとして付けておいてくれよ。その相手とは……」

七尾姉さんは英治さんの口元に耳を近づけます。男っぷりのいい匂いがします。ぞくりとしましたが、ここはちょっと我慢でございます。

「伊勢屋《いせや》の店主、菊次郎《きくじろう》さんじゃねえかと思うんだが」と早々に名指しです。

「伊勢屋さんというのは？」

「両国に店を構える廻船問屋の主《あるじ》だ。まだ旗揚げして間もない店だそうだ」

なるほど、廻船問屋で繋がりました。借金絡みではないようでございます。以前の生業を生かして自身で旗揚げしたのではないでしょうかと七尾姉さんは胸の内で読みました。

「そのお方が、以前、美鈴屋に奉公していたという話はありますかね」

「さあ、そこまでは知らねえ。うちへ通うようになったのはここ半年くらいだからな。それ以前のことはわからねえ」

なぜ菊次郎さんと思うかとの問いに対しては、「松江から話を聞いた日の前日、琴吹が相手をした客の中に間違いなく菊次郎さんがいた。いつもは朝までの泊りなのだが、その夜に限っては引け四ツ（午前零時ごろ）前に顔色を変えて出て行きなさった。あれはただごとじゃねえな。しかも、琴吹が撃たれたあの夜は座敷持ちの姫之《ひめの》を揚げていなさる。こんなことはそうあることじゃねえ。同じ見世で短い期間に別の女郎に鞍替えするなんてな。だが、こちらも客商売だから断ることはねえが……で姫之に聞いたんだが、琴吹が撃たれたあの時分、菊次郎さんは座を外していたそうだ。後で聞いたところ、花火を見ていたっていうじゃねえか。うちでも廊下の一か所だけ隅田川の花火が見えるところがあるからな」とのことでございます。

はて、どこかでちぐはぐなことになっているようで七尾姉さんの頭が混乱してまいりました。

「ちょっと待ってくださいよ、あの夜、菊次郎さんはこちらへ登楼なさっていたんですか？」

「ああ、そうだよ」と英治さんは真顔です。

「変ですね。撃ったのは白木屋の松風さんの部屋からだったはずじゃ」

「そんなこと俺にいわれてもね。俺はいつもここにいて客の出入りを見ているわけだ。抜け出してまた戻ってくるなんてできやしねえ。第一そんな面倒臭えことするものかね……それじゃあ菊次郎さんは無関係だってことだな。それ以上は面倒見られねえな」というと英治さんは七尾姉さんを突き放しました。「ここまでだ。後はよろしく頼むわ」

七尾姉さんはまたわからなくなりました。なにかとんでもない勘違いをしているのではないでしょうかと頭の中を整理してみましたが、もともと整理整頓が苦手な七尾姉さんでございます。あっちの物をこっちへと、こっちの物をあっちへと動かしているうちにとんとわからなくなるのが常でございます。また、お酒の量が増えそうでございます。酒代を長吉さんに請求してみましょうと七尾姉さんは思いました。

七尾姉さんはその足で富士の湯に立ち寄ると湯につかりながら、「なぜ、白木屋の松風さんの部屋から撃たれたことになったんですかね」とひとり呟き、そのように思われるようになった理由を思い返しました。誰かが見ていたわけでもありませんし、松風さんの部屋から短銃が見つかったわけでもありません。なぜかと申せば……金魚鉢の穴ですね。

金魚鉢の二つの穴を結ぶその先が松風さんの部屋に向いていたから、そのように……。

「はは〜ん、とんだからくりに一杯食わされましたね」

あまりの単純さに、呆れて顔まで湯へと沈めてしまいました。下手人は、面倒くさいことをしてくれたものです。乙太郎さんにお会いするようなことがあれば、ばれるようなからくりならやらない方がよろしいかと忠告させていただくことにします。

七尾姉さんの頭の中では、ほぼからくりが解けました。ちょっとした勘違い、もっとも七尾姉さんが勘違いしたわけではありません。文吉親分の勘違いが移っただけでございます。それはよいのですが、わかったからには文吉親分に知らせないといけません。

――さてどうしましょう――

長吉さんが千歳楼へ来て三日目でございます。ここでからくりの謎解きを文吉親分に知らせてしまっては後の七日分の謝礼がふいになりかねません。もう少し日にちを稼ぎたいと思うのですが、そこまで悪人になりきれないのが七尾姉さんでございます。仕方ないですね、七日分の謝礼は諦めることにしましょうと思い、七尾姉さんは、からくりの謎解きをするため文吉親分が詰める番屋へと向かいました。

なんだか憂鬱ですね。そこまで善人にならないといけないんでしょうか。ここは吉原でございます。お金のために身を削る女子の世界でございます。引き返すのなら今でございます。さてどうしましょう、どうしましょうと悩んでいるうちに番屋へと到着してしまいました。

諦めて番屋の戸を開け、薄暗い中へ入ると「文吉親分はおられますかね」と、奥で書き物をしているお人の後ろ姿に声を掛けました。

姿が振りかえると「七尾姉さんじゃございませんか」と顔を見せたのは下っ引の半次《はんじ》さんでございます。文吉親分の子分でございます。そそっかしい親分のしっかり者の子分でございますが、今回はここだけの出演でございます。

「文吉親分ですか、親分は昨日から風邪をこじらせましてね、寝込んじまってましてね。当分は……」

「あれ、風邪で……そりゃそりゃそりゃ」と七尾姉さんは笑いがこみ上げてまいりまして押さえきれません。神様はちゃんと七尾姉さんを見ておられるようでございます。

「何が嬉しいんで？」と半次さんは怪訝《けげん》に見上げます。

「いえ、何も……」

しかし、お顔が知らず知らず広がってしまいます。「よくなったら、千歳楼まで来るように言っておいてくださいな。大事なお話がありますと」

「へい、承知しました。それにしても……なにがそんなに嬉しいんで？」

「それでは、ごめんあそばせ」と帰り道でも顔が広がって止められません。通りすがりのお人が避けて通って行かれます。

《七》

文吉親分が千歳楼の戸を叩いたのはそれから四日後でございました。まだお加減がよろしくないのか目が虚ろで、足元がふらふらしておりますが、さすがお役目熱心な文吉親分でございます。無理してお役目に携わっておいでございます。お風邪がぶり返さなければよろしいのですが。

「……俺に大事な話とは、……例の話だな。よし、……聞こうじゃねえか」と上がり框に半尻を掛けますが心なしか体がゆらゆらしておいでです。

「大丈夫ですかね、文吉親分」

「大丈夫だ、……さあ話せ」と文吉親分。さすが江戸ッ子でございます。

七尾姉さんは手っ取り早く、結論から申し上げました。長吉さんが茶を淹《い》れて運んできました。文吉親分さんはそれを啜《すす》りながら七尾姉さんの話を聞いていました。

「……下手人は、伊勢屋の菊次郎さんでございますよ」と七尾姉さんが言った途端、病み上がりとは思えないような勢いで「何を言ってやがるんで。熱でもあるんじゃねえのか？　頭を冷やして出直してきやがれ」と怒鳴り散らしました。

文吉親分も、黒川屋に居合わせた者、その素性をつかんでおります。話はすんなりと通ります。

「ここはわたしの見世でございます」と七尾姉さんは動じることなく突っぱねました。

「いいか、弾が放たれたのは黒川屋の外だ。白木屋か、もしくはその方角だ。俺だって、それくらいはわかるぜ」

「なぜ白木屋から撃たれたというんですの？」

「なぜって、金魚鉢のガラスを貫いた穴だ。それを見りゃ、どの方角から撃たれたかなんて一目瞭然だ」

「そうですよね。そこなんです」

「どこなんだよ。勿体付《もったいつ》けねえで、とっとと話さねえか」と文吉親分の顔が赤くなり始めました。お風邪がぶりかえしたのでしょうか。

「金魚鉢なんて、ちょっと動かせばどっちの方向にも変わりますよ。短銃を撃つ前に位置を変えて撃ったんですよ」と七尾姉さん。

「おっ……、おお」と、文吉親分の表情が、ほんのわずかな間、固まりました。しかし、すぐに反論なされました。「あの金魚鉢の水は四斗六升は入っていたはずだ。目方は金魚と金魚鉢合わせて、二十五貫目以上（百キロ近く）はあったはずだ。金魚鉢の周りは丸くなっているから簡単には持ち上げられねえ。俺んとこにも、形は違うがいくつもの金魚鉢があるからよくわかる。ちょっと動かそうにも、水がたっぷんたっぷんしてな、そりゃ運びにくいったらありゃしねぇ」

「簡単ですよ」と七尾姉さんは上目遣《づか》いで文吉親分を見ました。

「どうするっていうんだ？」と文吉親分の猿顔が七尾姉さんの眼前に迫りました。

「金魚鉢が置いてあった台ごと動かせばいいだけです」

「台ごとだと？　どんな台だった？」と文吉親分は思い出そうとしますがそこまでは憶えておりません。

「猫脚の台ですよ。あの丸くなった足なら畳の上でもちょっと押せば滑るように動きますからね。おそらく琴吹さんは座敷で一人、転寝《うたたね》でもしてなさったんでしょう。そこへ菊次郎さんはそっと入り込み、猫脚台ごと金魚鉢の位置を変え、そんなことをしているうちに琴吹さんが目を覚ましたかもしれませんね。『何をしてなさる？』とでも聞いたかもしれません。『ちょいと面白い物を見せてやるぜ。ここでも花火を見せてやる。金魚鉢越しに見るときれいに見えるはずだ』なんて言ったかもしれません。琴吹さんは『この男、店を潰し、両親を自害に追い込んでおいて、ここで何を企むのやら』なんて思ったかもしれません。いろいろな思惑が渦巻く中、菊次郎さんは、懐から短銃を取り出すと、素早く琴吹さんの眉間めがけて弾を撃ったわけで。撃ったらすぐに猫脚台ごと窓際へもどしたというわけで」

「あのな、短銃の音を聞いて、ほんのわずかな間に見世の若い衆がどやどややって来たんだ。逃げるときに見つかってしまうじゃねえか。その時には誰も逃げる菊次郎を見てねえんだ」と七尾姉さんの謎解きの穴を指摘しますが、「そうですね。若い衆が一つ一つ部屋を調べている間に部屋を出ることは危のうございますので逃げなかったんですよ。菊次郎さんは、逃げずに座敷の隅に立ててあった屏風《びょうぶ》の後ろへでも素早く隠れなさったんでございますよ。若い衆が『ここだここだ』とどやどや入ってきて、座敷が人でごった返し『外から誰かが撃ったにちがいねえ』と皆が外に気を取られているうちに大勢の人達に紛れ、野次馬の振りをしたんでございますよ」

しばらく腕組みをしながら考えると、そして納得した文吉親分は「とんでもねえ野郎だ。菊次郎をすぐにしょっぴくぜ」と歯を食いしばり、洟《はな》をすすり上げると馬に蹴飛ばされたような勢いで千歳楼を出ていかれました。お加減はすっかりよくなっているようでございます。その素直さ、あるいは単純さでしょうか、飲みこみのよさも文吉親分のよいところなのでございましょう。それとももう一つ、仕事は万病の薬かもしれませんねと七尾姉さんはそのお姿を見て思いました。

そこまでわかれば、後は文吉親分に任せるだけで、ここからは文吉親分の腕の見せどころとなりましょう。どのような理由で琴吹さんを殺めなさったのかは後日のこととなります。

《八》

七尾姉さんから話を聞いた文吉親分は、早々に菊次郎さんを引っ張って厳しく問い詰めたところ、二日後の明け方に白状なさったようでございます。

菊次郎さんの自白によるとこうでありました。

話は菊次郎さんの生い立ちから始まったそうでございますが、途中、少し端折ります。

菊次郎さんは十二歳の時に、美鈴屋へと丁稚《でっち》奉公に入りました。こつこつと廻船問屋の仕事を覚え、十八で手代となり、三十二で番頭、三十五で大番頭へと、商人として順風満帆に出世なさいました。「ゆくゆくはおまえを佐代の婿養子に迎え、この店を任せたいんだがね」などと美鈴屋の主である、佐代さんの父親、仁平《にへい》さんから言われ、その気になっていたのでございますが、商売があまりにも順調に行くことで欲を出した仁平さんは、いずれは江戸一、いや日本一の廻船問屋にするべく舵《かじ》を切ったのでございます。そこで仁平さんは、勢いのある廻船問屋の次男を婿養子に迎え、その実家と手を結んで事業の拡大を図ろうと模索しはじめたのでございます。菊次郎さんにとっては面白くない話でございましょう。いずれは自分がこの美鈴屋を取り仕切っていくつもりだったわけでございますから、仁平さんに「ちょっと待ってくださいまし。話が違うじゃありませんか。わたしとの約束はどうなるんでしょうか」と直談判したところ、「おまえはもうそれなりの年ですから佐代と所帯を持たせるわけにはいきませんよ」と剣突くを食らわされる形となりました。二十以上の年の差があったわけですからしかたがありませんよね。愛があれば年の差なんてとはいいますが、二人の間に愛があったわけでもありませんので。……それどころか、「不服なら辞めてもいいんだよ」などと言われ不服は怒りへ、やがて怨みへと変わったのでございます。菊次郎さんは跡取りという地位を餌《えさ》にされていいように扱《こ》き使われたと思ったのでしょう。

菊次郎さんは渾身の裏切りを企てました。自分の息がかかった番頭や船頭、船乗りを抱き込んで、船を積み荷もろとも沈ませる……いえ、ここからが菊次郎さんのずる賢いところでございます。沈めるわけではなく、沈んだように見せかけるわけでございます。そうです、船は沈んでいないのでございます。大坂を出航した船は、途中近くの港により、積み荷と船を横領し、それを金に換え、仲間と分け合ったのでございます。そして、時化により沈んだことにしたのでございます。二度も……。美鈴屋の仁平さんは、番頭や船頭を信頼しきっておりましたのでてっきり、沈んだものと思い込み、積み荷の補償と乗組員への賠償を一手に背負ってしまったのでございます。その結果、にっちもさっちも行かなくなり、妻共々自害なされたという次第でございました。

菊次郎さんは得た金で廻船問屋を旗揚げし、順調に業績を上げてきたわけでありますが、やはり金を稼ぐだけではつまらないようで、遊びの方も盛んになり、吉原へも足しげく通うようになりました。そこで出会ったのが佐代こと琴吹さんでございました。

菊次郎さんが言うには、琴吹さんは、はなっから菊次郎さんに気づいていたことでしょうと。というのは同席はするものの、一度として同衾はなさらなかったようでございます。それはそうでしょう。両親の敵と同衾することなど、とてもできることではありませんので。

琴吹さんは、何某かの企てを菊次郎さんから嗅ぎ取って振ることなしに同席の回数を増やしたようでございます。

そしてあるとき、菊次郎さんは酔った勢いか、調子に乗ったのか、つい口を滑らせたのでございます。

「船など沈んじゃいねえ。みんなぴんぴんしてらあ」と。

琴吹さんには全てが読めました。そこで、琴吹さんは「わっちのことわかりますかね？　以前にもお会いしておりますが」と尋ねたそうでございます。しかも、ここは吉原でございますから、女は化粧すればどのようにでも化けられます。元のお顔なんてわかるわけもありません。腕のよい化粧師も髪結いもおられます。

菊次郎さんは首を傾げながら「わからねえな。岡場所での話かね？」などとからかったようでございます。

「わたしは佐代でございます。美鈴屋仁平の娘佐代でございます」

それを聞いた菊次郎さんは蒼白になったようでございます。

菊次郎さんは震えあがって見世を飛び出しました。しかし、出てしばらくしたところでこのままにしてはおけないことに気づいたようでございます。番屋にでも飛び込まれて洗いざらい喋られてはたまったものじゃない。死んだはずの乗組員がぴんぴんしていれば、謀《はか》ったことなど一目してわかること。菊次郎さんの胸の内には「生かしておけねえ、始末しなけりゃいけねえ」との殺意が芽生えたわけであります。

菊次郎さんにとって短銃を手に入れることはそれほど難しいことではありませんでした。オランダ船員と交流のある船頭に大金をつかませることで、あっけないほど簡単に手に入れられたのでございます。あとは実行するのみでございます。

実行の過程は七尾姉さんの読みがほぼ的を射ていたわけでございます。ただ、転寝《うたたね》をしていたわけではなく、お酒を少々嗜まれていたようで、部屋に菊次郎さんが入ってきたときには「だれじゃね？　不寝番かね？　ここで花火はやらんかね」といい気持ちであったそうでございます。お酒もほどほどにせねばいけませんね。それに付け加えますと、金魚鉢は、もともとは窓際ではなくて部屋を隔てるように置いてあったようで、琴吹さんを撃った後に窓際へ移しただけのようでございます。それにしても、七尾姉さんのご推察はお見事というほかありません。

「あれだけわたしを扱《こ》き使っておきながら、お払い箱だとよ。娘に婿養子をとってわたしを追い出しにかかったからね。謀ってやったんだよ」

文吉親分に話し終えた菊次郎さんは鼻で笑ったようでございます。

また、殺害に使用した短銃は、早々に捨てたとのことでございます。持っているところを誰かに見られると怪しまれますから、吉原を出る前に九郎助稲荷の裏手に捨てたわけでございます。それを拾った運の悪いお人が長吉さんだったわけでございます。

《九》

後日、七尾姉さんは文吉親分から菊次郎がお縄になったことを聞きほっと胸を撫《な》で下ろしました。しかし、なぜまだ長吉さんが千歳楼に居座っておられるのでしょうか。もういい加減に実家へ帰ったらいいのに。

「なんだか、居心地がよくなってしまいましてね。妙な気配にも慣れてきたようで気にならなくなりましてね、もう少しおいてもらいましょうかね」などと長吉さんは言っております。たまきは何度か来て、ちょっと覗いては「まだおりますね。わっちの居場所がありません」と不服そうに帰っていきます。それを見た七尾姉さんは、たまきを成仏させるためにこの手は使えますね。もう少しいていただくことにしましょうかとも考えましたが、いやいや……。

七尾姉さんは「これ以上は、お断りいたします」とはっきり言いました。一日一両一分での貸し切りには魅力がありますが、狭い見世の中で、こうゴロゴロされては息が詰まります。

「そうですか。わかりました。しかたありませんね、お約束ですから、お暇《いとま》させていただくことにします。七尾姉さん、お世話になりました。料金の方はあとで滞りなくお届けしますので……」と長吉さんは頭を下げると素直に帰り支度を始めました。いつの間にかたまきがやってきておりまして、その姿を見ながらにんまりとしておりました。

そして長吉さんの背中を見送るとすぐに誰かが千歳楼の前にやってきました。うんざりしたのはたまきでございました。不服の体を満面に湛えながら姿を消しました。

「ちょっと開けてくれねえか」との声は文吉親分でございます。

「なんですか、自分で開けられないんですか」と戸を開けると、文吉親分がお腹の前に両手で何かを抱えて立っておりました。抱えていたのは信楽焼の大鉢でございました。

「それはなんですかね」と七尾姉さんはその中を覗きこみますと、あら、かわいい。金魚です。一匹。頭の先から尻尾までは三寸ほどはありましょうか、金魚としては大ぶりでございます。

文吉親分はそろりそろりと入ってきて言いました。

「琴吹の一件と美鈴屋の横領の一件も落着してな、とんでもねえお手柄だとお奉行様が直々に褒めてくださった。おめえには世話になった。世話になった礼に、俺の宝物をくれてやろうと思ってな」

文吉親分というお方の律儀さには目を見張るばかりでございます。このようなお方ですからなかなか憎めません。

その後、長吉さんから過不足なく十七両二分を頂戴いたしまして懐が温まりました。長吉さんがいなくなって、金魚が一匹、千歳楼に来たわけでございます。

一番喜んだのはたまきでございました。

「姉さん、姉さん。この金魚、わっちに面倒見させてくださいな。一生懸命に面倒見させていただきますから」たまきはしれっとして言いました。

「おまえさんに金魚の面倒なんて見られるのかね？」と横目で睨む七尾姉さんでございます。

「できます、できます。ちゃんと見られます」とたまきは言いますが、どうでしょうかね。

「好きにしたらよいわ」なるようにしかならんようですなと諦め顔の七尾姉さんでございました。

とりあえず、七尾姉さんとたまきの間は修復されたようであります。まあ、あの程度のことで七尾姉さんとたまきの仲が壊れるとは思えませんけどね。

お狐様が見た男骸《むくろ》ひとつ

《一》

九月も半ばになりまして、干上《ひあ》がるような酷暑が嘘だったかのように過ごしやすくなりました昨今でございます。一時は干からびて地べたに張り付いてしまうような妄想に駆られました七尾姉さんでございますがどうにかこうにか心身を保ちホッと胸を撫《な》でおろしておりますが、それでも残暑は厳しく、ちょっと動き回るとたちまち汗だくとなります。「うっすら汗ばむ項《うなじ》も色っぺえぜ」とおっしゃる殿方はいらっしゃいますが、濁《にご》った汗が滴《したた》る埃《ほこり》まみれの女子を好む殿方にはいまだお会いしたことはございません。久しぶりに朝っぱらから精魂込めて掃除をさせていただいたおかげで昼の一時（約二時間）も前から湯文字が張り付いて躓《つまず》きそうになるほど汗を掻《か》き、首筋も砂っぽくなりましたので、それでは富士の湯へでも行って砂埃と汗をさっぱり流しましょうと七尾姉さんは糠袋《ぬかぶくろ》と手拭を持つと早々にお出かけなさいました。途中では、妓楼《ぎろう》の見世番や牛太郎（客引き）を「商売繁盛ですかね？　女郎衆はご機嫌ですかね？」などとからかい「ほっといてもらいてえな」と返されるのが日常のご挨拶となっております。

富士の湯に来る目的というものは、なにも身をきれいにするだけではありませんで、湯屋というところはもっぱら女郎衆の集《つど》いの場でありますからいろいろな話を聞くことができます。いつの世でもネタ集めというものは欠かせません。たまきばかりに任せておいては千歳楼《ちとせろう》の主としての顔が立ちませんし、たまきより、少し実のあるネタを仕入れなければ楼主としての面目も立ちませんので。

七尾姉さんは心身を清めるように湯船に身を沈めながら目を閉じると女郎衆の噂話や誰ともなく向けられる愚痴《ぐち》に耳をそばだてますが、残念ながら今日はこれといっておいしそうな話を拾うことは適いませんようで、どこ屋のだれ女郎がどこ屋の若旦那に振られたとか、どこ楼のだれ女郎がなに家の次男坊に言い寄られて甚《はなは》だ迷惑しているとか相変わらずの話ばかりでうんざりしますが、やはりお風呂はいいものですねと七尾姉さんはしみじみ思いました。

身も心もさっぱりとはいきませんが、七尾姉さんが富士の湯から千歳楼へと戻り、戸を開けようとすると中からたまきの気配が感じられまして、こんな昼日中から一人で留守番とは珍しいですなと思いながら戸を開けると、案の定、たまきがおりまして、窓際に置かれた金魚鉢をのぞき込んでは何やら話しかけておりました。千歳楼の窓際に置いてある金魚鉢というのは透き通ったガラスの代物ではありませんで、火鉢のような形の物でありますのでたまきは上から覗きこんでいるわけであります。もともと金魚は上から見るのが正式な鑑賞法だそうでございますがご存じでありましたでしょうか？　まっ、それはさておき……。

七尾姉さんのお帰りに気がつくとたまきは顔を向け「さっぱりしたお顔をなさってますが、湯屋からのお帰りですかね姉さん？」と聞きました。

そうじゃよと言うとにっこりしながらまた金魚に目を向けました。よほど金魚が気に入った様子でございます。この金魚がこの千歳楼へやってきて一月《ひとつき》になりますが、あいかわらず飽きもせずのぞき込んでは嬉しそうにしております。

「ところでたまきどん。鞍替えの話はどうなったんじゃな。もう目途《めど》はついたんかね？」

「わっちもいろいろあたっているんですがね、今はどこも間に合っているそうで……ところで姉さん、この金魚に名はつけましたかね？」と、たまきが話の矛先を変えてきました。意表をつかれましたが、前々からたまきは金魚にも名前をつけなきゃかわいそうじゃよと再三催促しておりまして、七尾姉さんは金魚に名前なぞ変じゃと思っておりましたので軽くあしらっておりましたがあまりに言うものですから、咄嗟《とっさ》にひらめいた名前を言いました。「ああ、……その金魚はな、……トメ吉じゃ。トメ吉と呼んでやっておくれ」と七尾姉さんは言ってやりました。

「トメ吉かね。男の子だったのかね。てっきり女の子と思っておりんした」とたまきは目を丸くしました。

たまきにそういわれて、七尾姉さんは困りました。この一月《ひとつき》の間、雄か雌かなど考えてもみませんでしたから。

「おまえさんはその金魚……トメ吉と何を話しておったんじゃ？　いつも熱心に覗き込んでおるが」と七尾姉さんはたまきに尋ねました。神妙な面持ちで金魚と向き合うたまきがどんな話をしているか七尾姉さんは前々から興味をそそられていたわけでございます。

「わっちですか？　……ええ、トメ吉どんは幸せですかねって聞いておったんです」

「幸せかじゃと？　どうしてかね？」

妙なことを聞くもんじゃと今度は七尾姉さんが目を丸くなさいました。

「狭い金魚鉢の中にたった一匹で暮らしていて寂しくないのじゃろうかと思ったんです

よ。わっちが同じように狭いところでひとりぼっちだったら寂しくて毎日泣いてしまいますよ。姉さんは大丈夫ですかね」

「さあ、どうでしょうかね。ひとりのほうがいいと思うこともあれば、寂しく思うこともあるじゃろう。トメ吉にはたまきがいるから寂しくはなかろう。わたしもいることだし」

ははーんと七尾姉さんは思いました。成仏するとお墓や仏壇の中に閉じ込められてたったひとりぼっちになって寂しくなるから成仏できないんじゃなと察しました。確かにそう考えると気持ちもわからないではありません。たまきがいなくなると七尾姉さんも寂しくなりますので。ですが、いつまでもこのままでいいんじゃろうかとも胸の隅で思うのであります。

「で、トメ吉はなんと答えなさったかね？」

「何も答えてくれんのじゃよ」

「あたり前じゃな。人の言葉は金魚にはわからんからな。だいたい、トメ吉にたまきが見えておるんじゃろうか」と、七尾姉さんはちょっと意地悪に問うてみました。

「見えておりますよ。トメ吉にはわっちがしっかりと見えております。ちゃんと目と目が合いますから」とたまきはむきになって言います。姿が見えてないというのもやはり寂しさを感じるようです。

金魚鉢の中のトメ吉はたまきを見ているようなその向こうの宙を見ているような視点の定まらない目で見上げるばかりですから本当のところはわかりませんが、たまきにはそれでも満足なようです。

刹那《せつな》、ガタガタと戸が揺れてたまきとトメ吉が驚いたように目を見開いて戸口へと目をやりました。「ただの風じゃ。びくつくでないわ」と七尾姉さんは笑いましたが、突然、力に任せたように勢いよく戸が開きました。それに驚いたのは七尾姉さんでございました。開いた戸口からぬっと現れたのは正菊《まさぎく》さんでした。角町に見世を構える勝野屋《かつのや》の部屋持ち女郎で七尾姉さんを本当の姉さんのように慕うも、なんともかわいげのない無作法な女郎さまでございます。

「正菊かね……驚かせるんじゃないよ。戸を開けるときには声を掛けるなり、トントンと叩くなりしなさいよ。びっくりして口から心の臓が飛び出るかと思ったじゃありませんか」

「姉さんの心の臓なら飛び出した途端にぴょんぴょんと飛び跳ねそうですよね。捕《つか》まえるのに難儀しそうですね」と正菊さんは笑いました。

「相変わらず礼儀を知らんようじゃな」

たまきはいつの間にか消えていなくなっております。消えたついでにネタ探しにいったのでしょう。たまきの帰りが楽しみでもあります。

「聞いてよ姉さん」といきなり正菊さんは要件に入りました。

「まあ、上がってお茶でも飲みなさいよ。粗茶ですけどね」と言い終える前に草履《ぞうり》を脱ぎ散らかして上がり込みながら「ひどいったらないですよ、ねえ、聞いてくださいよ姉さん」と、まあ、これはいつものことですから「はいはい、聞きますよ。聞いてますから話しなさいな。茶菓子はありませんけどね」と耳を傾けながら湯を沸かしに奥へと立ちました。奥といっても二間しかありませんのでぼそぼそ喋っても、勝手場仕事をしながらでも十分に耳に入ってきます。

「わっちをね、贔屓《ひいき》にしてくださってた殿方がおったんですよ。初回は一年ほど前ですかね」というところから正菊さんの話は始まりました。

「いいことじゃないですか。せいぜいお稼ぎなさいな」と七尾姉さんはお茶っ葉を急須へと入れ、湯を注ぎます。安い茶っ葉ですから振らないと出ません。袂《たもと》で隠しながら素早く振ります。

「そんな悠長なこと言ってられないんですよ」と正菊さんは苛立たしそうに煙管《きせる》に葉を詰め込み始めました。

「その殿方とは、どこのどなた様ですかね？」

七尾姉さんもちょっと暇ですから相談がてら話を聞くだけでなく、乗ってやろうと思いました。お金にはなりそうもありませんがこれも人助けと思いながら。

「両国で履物問屋を営む紀州屋《きしゅうや》の若旦那の留吉《とめきち》ですよ」

「留吉さんですか。……これも何かの縁でしょうかね」

偶然ですか、何かの因縁ですか、今の段ではわかりませんがね、ちょっと七尾姉さんは興味をそそられました。

「縁ですか。何のお話ですかね」と、正菊さんはきょとんとして勝手場の七尾姉さんに目をやりました。

「こっちの話ですよ。……それで、その留吉さんがどうしなさったんですかね」と七尾姉さんは聞きながらクスリと笑いました。

「そりゃひどい話なんですよ」と正菊さんは話を続けなさいましたが、ここ吉原にはひどい話しかありません。ひどくない話を探すことの方が一苦労でございますので、どこにでもある話なんでしょうねと勘繰《かんぐ》りながら耳を傾けておりました。

留吉さんは一年ほど前にひょっこり見世に現れて直付《じきづ》けをされたそうでございます……直付けとは、本来ならここ吉原では茶屋を通して女郎さまを指名するのがしきたりなのですが、そのようなしきたりを飛ばして通りすがりに見世を覗いて「あの女郎にするぞ」とその場で指名することでございまして、しきたりの厳しいころはもってのほかでございましたが、このお話のころにはしきたりもゆるくなっております。よほど厳しいところでない限り気にすることはございませんでした。留吉さんも通りすがりに正菊さんを見初めて登楼なさったわけでございます。

七尾姉さんが正菊さんの前に腰を落ち着けると「それでどうしたんですかね？」と自ら淹《い》れた茶を啜《すす》りながら話を促します。正菊さんは茶には目もくれず、溜まった腹の中の物を吐き出すかのように朗々と話します。

「あの人ったら、始めのころは一月《ひとつき》に一度くらいの割で登楼してたんですがね、だんだんと気心が知れるようになると三日を開けずに来てくれるようになったんですよ。わっちにはその気はなかったんですが、そのころは売り上げも厳しかったものですから懇《ねん》ろになった振りしてつなぎとめようとそれなりにおもてなししてたんですよ。……留吉さんって口が達者じゃないですか」

「知りませんよ。会ったこともないんですから」と七尾姉さんはまた一口茶を啜りました。やっぱりお茶だけだと物足りませんねと思い、お茶菓子でもなかったですかねと奥を見回しましたが、昨日の芋羊羹《いもようかん》は食べてしまいましたね、一つ残しておけばよかったと今ごろになって思いました。七尾姉さんはお酒もいけますが、甘い物にも目がありません。

「次第にわっちもなんだかその気になってしまいましてね。留吉さんってとってもいい人って思えるようになってね、逆にわっちの方が入れあげてしまったんですよ」

「情けないね。吉原の女郎でしょうよ、あんたは。そういうのを木乃伊《みいら》取りが木乃伊になるっていうんですよ」

「へーそうなんですか。さすが七尾姉さん。物知りですね……でも、どうして木乃伊を取るんですかね。売るんですかね？」と聞かれ、七尾姉さんが言葉に詰まっていると
「姉さんにもあるでしょ。客様に惚れたことくらい」と正菊さん。

「ええ、そりゃ、無いこともないですがね」と七尾姉さんもまんざらでない様子でお茶を一口。

「やっぱりあるんじゃないですかね」

「本気だったんですよ。わたしも主様も……」

「で、どうなったんですかね？　聞かしてくださいよ、姉さんの浮いた話は初めてですよ」と話は少々ずれていきましたが、ちょっと気になりますね。

「あちら様の親父様に知られるところとなりましてね、切れ文を叩きつけられまして、

呆気なく終わりましたよ。そりゃもう辛くて辛くて、いっそ喉《のど》を掻《か》き切って果てようかと思ったくらいですよ」

「あらら……。姉さんも苦労してるんですね」

「当たり前です。この吉原にいればそれくらいのことあって当たり前ですよ」

「そうでしょ。そうでしょ。わっちだってだれとでも懇《ねんご》ろになるわけではありませんよ。今回が初めてなんですよ。本気だと思ったんですよ」

今回が初めてという部分に関しては「嘘でしょ」と七尾姉さんは思いましたが、そこは黙って聞きました。

「騙されたんですよ、わっちは」

「騙すはずの女郎が騙されてどうするんですか。どんなふうにですかね？」とまあ、七尾姉さんの気持ちは呆れ半分になっておりました。客様を騙し、とは言っても気持ちよく騙すのが女郎さまでございまして、恨み辛みを買うのはいけません。それが女郎さまの稼業でございます。

「半年ほど前なんですがね、突然、お金を貸してくれないかって言うんですよ」

あらら……と七尾姉さんの胸の奥で思わず声が洩《も》れました。胸の内の声が正菊さんにも聞こえたかもしれませんが、正菊さんは話を続けました。話の続きなど聞かなくてもわかります。騙されたというわけですから金だけとられて逃げられたというのが落ちなのでしょうと七尾姉さんは思いましたところやはり読みは当たっておりました。

「いくら騙し取られたんですかね？」と七尾姉さんは合いの手を入れるように聞いてみましたところ「二十五両……」と呟《つぶや》くように正菊さんは言いました。七尾姉さんは啜った茶を吐き出しそうになりました。二十五両とは結構な額でございます。馬鹿ですねとやはり胸の奥で声が洩れました。

「そうですよ、わっちは馬鹿です。姉さんもそう思っていなさるでしょ。顔に書いてありますよ」

「しかし、そんなお金をおまえさんがよく工面できましたね。へそくりにしては大金じゃないですかね」

「簡単なことではありませんでしたよ。わっちも、この頭を下げて、あっちこっちから借りたんですよ。わっちのお金はせいぜい八両ってところですかね」

「その留吉さんとやらはなんといって、おまえさんからお金を借りていったんですかね。たとえば、店を持ちたいからそのための資金を何とかしてくれねえか。うまく回り始めたらおまえさんを身請けするつもりだ。だから何とか金を用立ててくれねえかとか、そんな話をよく耳にしますけど、その類《たぐい》ですかね」

「………」正菊さんの顔にはその通りですと書いてあります。「どこかで聞いてましたかね、姉さん」

「聞いておらんがね。おまえさんは馬鹿ですか。玄関の見えるところにお金を置いて『今日は留守にしております』と張り紙しておくようなものでしょ」

「なぜそれと同じなんですかね、わかりませんがね」と正菊さんはわざとらしく首を傾げました。

「同じ類いの馬鹿じゃと言っておるんじゃよ。……おまえさん、何年、この吉原でおまんまを食べていなさるのかね」

「今、二十六ですから……十八年になりますかね」と正菊さんはあっけらかんと言いました。

正菊さんは八つのときに口減らしのために武蔵の国から女衒に連れてこられております。浮いた話や痴話喧嘩、時には刃傷沙汰《にんじょうざた》を見て育ったはずにもかかわらず、なぜにそのような歯の浮くようなうまい話に騙されるのでありましょうか。七尾姉さんは腹の底から呆れ、それを通り越して腸《はらわた》が煮えくり返る思いでありました。

「おまえさんね……」と言いかけたところで、「まだ話は終わってないんですよ、姉さん。聞いてくださいよ」

「まだ、これ以上に聞かないといけないんですか。腹の虫が怒って飛び出したらどうするんですかね。正菊、身を張って捕まえてくださいな」

「わっちもそんな虫を見てみたいもんですわ」と言うと続きを話し始めました。「わっちが必死に工面した二十五両を、留吉の野郎は何に使ったと思いますか？　姉さん」と腹立ちまぎれでしょうか問いを七尾姉さんにぶつけてきました。

「大方、他の見世の女郎に貢《みつ》いだんでしょうよ。違いますかね？」

「……………」

正菊さんからは言葉が出ず、口をぽかんと開けたままでございました。

「当たりかね」

当たりですと正菊さんの顔には書いてあります。

「お金を渡した途端にぷっつりと……文《ふみ》を書いてもなしのつぶてなんですよ。ひどいと思いませんか。そんな話ってありますか？　姉さん」と正菊さんは七尾姉さんに縋《すが》るように身を寄せ着物の衿《えり》をつかみました。

「よくある話じゃがな……何年この吉原におるんじゃ？　十八年じゃったな。呆れてものが言えんわ」

正菊さんは身を震わせ、涙を必死に堪《こら》えておりました。いつのまにか戻っていたたまきが今の話を盗み聞きしていたようで、正菊さんの後ろでお腹を抱えて笑い転げております。

「姉さんは鬼畜ですかね」

「わたしにあたるかね」

「どうにかならんですかね？」

「諦《あきら》めるしかなかろう」

「それができるくらいならこんなところに来ませんがね」

「こんなところで悪うございました」

「わっちはどうしたらいいんでしょうかね、姉さん」

「高くついたが、これに懲《こ》りて二度とお金など人様に、特に客様にお貸ししないことです」と七尾姉さんは正菊さんを諭《さと》すように言い聞かせますが、正菊さんの方の腹の虫が収まらないのか、正菊さんは簪《かんざし》や櫛《くし》を落とさんばかりに首を横に振りました。

「わっちもね、一文でも取り返そうと留吉を取っ捕まえようと足しげく通う見世を突き止めたんですよ」

「突き止めたのかね。大したものじゃ」

「太田屋《おおたや》ですよ。半年前からそこの座敷持ちに入れあげてるんですよ。わっちのお金で通っておったんですよ。最初からそこへ通うためにわっちに言い寄ったんですよ」と正菊さんは奥歯が砕けそうなほどに歯ぎしりをなさいました。

「ほう、江戸町一丁目の。大見世じゃな。それにしてもよくわかったもんじゃ。間者でも雇ったかね」

「見世の牛太郎に聞きまわってもらっただけですよ。だけど一両二分もかかりましたよ」

「大見世の者は口が堅いから銭がかかるわけじゃ」

「でね、その太田屋の前で張り込んだんですよ」

「なんとまあ。よく、見世が許しましたね」

「許してくれるもんですか。こっそり抜け出して張り込んだんですよ」

「そんなことして、見世の者に知られたらただではすまないでしょう。足抜けと間違われ……」

「そうなんですよ。おかげで遣り手の小松ババアに尻を青あざだらけにされましたよ。見てくださいよ。おかげで稼業も上がったりですよ。治るまでに十日はかかりますよ」

と立ち上がり裾を捲《まく》り上げようとしますが、七尾姉さんは慌ててとめました。

「見せんでよいぞ。こんなところで尻を捲《まく》るでない。埃《ほこり》が立つじゃろ」

「悔しくて悔しくて、留吉を殺して自害しようかと思いましてね、包丁も持って出て行ったんですが、太田屋の前で若い衆に取り押さえられましてね……そのままうちの見世まで引きずってこられて……」

「もうよいわ、その先は話さなくともわかるわね」

「何とかなりませんか姉さん」

「何ともなりゃせん。諦めるんじゃな」

「いーや、わっちは諦めませんよ。そこで相談なんですがね、姉さん。留吉からお金を取り返してほしいんですよ」

「わたしがかね？」

正菊さんはこくりと頷《うなず》きました。「ただとは申しません。ただで動く七尾姉さんとは思うておりませんので……」

そこからは二人顔を突き合わせてのひそひそ話が四半時（約三十分）ほど続きました。

《二》

七尾姉さんは、やれやれとの思いから溜息《ためいき》が洩れました。七尾姉さんが請け負った仕事ですが、今となっては後悔しておる次第でございます。取り返してくれたら二十五両の四割、十両を謝礼として支払うという正菊さんの強い押しに根負けしてやむを得ず引き受けてしまいましたが、決して金に目がくらんだわけではないことをはっきりと七尾姉さんに代わって言い訳させていただきます。しかし、まさか四割も払ってくれるとは……。七尾姉さんは試しに言ってみただけでございますが、はっきり言っておどろきでございました。二つ返事で了承されたのでございますから。恨み辛みがそれだけ大きいとの証《あかし》でもありましょう。ためしに五割と言っていたらどうだったでしょうかねと今になって悔んでおります。おまけに、なんだか憂鬱になってしまいまして、お頭《つむ》の横っちょがずきずきと痛み始めております。

昼見世が始まる昼の九ツ（正午ごろ）まで留吉さんの悪態をついていた正菊さんも、幾分すっきりしたのかご機嫌で辞去するころには戸がカタカタとひっきりなしに音を立て始めておりました。どうやら七尾姉さんのお頭の横っちょのずきずきは借金取りを請け負ったせいではなかったようでございます。やがて大風が吹き始めまして、空の雲が低く低くなだれ込むように吉原を覆い始めてまいりました。嵐がやってくるような気配でございます。

夜半から風がますます強くなってまいりまして、雨もぱらぱらと、次第に本降りとなりまして、それはそれはひどい空模様となりました。戸がガタガタと揺れ、飛ばされはしないかと七尾姉さんは思わず押さえました。雨は桶《おけ》をひっくり返したり横殴りにしたりと、頭の奥まで雨音が響きました。まさかそこまで大荒れとなるとは思っておりませんので木戸をはめることなどいたしておりません。へたをすると千歳楼ごと飛ばされはしないかとはらはらのし通しでございました。ですが夜明けごろには風もやみ、雨も小降りとなり、無事に乗り切ったことに七尾姉さんはほっと胸を撫でおろしました。障子が何か所か破れた程度で千歳楼は無事でありました。

陽《ひ》が昇りまして、朝の四ッ（午前十時ごろ）には障子の貼り直しも済ませてほっと一息ついているところへたまきが顔を出しました。たまきは千歳楼の様子を見て言いました。「ひどい風でございましたね。でも千歳楼は無事で何よりです。跡形も無く無くなっていたらどうしようかと思いましたよ。姉さん」と。

「そんなに心配だったら戸を抑えるくらい手伝ったらよさそうなもんじゃが」とたまきの本心を疑いました。

「わっちには無理でありんす」

「無理でも話し相手になるとか、神頼みするとか、おぼろ娘でもできることはあろうに」

「この次はきっとそうさせていただきます。お約束いたします」とたまきはにっこり笑いますが、七尾姉さんはその手で来たかと思いました。つまり、もう少しここに置いていただけるとの了承を得たと思ったに違いないと察しました。

「おまえさんのお約束は辻占よりあてにならんわ」と七尾姉さんが言いますとたまきは解けた雪だるまのようにむっつりいたしました。

七尾姉さんはたまきに留守番を言いつけると、眠い目をこすりながら富士の湯へと向かいました。湯船につかりながらうつらうつらしているところ、七尾姉さんの耳に聞こえる話は、やはり昨夜の大風の話題でして、「屋根を飛ばされた見世もあったみたいですよ」なんて話もありました。吉原の建物の屋根は柿葺《こけらぶ》きという、いわゆる板葺きの粗末なものでございますのでちょっと強い風が吹くと簡単に飛ばされてしまいます。ですが、修繕も簡単ですのでお相子《あいこ》でございます。

七尾姉さんが富士の湯から帰るとたまきがじっと金魚を見ております。

「それにしてもよく飽きないものじゃな。毎日毎日」と七尾姉さんは火照った顔で呆れ顔です。

「飽きませんよ。嬉しそうに泳ぐ金魚は、いつまで見ていても楽しいものです」

そんなたまきを尻目に七尾姉さんは身支度を始めました。たまきはきょとんとしながら七尾姉さんへ目を遣《や》りながら聞きました。

「どちらへ、姉さん」

「トメ吉と留守番を頼みますよ。両国までちょいと野暮用《やぼよう》で出かけますからね」

七尾姉さんは、早速、借金の取り立てに行く支度でございました。嫌なことは後回しにしないでとっとと片付ける性分なのです。

吉原から両国までは一里ちょっとですから往復でも一時《いっとき》（約二時間）です。用事が簡単に済ませられれば日の高いうちに帰ることができそうです。

「あいあい」とたまきは小気味のよい返事で請け負いました。「帰りにお土産お願いします。春明堂《しゅんめいどう》の草餅がいいです。あそこのは大好物ですから……」

「おまえさん、草餅は食べられんじゃろ。線香がよいのと違うんかね」

「いいえ。見てるだけでも美味しいんですよ。お供えってそういうもんでしょ」

七尾姉さんは「なるほど」と思いました。

「忘れなんだら買ってきてやるわ。留守番を頼みますよ」といっても幽霊ですからここにいるだけでございます。たまきもお供をしてもいいんですが、どうせ付いて行ってもつまらないので留守番を選んだわけであります。

七尾姉さんは、両国で履物問屋を営む留吉さんの実家へと向かったわけでございます。もちろん正菊さんが貸した二十五両を取り返すためですが、おいそれと返してくれるわけはありません。しっかりと腰を据《す》えてかからねばなりませんねと覚悟した次第です。だいたい、お金が無いから人様からお金を借りるわけでございますから、そもそもお金があるわけがございません。ではどのようにしてお金を取り返すかといえば、その親兄弟に談判して立て替えてもらうほかありません。しかし、それも簡単なことではないことを七尾姉さんは心得ております。吉原の中でもお金の貸し借りは頻繁にありまして、喧嘩や刃傷沙汰が起きることも珍しくはございません。一歩歩くたびに引き受けるんじゃなかったと後悔の太鼓が打ち鳴らされる始末でございます。借金取りはこれっきりにしましょうと肝《きも》に銘《めい》じる七尾姉さんでございました。

両国横山町二丁目あたりに差し掛かり、「さて、このあたりと聞きましたが」と見まわすと、ありましたありました。紀州屋の看板です。立派な古い看板でございます。大きなお店《たな》でございます。お金が唸っているように見えますがこんなところに限って倅《せがれ》の出来が悪いというのは珍しくありません。

「ごめんなさいよ」と七尾姉さんが声を掛けると色白の十二、三の小さな丁稚《でっち》どんが「へい、なんでございましょう」と店先へもみ手で出てまいりました。

「こちらに留吉さんという若旦那がいらっしゃるはずですが、ちょいっとお話があってお会いしたいのですが、おいでですかね」と七尾姉さんが小首を傾げて尋ねると、「若旦那ですか？」と聞き返し、白い顔が俄かに曇ったかと思うと、店の奥をのぞき込むような仕草をしまして、すると飛び出す準備でもしていたのでしょうか、店の奥から恰幅のいい年配の男が血相を変えて出てまいりました。この店の大旦那であり、留吉さんの父角蔵《かくぞう》さんでございます。

「おまえさん、どこのだれだか知らないがね、借金取りならとっとと帰ってくださいな。留吉はひと月前に勘当したんですよ。うちとはもう縁もゆかりもない男なんですよ。ぐずぐずしてると塩をかけますよ」と角蔵さんは火を噴くように言いました。

「なんですか塩をかけるとは……ナメクジじゃないんですから。そんなときは、塩を撒《ま》くっていうもんでしょ」と七尾姉さんは売り言葉に買い言葉で声を荒らげました。

内心、七尾姉さんは呆れつつ聞いて、やられましたねと思いました。借金をしたのは正菊さんだけじゃないわけです、それなら留吉さんは、最早、腹を括《くく》って借り捲《まく》ったのでしょうから、到底、返す当てもなければ返す気もなく、そのまま雲隠れを決め込む腹なんでしょうと読みました。

「どうせおまえさんも借金の取り立てに雇われた口でしょ」と、角蔵さんは七尾姉さんの顔に正面からぶつけてきました。もちろん否定などできませんのでじっと角蔵さんの顔を見つめるばかりでございました。「三日前にもあなたのような借金取りがやってきましたよ。その四日前にもね」

「はあ、そうですか。つまり親とはいえ、息子の借金を肩代わりする気など毛頭ないということですね」

「その通りですよ。あの馬鹿息子が吉原でこさえた借金をいちいち肩代わりしてたら身代が潰《つぶ》れますよ。今、どこでなにしているか知りませんが、あなた様が留吉を捕まえて、煮て食おうが焼いて食おうが、どうぞ自由にしてくださいな。わたしは一向に構いませんよ。この商売もわたしの代で終わりです。覚悟してます。それでも息子の借金で潰されるよりはましですからね。わかったらとっとと帰ってくださいな。商売のじゃまですからね」と本当に塩でも投げかけられそうな勢いで押し出されると戸をぴしゃりと閉められてしまいました。これほど邪険な扱いをされたのは生まれて初めてでございます。腹の虫が踊りまくって収拾がつきません。どうしましょう……。とりあえず千歳楼に戻りますが。

七尾姉さんが野暮用《やぼよう》と称したお使いから帰ると既に日は傾いておりました。ちょっと変ですね。なぜ一里ちょっとの道のりを往復するだけで日が傾いたかおわかりでしょうか？　実は帰りの途中、居酒屋でやけ酒を呷《あお》ったからでございます。素面《しらふ》ではとても帰れそうにありませんでしたから。

たまきは西陽の差す座敷でまだじっと金魚を見ています。

「まだ見ておるのか。奇特じゃのう」と七尾姉さん。腹の虫は収まってはおりませんが、お酒の効能もあるようで、たまきの顔を見たらちょっと落ち着きました。

「姉さん、トメ吉どんになんぞ芸でも仕込まれましたかね」とたまきは聞きました。

「いや、芸など仕込んではおらんよ。毎日、水を変え、餌《えさ》をあげておるだけじゃがね」

「では、トメ吉どんは勝手に芸を覚えたんでしょうかね。面白い芸ですね。腹泳ぎですかね」とたまきは首を傾けました。

そういわれて七尾姉さんがたまきの頭越しに金魚鉢をのぞき込みますと、トメ吉は白いおなかを上にしてゆらゆらと泳いでおりました。

七尾姉さんはびっくりしました。

「何を呑気《のんき》なことを言っておるのかね。具合が悪いんじゃ。病気かもしれんぞ。いつからじゃね？」

「つい、さっきからです。病気ですか？　えらいことです。どうしましょうか。良庵先生に診てもらわんといけませんか」

「あのヤブ先生は人でさえなかなか治せんのじゃ。話の通じない金魚など治せるわけなかろうに」

「どうしたらよいですかね、姉さん」とたまきは急におろおろし始めました。

「金魚の病いなど、どうすることもできんわね」と諦めかけた時、七尾姉さんはひらめきました。「……そうじゃ、文吉親分に相談してみますか。わたしの知る限りでは文吉親分が金魚に一番詳しいお人ですからね。しかも、もともと文吉親分の金魚ですからね。なんぞわかるかもしれません。これから行ってちょいと聞いてみますよ。何度も悪いが、留守番がてらトメ吉を見ていてくれんかね。死なれでもしたら文吉親分からどんな恨み言を言われるかわかったものじゃない。生涯ぐちぐちいわれそうで、思っただけでも寒気がしますわ」

「あいあい、文吉親分でも役に立つことがあるんですね。そうじゃ、わっちが行ってきましょうか。文吉親分となら話くらいできますからね」とたまき。

「おまえさんが行くと文吉親分は震えあがりますからだめですよ」と七尾姉さんは笑いました。

「では、早速早速」と七尾姉さんはたまきに急かされるように千歳楼を出て文吉親分の詰める番屋へと向かいました。今日はどれほど歩いたことでしょうか。少々足がすり減ったような気さえいたします。

ですが、七尾姉さんが番屋に文吉親分を訪ねると、半次さんが留守番をしながら書き物をしているだけで、文吉親分の姿が見えません。筆を置いた半次さんが言うには「親分は同心の佐竹様に呼ばれて大番屋の方へ……朝から出ずっぱりなんですよ。何か急ぎの用ですか？」

「急ぎの用といえば急ぎの用なんですが、いなけりゃしかたがありませんね。また出直すことにしますよ。文吉親分に七尾姉さんが来たとだけお伝えくださいな」と言い終えると七尾姉さんは番屋を後にしました。トメ吉は大丈夫でしょうか。七尾姉さん自身も心配なのか心配でないのか妙な気分でございます。ただ、トメ吉が死ぬようなことがあればさぞかしたまきがなげき悲しむことでしょうねと、同時に、トメ吉が死んだ後、また成仏できずに、ぷかぷかと頭の上を泳がれても困ります。そのことも気がかりでございました。

翌朝五ツ（午前八時ごろ）、七尾姉さんは手早く身支度を整えますと千歳楼を出ました。七尾姉さんはトメ吉の腹泳ぎについて尋ねるため早々に番屋へと向かったのでございました。番屋の戸を開けるなり「文吉親分さんはおいでで……」と声が出かけたところで気が付きました。もぬけの殻《から》でございました。いつも留守番をしている半次さんの姿も見当たらないのです。

さて、今日は番屋がお休みなのでしょうかと思いながら仕方なく戻ろうとしたところに半次さんが息を切らして駆け込んでまいりました。

七尾姉さんは、膝《ひざ》に手をついてはあはあと息をする半次さんに「あら、半次さん、そんなに慌ててどうなさったんで?」と聞きました。

「えらいことです。男の死骸が見つかったんですよ死骸が、ざっくりですよ。ざっくり」と喉《のど》が渇いたのか張り付きそうな喉をひくひくさせながらとぎれとぎれに半次さんは言います。そんな半次さんを見ていて七尾姉さんは「喉をざっくりですかね?」と思わず聞きました。

「喉じゃないです。ここからここまでざっくりですよ」と背中を向いて手で指し示し、切られた仕草をしました。つまり、背中の右の肩から左脇腹まで斜めにざっくりということらしいのです。「その件で、文吉親分は朝から出ずっぱりで、当分は帰れません」

まだ肩で息をする半次さんが言うには、昨夜、夜四ッ(午後十時ごろ)大番屋から戻りました文吉親分は「長屋へ戻るのも面倒でぇ」といってそのまま番屋に泊まりましたところ、明け方、どんどんと番屋を揺らすほどに戸を叩く者がおったそうでございます。

「親分さんはおられますか、大変でございます。大変でございます。人が死んでおります。人が、人が、ざっくりです、ざっくり……」とその者は半狂乱の山姥《やまんば》のように髪を振り乱していたそうでございます。駆け込んできたのは十郎屋《じゅうろうや》という河岸見世に奉公する小春《こはる》という五十がらみの遣り手でございました。

ちょうど文吉親分が金魚と泳ぎ回る夢を見ていたところでございます。それでもさすがに親分さんでございます。咄嗟に飛び起きて、寝ぼけ眼《まなこ》で「……ザクロがどうしたんだって？」とよだれを拭きながら対応した次第でございます。

「ザクロではなくて、ざっくりですよ。しっかりしてくださいよ親分」

「ざっくりがざっくりってことか？」

「ざっくりはざっくりですがザクロではないですよ。とにかく榎本稲荷まで来てくださいな」

榎本稲荷というのは吉原大門を入ってすぐの道を右手に行った突き当たりにあるお稲荷様でございます。小さなお稲荷様でございますが、商売繁盛にご利益があるとされ遣り手や楼主がこぞってやってくる四稲荷のうちの一つでございます。

その境内で男が、背後から、鋭い刃物でざっくりと切られて骸となって倒れているのを参拝に来た小春が見つけ、腰を抜かしながらもその腰を無理やり持ち上げて番屋へと駆け込んできたという次第でございました。

寝ぼけ眼の文吉親分の右手を小春が引き、左手を半次さんが引き、一町ほど先にある榎本稲荷まで行くと、石畳みの参道を入った先の生垣の横で殿方が大きな血だまりの上に倒れておったそうでございます。もちろん血だまりはその仏さんの血でできたものでございます。そこでようやく文吉親分は目を覚ましたように「こりゃ、殺しだな」と呟いたそうでございます。何を根拠にそのように呟いたのかは定かではありませんが、その様子を見れば、素人さんでも十中八九当たりましょうに。それをあたかも経験のある玄人でしか見当つかないかのように言ってのけるのが文吉親分の図太いところでございます。

まだ日が明けきらないうちから検分は始められ、文吉親分の目が猫の目のように輝いたそうでございます。

吉原の朝は早うございますから、もうちらほらと野次馬が集まってまいります。といいましても出入りの行商人や職人さんが多ございました。

「じゃまだ、じゃまだ、じゃますればしょっ引くぜ」との文吉親分の一喝に野次馬は蜘蛛の子のように散っていきますが、しばらくすると再び集まってまいります。埒《らち》が明かねえとばかりに文吉親分は検分に戻ったそうでございます。

一見して、骸の形《なり》は上等で、貧乏長屋から無理して吉原へ通っているようには見えなかったそうでございます。背丈は五尺六寸（百六十八センチほど）ほどで中肉、年のころは三十五、六とのことでございます。懐には紙入れが残されていて、銭も一両以上残っておりました。物取りの様子はないように思えます。しばらくして日が昇り、あたりが明るくなると探索範囲は広められていきましたが、その場では刃物はおろか、この件に関連するような物を見つけることはできなかったそうでございます。ただ、仏さんの帯には品のよい象牙の根付がついた煙草入れがぶら下がっておりましたので、それを頼りに半次さんがそこらじゅうの妓楼、引き手茶屋を聞き回ったそうでございます。半次さんは話し終えたときにもまだ肩で息をしておいででございました。

「そりゃ大変でございましたね。で、下手人の目星はついたんですかね」

「とんでもねえですよ。そこいらじゅうを走り回ってようやく仏さんの身元がわかっただけですよ。下手人なんてまだまだ……」と半次さんは大仰に手ぶりで否定なさいました。

「へえ、でも仏さんの身元がわかっただけでも大したものじゃありませんか。身元がわかれば下手人もわかったようなものですね。で、身元はどこのどなた様でございますか」と七尾姉さんはさりげなく聞いてみました。知っているお方でも知らないお方でも関係はありませんが、話の流れで聞いてみただけでございます。七尾姉さんは金蔓《かねづる》を手繰り寄せられればよいなとは思いましたが。

「そうですね……」と半次さんは答えていいものかどうかちょっと考えて、「まっいいですかね。親分も姉さんにはお世話になっているようですし」とつぶやいて「仏さんというのはですね、両国で履物問屋を営む大店の若旦那、留吉という男ですよ。聞くところによると、なかなかの吉原通だとか……ただの独り言ですよ。おいらが言ったなんていわないでくださいよ」と項《うなじ》を掻き掻き洩らしました。

「へっ?……留吉さんですか。履物問屋の……」

七尾姉さんは蛙が飛び込みそうなほどに大きく口を開いたまましばらく身が固まりました。

「姉さん、ご存じで?」と七尾姉さんの顔をのぞき込む半次さんでございます。

「へっ?……いえ……会ったことはありませんがね」と言い、今度はお返しとばかりに七尾姉さんがその事情を話しました。

聞き終えると「へえ、そこら中に借金ね、女郎衆に恨みをね……そのあたりが臭いですね。早速、親分に知らせときます」と半次さん。

今の段では正菊さんが半狂乱で留吉さんの命を狙って包丁を持ち出したなんてことは言えるわけはありません。口から出かかりましたところをぐいっと飲み込みました。ここで喋ってしまえば正菊さんに生涯恨まれること間違いありません。危ない危ないと七尾姉さんは冷や汗をかいた次第でございますが、いずれは知られることでしょう。

「で、今、文吉親分はどちらに？」

「へえ、大番屋の方へ仏さんと一緒に向かいました。佐竹様と一緒に検分の真っ最中ですよ。ですからまだ当分は戻りませんね。……で、姉さん、何か御用でしたか」

いえいえ、今度でいいですよと手を振り、七尾姉さんはその場を後にさせていただきました。ところで、トメ吉はだいじょうぶでしょうか。気がかりなのか気がかりでないのか……。

《三》

なぜ文吉親分が大番屋へと向かったかといいますと、ざっくり切られたその傷から文吉親分は、下手人はお侍様ではないかと勘繰《かんぐ》りまして、吉原を管轄する大番屋へ采配を求めたのでございます。というのは文吉親分は単なる目明しでして、町人や百姓に向かって「やい、てめえら、この十手が見えねえか」とすごむのがせいぜいで、とてもお侍様に面と向かって「御用だ、御用だ、神妙にしやがれ」などと十手を突き付けるようなことはできません。しかも、上の者に対してはいたって腰の低い、わかりやすい性格のお人でございますから、本能から探索は手に負えないと察したのでございました。その点は賢明な判断だったと同心の佐竹様からお褒《ほ》めのお言葉をいただき、にんまりしたのも束の間、「であるが、おまえにはわかるまいな。これは刀による傷ではないぞ」と意表を突く言葉を突き付けられまして呆然といたした次第でございます。

「へっ、刀ではないと？　……では何の切り傷でございましょう？」

「これは切れ味のよい刃物であることには間違いないが、もっと短い刃物、短刀あるいは包丁ではあるまいか」と佐竹様は言い、その根拠となることを話して聞かせました。

「刀によって振り抜いたような鮮やかな切り口ではなく、力任せに切り下したように傷口が波打っておる。これは医者である松岡先生の見立ても同様であるぞ」

松岡先生とは大番屋付の医者でありまして、検死にはこの先生の所見が重きをおかれるわけであります。

「へえ、なるほど。つまり、下手人はお侍様ではなく、それ以外の者と見てよろしいと？」

「そのように見てよかろう。侍が刀を使わず人を斬るとは思えんでな」

そう言われて俄然《がぜん》張り切るのが文吉親分でございます。下手人が侍であれば出番は無いと思っておったわけでありますから、腹の底では笑いがとまりません。手柄を立ててお褒めに与《あずか》ろうとする魂胆がふつふつと湧いてまいりました。犬のような尻尾があればぶんぶんと振り回してさぞかし土ぼこりを巻き起こしたことでございましょう。

陽が傾きかけたころ、文吉親分が吉原の番屋へと戻ったところで半次さんから「留吉にはそこら中に借金があったようです。しかも女郎を騙して随分と恨みを買っていたようですよ」という話を耳にしました。

「おう。そこまでわかっているのなら、なぜすぐに話を聞きにいかねえんだ。片っ端から聞いてきやがれ」と文吉親分にどやしつけられた半次さんは早速その方面から聞き込みを開始いたしました。

そして、一時もしないうちに半次さんは、太田屋の見世の前で包丁を握りしめて待ち伏せていた正菊さんの話を聞き込み、そのことを文吉親分に伝えました。

文吉親分はにやりとほくそ笑みました。腹の底では「間違いねえ。下手人、正菊、召し取ったり」と歌舞伎役者のように睨みを利かせて叫んでおりました。しかしですね、それほど簡単な一件ではないことを、ここでこっそりと申し上げさせていただきます。文吉親分は何分、簡単なわかりやすいお人ですので、そこはお許しいただきとう存じます。

ここで現場となりました榎本稲荷についておさらいをしますと、まず、吉原の縦二丁横三丁の敷地には四つのお稲荷様がおいでてでして、九郎助《くろすけ》様、榎本様、明石様、開運様でございます。その中の一つが今回の舞台となったお稲荷様でございます。大門から見て手前の右手の角に鎮座されておりまして、小さなお稲荷様でございますが、商売繁盛、家内安全を願う近所の妓楼に抱えられる女郎や楼主、若い衆に人気でございます。

朱塗りの鳥居をくぐりますと祠《ほこら》まで石畳が続いております。その両脇にはツツジの生垣が植えられておりまして、その外に高さ三尺五寸（約百五センチ）ほどの柵が設けられております。留吉さんの骸はお稲荷様の目の前、石畳の上にうつ伏せの様子で見つかったのでございました。生垣の向こう側には幅一間ほどの道があり、その向こう側には佐野屋《さのや》という小見世の妓楼が構えております。

留吉さんは、背後から斜めに切られております。ざっくりですから、「これだけの傷であれば絶命するのもあっという間だったじゃろうな」と松岡先生も申していたそうでございます。「肩の骨まで見事に斬られておるからには、かなり強い力で斬られたんでしょうな。下手人は男。しかも大きな男か……？」との言葉を付け加えられましたが、鼻息を荒くした文吉親分にはそんな小さなことは耳に入りませんで、ですが、その方が却って先入観を持たないで探索にあたることができるという面ではよいのですが……。

「下手人は正菊に違いねえ。間違いねえ、天地神明に誓って間違いねえ。すぐにしょっ引け」と半次さんに向かって声を荒らげたそうでございます。

文吉親分と半次さんは二人そろって勝野屋へと勢い勇《いさ》んで向かうと、見世番に「正菊はどこだ。かばい立てするとためにならんぞ。この見世を更地にしてくれるぞ。いっそのこと吉原ごと更地にしてやってもいいぞ」などと脅しました。吉原というところは公許でございまして、つまり、幕府公認の一角ですから、そこを勝手に更地にすれば、幕府に盾突くことになって、それこそ文吉親分が骸となるかもしれないのですが、そんなことには気づかないのが文吉親分でございます。

正菊さんはちょうどその時、質屋の伊勢甚《いせじん》へと出かけておりまして、そこは肝の据《す》わった見世番でございます。「かばい立てする気など毛頭ございません。帰ってまいりましたら、待つように言い聞かせますので、ご安心を。半時もすれば戻るかと思います」と返答いたしました。「戻ったら、首を洗って待つように言っておけ」と言い残し文吉親分と半次さんはとりあえず他を当たることにしました。

入れ違うように伊勢甚から正菊さんが戻ってまいりまして「伊勢甚の親父って、年を取るごとにケチになるね」などと足元を見られたことに不満の顔で自分の部屋へ戻ろうとしたところで見世番から事情を聞かされ、真っ青になったようでございます。見世番が正菊さんに「首を洗って待つように……」と言いましたが、正菊さんは問答無用で弾《はじ》かれたように勝野屋を飛び出してしまいました。そこで青くなったのは見世番でございました。

「どこへ行くんでぇ？　ここを更地にする気か」

行く先はもちろん千歳楼の七尾姉さんのところでございます。榎本稲荷での殺しの一件は正菊さんの耳にも入っておりまして、その件でわが身に咎がかけられたことを正菊さんは咄嗟に察したのでございました。

汗だくの顔を真っ青にした正菊さんが千歳楼へ飛び込んだところ、そこで上がり框《がまち》に半尻を掛けて駄弁《だべ》っている男が「金魚がひっくり返るのはな……」とそこまで話したところでゆっくりと振り返りました。まぎれもなく文吉親分でございました。文吉親分と正菊さんの視線がぶつかりまして、火花が散ったように見えたのは七尾姉さんでございました。

「おまえ、正菊じゃねえのか？」と文吉親分は正菊さんに向き直りました。正菊さんのお顔を知らない文吉親分でしたが、飛び込んできた女郎を「正菊」と見抜いたのはさすがでございます。文吉親分の勘というものもまんざらではございません。

「首を洗って待ってろと言ったはずだがな」と文吉親分は渋いお顔をなさいました。

「……わっちが何をしたというんですか」

下手人扱いされていることは正菊さんも承知しておりますし、文吉親分に下手人扱いされればその後の扱いなど想像に難くありません。もう死罪の沙汰を言い渡されたようなものでございます。

「留吉を知っているな」

「わっちは何もやっておりません。留吉など殺しておりません。殺してやりたいと思ったことは本当でございますが、やっておりません」

そう言い終えると正菊さんはその場へへたり込んでしまいました。

「留吉を知っているかと聞いているんでぇ」と文吉親分が恫喝するように詰め寄ります。

「存じております」と正菊さんは頷きます。

「詳しい話は番屋で聞くわ。神妙にしやがれ」と、文吉親分はいきなり懐から縄を引っ張り出しました。聞く耳持たずの問答無用でございます。

「待ってください文吉親分。何もここで引っ括《くく》ることはないでしょ。下手人と決まったわけではないのですから」と割って入ったのは七尾姉さんです。

しかし、文吉親分は平然と言ってのけました。「往生際の悪い者にはそれくらいしても罰はあたらねえんだよ。お奉行様だって大目に見てくださるわな」

「正菊は、下手人ではありませんよ。間違い人を召し取ったりしたら、恥をかくのは文吉親分だけじゃすまないんですよ。南町のお奉行様もいい笑いものになりますよ」

「なんだと？　俺は笑われることなど気にしねえが、お奉行様も……だと？　それぱっかりは看過できねえが、なぜ、なぜだ」

「なぜって、こんな勘違い野郎のすっとこどっこいが手下だなんて江戸中の笑いもの、いえ、日の本津々浦々の笑いものですよ。それでもいいんですか？　間違いなく十手はお取り上げですね。下手をすりゃ島流しですね」と七尾姉さんは少々大袈裟《おおげさ》に言ってみました。

「島流し……だと？　その前に、だれが勘違い野郎のすっとこどっこいだ。そこまで言うんならおまえさんには下手人の目星がついてるんだろうな。じゃあ、どこのどいつが下手人だというんだ。いい加減なことを言うと七尾でも容赦しねえぞ」

「いえいえ、どこのだれかはまだわかりませんが、ちょいと暇をくれれば、わたしが探ってみてもいいんですがね。真の下手人が見つかれば、文吉親分のお手柄でしょ。またまたお奉行様からお褒めのお言葉がいただけますよ。わたしにはご褒美として金魚の餌でもいただければ十分ですよ」との七尾姉さんの言葉に文吉親分の頬《ほお》が緩みました。

「おう。じゃあ、ここにいる正菊が下手人でないという拠《よ》り所を一つ話して聞かせてくれねえか。一つでいいぞ。三つも四つもと贅沢《ぜいたく》はいわねえ、一つでいい。それに納得できれば一時《いっとき》（約二時間）待ってやる」

「一時で何ができますか。五日待ってくださいな」

「五日だと……？　年食っちまうじゃねえか」

文吉親分は腕を組むと首を傾けながらしばらく考えておりました。「よしわかった、三日だけ、正菊をおまえに預けてやるが」と言われて困ったのは七尾姉さんでございました。五日と言ったはずですが、しかも拠り所などあろうはずがありません。とりあえず言ってみただけでございます。

無理やり絞り出したのが次の言葉でございました。

「正菊はね、留吉さんにお金を貸していたんですよ。つい先日、わたしにその取り立てを依頼したくらいです。留吉さんを殺したりしたら、お金を取り返せなくなってしまうじゃないですか。金を貸した相手を殺すはずなんてありませんでしょ。ケチな正菊さんですよ。この人にとって大事なのはお金なんですよ」と正菊さんの人柄を貶《けな》すようなこともこの際大目に見てもらって説得に当たらせていただきました。ちらちらと何か言いたげに正菊さんは七尾姉さんを見ますが七尾姉さんは何食わぬ顔です。

七尾姉さんは、わかりやすい文吉親分の性分に賭けてみたのでございます。文吉親分の口からはどのような返答が出るのか、内心ははらはらいたしました。正菊さんからこの後ねちねち恨み言を言われることくらいは覚悟しております。ですが、これも正菊さんのためを思えばこそでございます。

文吉親分はまたまたしばらく考え込みましたが「俺はな、借金を返さねえで逃げ回ったあげく短刀で刺された男を五人知っているがな。松吉に清太郎、六松に太平。太平はめった刺しだったな。与太八に限っては腹を割かれたうえに腸《はらわた》引きずり出されて犬の餌にされていたわな……だが、確かにそうかもしれん。金を貸した相手を殺せば、元も子もねえってもんだ。七尾に取り立てを依頼したのならすぐに殺すのは合点がいかねえな。俺が知る五人も皆、後悔しながら獄門台へ上ってたわな」と納得に傾いたようでございます。

七尾姉さんはほっと胸を撫でおろしました。

「しかたねえ、約束だ。三日だけ正菊を七尾に預ける。三日たって下手人の目星が立たなければ正菊を引っ括るぜ」と言うと文吉親分は根っこが生えたかと思われた尻を持ち上げなさいました。「三日だぜ。三日だぜ」と指を三本立てて捨て台詞のように言うと馬に尻を蹴飛ばされたような勢いで帰っていきました。

さて、ああは言ったものの三日で何ができるでしょうか？　まだ何の目星もついておりません。どうしましょと七尾姉さんは正菊さんのお顔を見ました。まあ、七尾姉さんが引っ括られるわけではありませんので気楽は気楽なんですけど、目の前の正菊さんの顔はますます青くなっております。

「姉さん、お願いしますよ。わっちの命が懸《か》かっているんですから」

「単に文吉親分を追い返すための口実で、できるかどうかなんて自信ありませんよ。とりあえず首だけは洗っておくんですよ。見苦しいことだけはやめておくれよ。精々、三日命が延びたくらいに思ってくださいよ」

「嫌ですよ。わっちは往生際は悪いんです。だいたい、わっちは人なんて斬っておりません。わっちにそんなことができると思いますか。気の小さい女なんですよ。留吉に会って、ひとこと恨み言を言ってやりたかっただけです。……本当はお金だけ返してくれればいいと、ちょっと脅しに包丁を持って行っただけなんですから。包丁を持つだけでも手が震えたんですから」

「いまさら言ってもね……」と七尾姉さんは呆れ顔でございます。「一つ言えることは、おまえさんが殺したのではないのであれば、おまえさんより留吉さんを恨んでいたお人がいたということですね」

「だれですかね。わたしが聞きたいくらいですよ」と正菊さんは首を傾《かし》げるばかりでございました。

「しっかりしなさいな。自分のことですよ。しっかりしないと傾げる首がなくなるんですよ」と七尾姉さんが言うと、「そんなこと言われても……もし、首のない幽霊が出たらわっちだと思ってくださいね」と正菊さんは涙ぐんでしまいました。

「やめてくださいよ、幽霊だなんて。……もし、わたしのところに出てきたりしたら、徳利《とっくり》を載せますよ」

「やっぱり姉さんは鬼畜ですね」

「じゃあ、来なきゃいいじゃないかね」

「お願い、姉さん……姉さんしか頼れる人がいないんですよ」

囲われた妓楼の中で生きる女郎なんて、外の事情に疎くなるのは仕方がありません。誰が誰を恨んでいるかなんてそう簡単にわかるはずはありません。

三日しかありませんので、さて何から手を付けましょうかと七尾姉さんは考えました。

《四》

七尾姉さんが、まず最初に探るべきは、当日の留吉さんの足取りでしょう。これを端《はし》折《よ》るわけにはまいりませんで、とりあえずそこから始めることにしたわけでございます。難儀することを覚悟したんですが、これは少しずつとんとんと明らかになりました。ここは吉原という狭い世界でございますから誰がどこで誰に入れあげていらっしゃるかを探るのは案外と容易なことでございました。ですが、ちょっとお金がかかりましたね。これが七尾姉さんの懐を痛めるのでございます。がめつい……いえ、しっかり者の七尾姉さんのことでございますから、あとでまとめて正菊さんに請求することになるでしょう。

留吉さんは、半年ほど前には太田屋へ、それから三月《みつき》ほど前までは京町二丁目の小見世鳴海屋《なるみや》に入り浸っておったようでございまして、一月《ひとつき》ほど前からは京町一丁目の成田屋に通い始めたようでございます。妓楼へと通わぬ日は羅生門河岸裏の裏茶屋に身を潜めていたようで、ここ数日はまた別の妓楼へ通われていたようで、しかもこの一月ばかりは吉原から出た様子がございません。よくそれだけのお金が工面できたものだと感心いたしますが、それらのお金はほとんど、いえ、全て女郎さま達からだまし取ったお金でございましょう。お金をだまし取られたのは正菊さんだけとは限りませんね。留吉さんは既に勘当されておりまして、仕事というものをしておりませんし、それ以外にお金の当てがあるようにも思えませんのでそのように推測した次第でございます。そのあたりの事情から下手人へとたどり着くことはちょっと難しそうですので、とりあえず、なぜ留吉さんがその晩、榎本稲荷にいたのかと考えてみます。あちらこちらで借金をこさえるようなお人でございますから信心深いとも思えませんで、では、なぜそこにいたのかといえば、ひょっとすると、いえ、きっと人と待ち合わせたのではないかと勘繰るのは自然なことと言えるでしょう。誰とでしょうか？　きっと近くの妓楼の女郎さまでしょうと目星をつけ、そこで、七尾姉さんは近所の妓楼を片っ端から聞きまわったところ、榎本稲荷から半町ほどの所に見世を構える有紀楼《ゆうきろう》という小見世の見世番から「へえ、あの日は、留吉さんは確かにうちにご登楼されましたが」との手掛かりとなりそうな活《い》きのいい話を聞くことができました。

「どの女郎さんを揚げなさいました？」と七尾姉さんが聞きますと、

「へえ、座敷持ちの沢木《さわき》でございます。ぞっこんでしてね、ここ数日は毎日のようにご登楼なさいますね。しかし、まあ、あんなことになりまして、本当に気の毒でございます。ナンマンダブ、ナンマンダブ」と見世番は榎本稲荷の方に向かって手を合わせなさいました。

「その晩は何時《なんどき》に見世を出ましたかね？」と七尾姉さんはすかさず問います。

「あれは、引け四ツ（午前零時ごろ）でございますな」と見世番はそれほど考える様子もなく答えました。

「なぜ、見世を出なさったんですかね。泊まりにしなかったのはなぜですかね」

「さあ、そこまでは……。いつもは朝帰りになりますがね、あの時に限っては、なにか特別な用事でもあったようでございます。いつものように夜見世が始まるころみえられて、揚がる時から『今日は引け四ツまでだよ。戸を開けておいておくれ』と言われておりまして、玄関で履物を揃えておりましたところ、いそいそと降りて来られて出ていかれました」

「どんな様子でしたかね？」

「どんな様子と申されますと？」と見世番は怪訝《けげん》に聞き返しました。

「たとえば、何かに怯《おび》えた様子だとか、怒った様子だとか」

「いえ、特にそのようなことは、……どちらかというと心待ちにしてるようなどことなく嬉しそうな」

嫌な相手ではないようですねと七尾姉さんは思いました。しかし、留吉さんはあえなく骸となったわけですから、七尾姉さんにはわからなくなりました。

待ち合わせたか、呼び出されたとすれば、「誰に」との問いが芽生えましょう。「下手人に」と考えるのが無難な線ではございませんでしょうか。もちろん七尾姉さんもそうお考えになりまして、「留吉さんを榎本稲荷へ呼び出した方はいらっしゃいますかね？」と、手当たり次第に探索いたしましたが、下手人が自ら「わたしが留吉さんを榎本稲荷へ呼び出して殺《あや》めましたよ」なんて答えてくれるわけはありませんで、聞きまわっているうちに、「こんなことしていていいんでしょうか？」と気づきまして、七尾姉さんは我ながら迂闊《うかつ》でしたねと立ち止まってしまいました。

何かの取っかかりが得られないものかと、まずは、榎本稲荷へ行ってみましょうと、一件の舞台となった神社へと歩を向けることにしました。

榎本稲荷の石畳の途中には、どなたからかわかりませんが菊の花が供えられておりまして、その場所で留吉さんの骸が見つかったことがわかりました。お稲荷様の目の前でございます。七尾姉さんは下手人がどこの誰かとお稲荷さんに尋ねてみましょうかとも思いましたが、相当にお賽銭《さいせん》をはずまないと答えてくれそうにありませんので、やめておくことにしました。

七尾姉さんは菊の花が供えられたところに立ち止まると、そこからぐるりと見渡しました。囲いは背丈ほどのツツジの生垣で、外の様子は見えません。ということは外から中の様子も見えないことになります。

下手人は、何らかの口実を作り、ここに留吉さんを呼び出し、こっそり迫って、背後から襲ったのでしょうか。それとも留吉さんがやって来る前からどこかに潜んでいて、留吉さんがやってきたところを、背後から忍び寄って襲ったのでしょうか。隠れるところといえば石灯籠の陰くらいでしょうか。しかし、それほど大きなものではありませんので、人ひとり隠れることはできません。しかも、留吉さんもそんなところへ来れば、人が隠れていまいか警戒するはずです。お金を借りまくって逃げ回っているような人でございます。いつ、借金取りの使いと名乗る者に取り囲まれて袋叩きに遭うかわかったものではありませんので。

そこでもう一つ芽生えた疑問がありました。殿方を背後から一振りで絶命させるような斬り方ができる人物とはどんな人物なのでしょうか？　女子にできるとは思えませんね。では殿方でしょうか？　様々な疑問が芽生えてきて七尾姉さんのお頭を悩ませます。

ふと、見ると、生垣のツツジの枝が折れています。なぜでしょうか？　そのあたりの葉も破れたり散ったりしているようです。はて、なぜでしょうか？　人がここから出入りでもしたのでしょうか？　まさかね……。七尾姉さんはその場で背伸びをして道の向こう側を覗いてみました。妓楼佐野屋の看板が見えます。

「佐野屋さんですか。ちょっと訪ねてみましょうかね。騒動に気づいた人がおるかもしれませんからね」と七尾姉さんはひとり呟き、ほつれ毛を掻き上げながら榎本稲荷を出ると床几《しょうぎ》に腰掛ける見世番に声を掛けました。名前は存じ上げませんが、四十手前でしょうか、眉毛が濃く、目元がきりっと引き締まったなかなかの若い衆でございます。見世番というのはどこの見世でも男前を揃えておりますが、その中でも上玉でしょう。ですが、実はそれでも一癖も二癖もある者ばかりでございます。

「ちょいとお尋ねしますがね」と口角を緩めて愛想よく聞きました。こんな表情の七尾姉さんを拝めるのは珍しいことです。幸運ですよ。ですが、そんなことに動じない強さなのか、鈍さなのか、はたまたよほど腹に据えかねることでもあったのか、「殺しの件ならお断りだ、帰ってくんな」とけんもほろろでございます。

「まだ何も聞いていないじゃないですか、いきなりなんですかね。鈍いというより短いんですね」と七尾姉さんは呆れ顔で見世番を見下ろしました。

「何が短いんだ」と見世番は立ち上がりましたが、背丈はそれほどでもなく、七尾姉さんの方がやや上でございました。

「聞こえましたかね」

「あたりめえだ。聞こえねえわけあるめえ」と、ちょっと威勢は弱くなりましたが、それでも敵意は漲《みなぎ》っております。

「何をそんなに怒っているんですかね？」と七尾姉さんは訝《いぶか》し気な顔を作って見世番の顔を見ました。

「えっ……違うのかい？　そりゃ悪かった」と早合点を早合点で詫《わ》びるところを見るとお頭の方はそれほど上等ではないようですねと七尾姉さんは読みました。

「殺しの件というのはそこのお稲荷さんでの件のことでしょ。そんなにしつこく聞かれたんですかね」

「そうよ。番屋の役人が一人ずつ次から次へと来て、根掘り葉掘り聞くんだ。その次には同心の旦那だろ、その次にはそこらの楼主に遣り手、女郎に番頭、瓦版の聞き込み……次から次だ。もう、うんざりよ」

「お役人様からは何か隠してないか、隠し立てするとためにならねえぞ、なんて凄《すご》まれたんじゃないの」

「そうよ、その通りよ。一番質の悪いのは」と言いながらあたりを見回し、声を潜め、「文吉親分よ。あれにはまいったね。下手人にされるかと思ったよ」

「で、ちゃんとわかってくれたのかね。あの文吉親分って物分かりが悪いことで有名だからね」

「それよ、だから、おれはちゃんと言ってやったよ。暮れ六ッ（午後六時ごろ）から夜四ッ（午後十時ごろ）まで俺はここにいて怪しいものなど見ていねえし、お稲荷さんの方からはそんな騒ぎなんて聞こえねえし……」

「何か騒ぎがあれば、ここからだとわかりますよね。三、四間先のことですからね」

「そうよ。そんなところで殺しがあれば、嫌でも気が付くってもんだ」

「夜四ッの後はどうしてたんですかね？」

「見世に入って戸をぴしゃりと閉めて、帰りのお客の応対だ。だが、外の騒ぎに気が付かないような俺じゃねえ。稀《まれ》に遅くに登楼される客様もおいでになられるんでな、ちゃんと聞き耳を傾けているんだ」

「だけど、そんな騒ぎには気づかなかったってことよね」

「気づかなかったわけじゃねえ。そんな騒ぎはなかったってことだ」

「なるほどね。ってことは、あの件は引け四ッ（午前零時ごろ）より後に起こったってことになるわね」

「まあ、そういうことになるわな」

「そんな話を次から次へと何度もさせられたわけだ。そりゃ大変だったわね。で、殺された留吉さんって、こちらへはよく登楼なさってたんですかね？」

「いや、留吉なんて男は、うちの見世に揚がったことはねえな。だから、殺されようがどうしようがうちには関係ねえわけだ」と、肩をすくめての言い様に七尾姉さんはカチンときましたがそこはぐっと堪えてあたりを見渡しました。というのは、ちょっと騒々しいわけでありまして、佐野屋では見世の改築でしょうか修繕でしょうか、法被《はっぴ》姿の職人が出入りしてなにやら作業をしておられます。

「あれは何事ですかね？」

「あれかい？　あれはな、二日前の大風で柿葺きの屋根が飛んでしまってね、今、直してもらってるわけよ。回し部屋に雨漏りがしてね、使い物にならねえんだ」

職人が梯子を上ったり下りたりしながらせわしなく動いておられます。

「ああ、あの風でね、ひどい風だったものね。わたしも必死に戸を押さえておりましたよ」と七尾姉さんは納得いたしました。「いつまでかかるんですかね？」

「なーに、もう半日もあれば直るってよ」

まあ、屋根の修理なんてどうでもいいんですが、見世番の話を信じると、殺しのあった刻限は引け四ツのあと。これだけでも大きな手掛かりとなるわけですが、さてと七尾姉さんは考えます。

留吉さんの素行を考えると、借金がらみ女郎がらみから下手人を手繰るのが手っ取り早いのですが、なんせここは吉原。そう簡単に客の話をしてくれるところではありません。迂闊に話せば見世の沽券《こけん》、信用に関わります。果たして三日で事の真相を暴くことができるのでしょうか。お金に物を言わせればとは思いますが、それでは懐が痛むばかりでございます。正菊さんはそれも払ってくれますでしょうか。しかも、他人事とはいえ、七尾姉さんはなんだか心細くなってまいりました。正菊さんが磔《はりつけ》になるようなことでもあれば、柱のうえで正菊さんはさぞかし七尾姉さんを恨むことでしょう。「七尾姉さん、恨んでやるよ、祟《たた》ってやるよ。毎日化けて出てやるよ」なんて叫ばれでもしようものなら寝覚めが悪いですし、おいしいお酒も飲めなくなりそうです。本当に化けて出られたら、もう……どうしましょ。たまきだけでも困っているのに正菊さんまで……ひょっとすると金魚まで……。金魚はどうなりましたかね。このまま行けば、千歳楼は幽霊の巣窟となりかねません。あのようなことを言わなきゃよかったと今になって後悔しております。

七尾姉さんが千歳楼に戻ると、正菊さんは窓際の金魚鉢に顔を寄せて、まじまじと見ています。

「姉さんお帰りなさい。……ねえ、ねえ、姉さん。この金魚、妙な泳ぎかたをしますね。

そんな類の金魚なんですかね」

「いやいや、それはな、具合が悪いんじゃ。それにしてもおまえさんは呑気じゃな。見世のほうはいいのかね？」七尾姉さんは玄関で着物についた埃を払いながら聞きます。

「いいんですよ。見世の方もわっちの事情をわかっておりますから、今は厄介者《やっかいもの》扱いですよ。いっそ、このままいなくなっちまった方がいいとでも思ってるくらいですよ。足抜けするんなら今しかありませんね」などと言いながらケタケタと笑いますが、すぐに正菊さんの笑い声は沈黙しました。「……それで、なにかわかりましたかね、姉さん」

　色よい返答はできませんでしたが、留吉さんが殺されたのは引け四ツの後ではないかということがわかったとだけ正菊さんに話して聞かせました。「それだけですか。それがわかったとしてもわっちの首がつながるとは思えませんね。姉さんにお願いしたわっちが間違いだったのでしょうか」と肩を落とす始末でありました。金魚と遊んでいた正菊さんにそのような言われ方をして七尾姉さんは無性に腹が立ってしかたがありません。好き好んで引き受けたわけではないのに、この言われ方はなんでしょうか。しかし、がぜん七尾姉さんの心に火が付きました。七尾姉さんの気質をよく知った正菊さんは、それを見越して言ったのかもしれませんが。

「留吉さんのことで、おまえさんが知っていることをすべて話しなさいな。どんなちっぽけなことでもいいですから」

にやりと笑みを零しそうな正菊さんは「そうですね〜」と顎《あご》に指をあてて天井を見上げ、ぽつりぽつりと絞り出すように話しました。

留吉さんの背中には、七つのときに火遊びをしたところを見つかって、お仕置にされた灸《やいと》の跡が二つあるとか、左の尻ぺたに小豆ほどのほくろがあるとか、がんもどきが嫌いで食べられないとか、十のとき、捕まえたドブネズミを箪笥《たんす》の中で飼っていて、そのネズミが箪笥に穴を開けて親父さんにこっぴどく叱《しか》られたとか……。

「そんな話じゃないのよ。あんたの命が懸《か》かってるってことわかってますかね」と七尾姉さん。

「どんなちっぽけなことでもと言ったのは姉さんでしょ。……でもね、客が女郎にする話なんてろくな話じゃありませんよ。したとしても本当の話かどうかなんてわかりませんしね」

「もう、よいわ」

「……そうじゃ」と正菊さんの顔が、ぱっと花が咲いたように明るくなりました。

「なんぞ実になりそうなことを思い出したかね」

「一度だけわっちのことを八重《やえ》と呼んだことがありましたね。きっとどこかの女郎と間違えてうっかり呼んでしまったんでしょうよ。相当に酔っていなさったからね」

「いつごろの話かね？」

「半年ほど前だったかね……」

つまり、半年前には既に二股を掛けられていて、しかも乗り換えを目論んでいた節があるということになりますね。きっと、留吉さんは、今の女郎に飽きてきたらその女郎から金を借りて、次の女郎に貢《みつ》ぐ、その女郎に飽きると、また金を借りて次の女郎に貢ぐという阿漕《あこぎ》な所業を繰り返していたのでしょう。それくらいのことを見抜けないとは、情けないとしか言いようはありませんね。自業自得とでも言ってあげたいのですが今の正菊さんには酷でしょうねと思って七尾姉さんは思いとどまりました。

「八重という名前以外にネタはないのかね？」と七尾姉さんが聞きます。

正菊さんは口を尖らせて首をすくめました。

「それだけかね……どこの見世の女郎とか？」

「知りませんよ」

「どうしてもっと詳しく聞かないのかね」

「そんなこと詳しく聞けば、妬《や》いていると思われて嫌じゃないですか。わっちにも意地がありますからね。それとなく聞き流したんですよ」

「変な時に変なことで意地になるんだね、おまえさんは」と七尾姉さんは呆れました。これだけの話でどうしろというのでしょうか。適当にお茶を濁《にご》して文吉親分に引き渡してしまいましょうかとも心の片隅で思いながらじっと正菊さんの顔を眺めておりました。やれやれ……そうは行きそうもありませんねと七尾姉さんは心の底で溜息《ためいき》を洩らしました。

八重という女郎……女郎と決まったわけではありませんが、他の女と繋《つな》がりがあったことの話は手掛かりではあります。とりあえず、「八重」という名前を手掛かりに七尾姉さんは妓楼を片っ端から当たってみることにしました。榎本稲荷へ呼び出したと考えると、きっとそこからそう遠くないところに違いないと七尾姉さんは楽観しておりましたが、それほど簡単でないことを先にちょっとここでお知らせしておきます。

まずは、榎本稲荷に一番近い佐野屋から聞いてみることにしました。「こちらに八重という名の女子さんはおりますかね」と。まあ、最初から色よい返事があるとは思っておりませんので、「八重？　そんな女はここにはいないぜ」との答えにも「ああ、やっぱりそうですか。おじゃましましたね」なんて秋波を流すように色っぽく辞去しましたが、次の妓楼でも、そのまた次の妓楼でも、そのまた次の妓楼でも……どこへ行っても「知らないね」「いないね」との返事ばかりで「一昨日来《おととい》な」と言われた時には「あんたの家《うち》には七代先まで祟《たた》りがあるよ」と言い返してやりました。もっとも、祟る方法など知りませんので、たまきに頼んでみようかとも思いましたが、そんなことにたまきを担《かつ》ぎ出すのもかわいそうなので、それっきりにしてあげました。

吉原の大見世、中見世、小見世を半分回ったころには、八重という名を聞き間違えたんじゃないかと勘繰《かんぐ》るようになりました。留吉さんが酔って洩らした名前です。そんな時には正菊さんもお酒をいただいているはずでございます。「酔った客が酔った女郎に洩らした名前などあてになりますかね？　『やい』と呼んだだけかもしれないじゃないですかね」とぶつぶつ言いながら、それでも一軒一軒回ったところ、「へえ、うちには八重という部屋持ちがおりますが、それがなにか」と突然、目の覚めるような返事に心を打たれました。

そこで八重という女郎さまを呼んでもらって、「おまえさんは留吉という人を知っておりますかね」と聞きますが、「留吉さんですか？　いえ、わっちの客様にはそのような名前のお方はおりませんね」と言われ、がっかりです。見世番にも聞いてみますが、「そのような客は知らないがね」と突き放されます。ここで、七尾姉さんは自問なさいました。「その男の名を知っていますよ」と素直に言えば、当然人殺しの下手人にされかねませんので知っていても知らないと答えるのではないでしょうかと。見世の女郎をかばうために見世番も話を合わせるのではないでしょうかと。勘繰れば勘繰るほど自信がなくなってきます。さて、どうしましょう。ですが、ここで聞き込みをやめるわけにはいきません。七尾姉さんは自分の勘を頼りに嘘か本当かを見極めようと思いました。

一日目の陽が傾き始めております。夜見世が始まると忙しさのあまり相手をしてくれませんのでその日はそこまででおしまいでございます。同じように二日目が過ぎ、三日目も朝から聞き込みをしまして、しかし「知らないね」「そんな女郎はいないね」という返答の繰り返しでございました。今日中に下手人の目星を付けなければ正菊さんは文吉親分にしょっ引かれます。しかし、しょっ引かれてもそこで打ち首になるわけではありません。もう少し時を費やせば真の下手人がわかるかもしれませんので、ちょっと我慢してもらいましょうかと、ちょっとずるい算段も湧いてまいりました。

三日目の陽が傾きかけた夕の七ツ（午後四時ごろ）、九郎助稲荷の近くの妓楼、中見世の田島屋《たじまや》が最後の妓楼となりました。もう、なんだかもうどうでもよくなっておりました。最後の最後で当たりがあるとは思えませんが、とりあえず聞いてみることにします。ここまでやったんですから正菊さんも許してくれるでしょう。快《こころよ》く成仏していただきましょう。

「こちらに八重という名の女子さんはおりますかね」と七尾姉さんは夜見世が始まる前

の拭き掃除に勤しむ見世番に尋ねました。

見世番は手を休めることなく「八重？　もういねえよ」とあっさり答えました。

「もういないということは以前にはいたということですかね」

「そういうこったな」

「落籍《らくせき》でもされましたかね。それとも年季明けですかね。……浄閑寺《じょうかんじ》ですかね」

「全部違うな。鞍替えよ」

「鞍替えですか……なんでまた？」

「躰《からだ》を壊してな。うちの見世では使い物にならなくなったってわけよ。もう一年になるかな……」

「どこへ鞍替えですか？」

「あんた、千歳楼の姉さんだろ。誰に何を頼まれたのか知らねえが……」とそこまで言われた時、一分銀を袂《たもと》に一つ放り込んでやりましたところ「……佐野屋だよ」とあっさり答えてくれました。お金の力はさすがですねと改めて思った七尾姉さんですが、そこで驚いたのは七尾姉さんです。佐野屋というのは一番最初に訪ねた小見世ではありませんか。榎本稲荷のすぐ隣でございます。なるほどと思いました。佐野屋に尋ねた時には「八重？　そんな女郎はここにはいないぜ」との返答をいただきましたが、鞍替えになると、当然のようにその見世の習わしに合った源氏名に変えられるわけですから、いないと言われてもしかたがありません。

「なんと名乗ってますかね」

「知らねえな。佐野屋に行ってひとりひとり聞いてみな。以前、田島屋で八重と名乗ってたかって。要件次第だが、気が向けば答えてくれるかもしれねえな」

「八重さんはどんな女子さんですかね。特徴のようなものがあれば教えていただきたいんですがね」と七尾姉さんが言うと「袂が寂しがってるんだがな」と袂をひらひらさせたので、もう一つ一分銀を放り込んでやりました。もちろん後で正菊さんに請求させていただきます。

「ここにいた八重という女郎はな、年のころは二十五、六。右足を引きずって歩くわ。それでわかるはずだ」

《五》

七尾姉さんは、佐野屋に戻ると振出しに戻ったような気分になりますが、大きな手掛かりをつかんだことに安堵を感じておりました。しかし、今日中に全てを明らかにすることは叶《かな》いそうにありません。佐野屋に限らず、既に夜見世が開いておりましてどの見世も紅殻格子《べんがらごうし》の中では遊女が秋波を流しながら客を呼んでおります。

七尾姉さんは佐野屋の見世の前で、張見世に出る女郎さまの一人一人の足取りをつぶさに見ておりましたところ、ひとりの女郎さまに目がとまりました。年のころは二十五、六で、確かに右足の運びがぎこちなく、不自由に見えます。

「あの女郎さんは何という名ですかね」と七尾姉さんは見世番に聞きました。

「姉さんが揚げなさるのかね？」

「いえ、ちょいと人に頼まれましてね。気に入った様子なので聞いてきてほしいといわれただけですよ。まさかわたしがね？」

「姉さんも、いろんな仕事を引き受けるんだな」

「生きるためには泥水だって飲まなきゃならないんですよ」と七尾姉さんは苦しい胸の内をさらけ出すように言い同情を誘いますがまんざら嘘ではありません。

見世番は笑いながら「あれは部屋持ちの吉井《よしい》だ。素直ないい娘《こ》だ。よろしく伝えてやってくれねえか」

「おみ足がお悪いんですかね？」

「ああ、ちょっとな」

七尾姉さんは笑顔でその場を離れました。目星が付いたといっていいのでしょうか。かなり遠回りして、ここまで来ました。留吉さんを殺《あや》めたという証などありませんが、何となく下手人の匂いがしますねと七尾姉さんは思いました。

佐野屋を離れるとき、ふと二階を見上げました。すると一つの部屋だけ明かりが灯らない部屋があることに気づきました。回し部屋ですね。そういえば、先日、聞き込みをしたとき何か言ってました。先日の大風で柿葺《こけらぶ》きの屋根が飛んでしまったとかどうとか……屋根は直った様子ですが雨漏りでもして部屋が使い物にならないのでしょうか。それとも畳や調度品が間に合わなかったのか。灯りを付けられないところを見ると、障子に染みでもできたのでしょうか……などといろいろと勘繰ってみました。

七尾姉さんはその場で、その明かりが灯らない薄暗い回し部屋をじっとしばらく眺めておりました。道を挟《はさ》んだ向かい側は、榎本のお稲荷さんで、ちょうど留吉さんが斬殺された所の真向かいではないですか。手を伸ばせば届きそうな距離でございます。ですが、届きませんよ。近いという意味でございます。七尾姉さんの胸の中で何かが渦巻き始めました。

七尾姉さんは吉井さんについてちょっと調べないといけませんねと思いまして、その足で再び田島屋へと向かいました。吉井さんが以前、八重という名で抱えられていた妓楼でございます。

この辺りには閑古鳥の巣でもあるのでしょうか人通りは疎らでございまして、七尾姉さんは暇そうに床几に座る見世番に詰め寄ると面と向かって尋ねました。

「忙しいところ八重さんのことでお聞きしますがね、八重さんがおみ足を引きずるようになった理由《わけ》とはなんですかね?」

「八重の足?……そんなことは話せねえな」と見世番は面倒臭そうにそっぽを向きました。

「大方、ひどい折檻《せっかん》でもしなさったかね。あんたですかね?」と七尾姉さんは非難を交えたような口調で問い詰めました。

「俺じゃねえよ。遣り手のお春だよ……」というと、見世番はあっと口に手を当てて気まずそうになさいました。

「やっぱり折檻だね。その理由はなんだね。そこまで喋ったんだから全部しゃべりなさいよ。誰にもいいませんから。喋らないんなら、今喋ったこと言いふらしますよ」と七尾姉さんは迫りました。もうこれ以上お金を使いたくありません。

「脅すのかよ……噂通りだな」と見世番は声を潜めました。

「噂？……噂ってどんな噂ですかね。わたしの噂ですかね？　気になりますね」と七尾姉さんの目が大きく見開かれましてぎょろりと光ったように見えました。

「えっ…………いや、いろいろと……しょうがねえな、今さら何を探っていなさるのか知らねえが、俺がしゃべったこと内緒だぜ」と七尾姉さんに顔を寄せると言いました。

「八重はな、足抜けを企てたんだ。男と待ち合わせて逃げようとしたんだよ。だがな、結局すっぽかされたんだ。騙されたんだよ。だけどそんなことは関係ないね。足抜けの懲罰は並大抵のことじゃねえ。足腰立たなくなるまで竹竿で叩かれてな、当たりどころが悪かったせいか、あのざまよ」

「その相手というのは誰だね？」

「さあ、そこまでは知らねえな」

ですが、七尾姉さんの胸の内にはその相手の姿が見えておりました。もちろん会ったことはありませんがね。

「なぜ失敗したんですかね？」

「密告があったんだよ。八重が今晩足抜けするために見世を出るとな。それで、若い衆が先回りして……」

「どこへだね？」

「榎本稲荷だよ。そこへのこのこやってきた八重を捕まえたという寸法よ」

いろいろな事柄がつながり始めております。七尾姉さんの胸の奥で渦巻くものが急に穏やかになりつつありました。

「男は来なかったのかね？」

「ああ、来なかった。しばらくうちの若い衆が榎本稲荷の近くで張り込んだが姿を現さなかったさ。足抜けを企てた男の方もただでは済まないのが吉原の掟だ。簀巻《すま》きにされて大川へ放り込まれるはずだったんだが、結局、男は来ず。八重は金を渡してたらしくて、その金まで騙し取られてあのざまさ。覚悟の上とは言え、足を引きずるようになったのは気の毒だがな」

「やっぱり金をだまし取ったんだね、あの男は……きっと密告したのもあの男だね。自ら足抜けを誘っておいて、自ら密告して捕まえさせたんだね。酷《ひど》い男がいたもんだわね」と七尾姉さんは腸《はらわた》を滾《たぎ》らせました。女郎が身を削って稼いだ金を騙し取るなんて鬼畜の所業ではないかねと七尾姉さんは思いましたが、だからと言って殺めてもいいことにはなりません。

「あの男って……姉さん、知っているのかね」

「いや……知らないよ。忙しいところおじゃましましたね。精々稼いでくださいな」

「嫌味かい」と見世番は七尾姉さんの後ろ姿に投げかけました。

《 六 》

「まったくなんて男なんだろうね、留吉という男は」と鼻息を荒くした七尾姉さんは千歳楼へと戻ることにしました。しかし、あの足の悪い八重、今は吉井という女郎さんはどのようにして留吉さんを殺めたのでしょうか。七尾姉さんには、その辺がまったく見当もついておりません。

その夜、留吉さんが斬られたらしい刻限には、佐野屋からは誰も外に出てはいないようですので、吉井さんがこっそり出て留吉さんを斬り殺したとも考えられません。できるはずもありません。七尾姉さんは無性にお酒が飲みたくなってまいりました。お酒の力を借りなければ解き明かすことはできそうもありません。飲む理由はそればかりではありませんが……。

千歳楼に着くころにはすっかりと陽も暮れて、灯籠《とうろう》や行灯《あんどん》ばかりが煌々《こうこう》と灯っております。すでに正菊さんは見世に戻ったらしく千歳楼は真っ暗でございました。たまきは暗いところが嫌いですので暗がりで留守番をしているわけもありません。

七尾姉さんは行灯に火を入れると部屋を見回しました。そして、驚いて腰を抜かしそうになりました。たまきがぼんやりと浮かび上がったのでございます。

「なんじゃ、たまきおるのか。おるのならおると言ってくれんとびっくりするじゃないかね。人でも突然暗がりから現れればびっくりするのに、ましてやおまえさんは……」

「申しわけありません。驚かせるつもりはありませんでしたがね、トメ吉が心配で帰れませんでしたの」

「そうかね、わたしはトメ吉のことをすっかり忘れておった。たまきは相変わらずじゃな」

金魚鉢の中を見ると、トメ吉はやっぱりおなかを上にして泳いでおりました。

「……何か聞き忘れておると思っておったがそのことじゃったか。文吉親分からどうすればよいのか聞かず仕舞いじゃったな。とりあえず手っ取り早く酒でも飲ませてみるかね」

「駄目ですよ。お酒なんて人でも体に悪いのに……金魚にお酒なんて絶対駄目ですよ」

「お酒は百薬の長といいますがね」

「いつも姉さん、頭が痛いだの、気持ちが悪いだの言ってなさるよね。駄目です」とたまきは頑《かたく》なに止めます。

「はいはいわかりましたよ。たまきはトメ吉にぞっこんですな」と七尾姉さんはたまきをからかいました。

それにしても、と七尾姉さんの思いは一件にもどりました。吉井さんはどのようにして留吉を殺めましたかね？　もう七尾姉さんの胸の内では吉井さんを下手人と決めてかかっております。それは間違いないでしょう。ですが……。

悩んでいるうちに忙しなく荒々しく戸を叩く者がおりました。この無愛想な叩き方は文吉親分に違いありません。さてどうしましょうか？　たまきは気配を感じてか、戸が叩かれる前にすっと消えてしまいました。

「おう。七尾はいるか」

戸を開ける前にもう口を開いております。戸が開いた途端に鼻息を荒くした文吉親分の顔が押し入ってきました。

「おうおう、七尾よ。下手人の目星はついたのか。約束通り、三日間正菊を預けたが、どのような塩梅《あんばい》だ？」

文吉親分は上がり框に尻を半分乗せると腕をまくり上げました。正菊はここにはいませんが、いつでも引っ括《くく》れるぞという恰好なんでしょう。文吉親分はほくそ笑むようにしながら七尾姉さんの顔を覗き込みました。

「目星は付きましたがね……」と七尾姉さんは浮かぬ顔でございますが、

「おう？ ……本当か？」と文吉親分の小さな眼が途端に大きくなりました。「本当に目星がついたのか」

「嘘なんていいませんよ。ですが……」

「どこのどいつだ。引っ括ってやるわ」

「待ってくださいな。目星は付きましたがね、どのように留吉という男を斬り殺したのかまでは、まだわからず仕舞いなんですよ」

「そんなことはどうだっていい。そんなことは下手人の口から聞けばいいだけのことだ。だろ？」

「駄目ですよ」

七尾姉さんは譲りません。

「なぜ駄目なんだ？ 真の下手人ならすべて知っていることだ。その口から聞いて何が悪い」

文吉親分の言い分にも一理あります。七尾姉さんは自分で何を躊躇《ためら》っているのかわからなくなりました。

「じゃあ、その者が『やってません』と白《しら》を切ったらどうします？」と七尾姉さんは文吉親分に問いかけました。

「そんなことを心配することはねえ、吐かせる手立てなんぞ、いくらでもあるんだぜ」と頬を引きつらせて笑いました。このときの文吉親分の顔が七尾姉さんには鬼のように見えました。「なぜ駄目なんだ？　そんなことはどこの番屋でもやってなさることだぜ」

「しかし、駄目です。もう少し待ってくださいな」と七尾姉さんは懇願するように言いました。

「じゃあ、その付いた目星とやらとその理由《わけ》を聞かせてくれねえか。それに納得すれば、もう二日待ってやってもいいぜ」という文吉親分の珍しく寛大な配慮からしかたなく、七尾姉さんは佐野屋の吉井さんが下手人ではないかと打ち明け、その理由も話して聞かせました。

黙って聞いていた文吉親分は「なるほど、なるほど。さすが七尾だ。たった三日でよくそこまで調べ上げたもんだ。その苦労は俺が一番よくわかるぜ。……よしわかった、二日待ってやる。必ずそのやり口を解き明かしてくれよ」と言いますが、それは丸投げというものではないですかと、喉《のど》のところまで出かけましたが、七尾姉さんはぐっと飲みこみました。今の、この文吉親分のご機嫌を損ねるようなことがあっては一大事ですから。

「じゃ、二日後のこの刻限にまた来るでな」と文吉親分は洟《はな》を啜《すす》ると馬に蹴飛ばされたような勢いで帰っていかれました。

「これで、わたしは何か得することがあるんですかね」と七尾姉さんにはまた一つ問いが芽生えました。

留吉さんがだれにどのような用件で榎本稲荷に呼び出されたのかはわかりませんが、事実としてそこにいたことは間違いありません。それが吉井さんによるものかもしれませんが、それはひとまず置いておくことにしまして、果たして吉井さんがどのようにすれば留吉さんを斬り殺すことができるのかを、七尾姉さんのお頭の中ではいろいろと想像を巡らすことになりました。

「お酒はあったかね？」と七尾姉さんは首を傾げました。

「トメ吉に飲ませては駄目じゃよ」とまた現れたたまきに釘を刺されます。

「わかっておる。わたしが飲むんじゃ。たまきは帰って早く寝なさいな。できれば成仏しなさいな」

「帰って寝ることにします。成仏はまたの機会にします」というとたまきはすっと消えます。消えるときはすっと消えますが来るときは玄関から入ってくるのはいまだに七尾姉さんにもその理由がわかりませんが、深く考えないようにします。

話は戻ります。留吉さんは道を隔てた目と鼻の先にいたわけであります。吉井さんが玄関からこっそりと見世を抜け出して留吉さんの背後に回り、隠し持っていた刃物を振り下ろす所業は、見世番の話からすると無理なようでございます。大抵の妓楼の出入り口は一つでございます。逃げ出すかもしれない女郎や客を見張るにはそれが一番都合がよいからでございます。

では、二階の部屋から出て、屋根から飛び降りて外へ出るなどということはできましょうか？　それもできませんね。二階の窓には格子がはまっておりまして出ることはおろか、身を乗り出すこともできません。足の不自由な吉井さんには、とても無理な所業でございましょう。しかもどのようにして部屋に戻ることができましょうか。

では、二階の部屋から刃物を留吉さんに向けて投げ落としたとか……。偶然にもざっくりと……少々無理がありましょうか。刃物を投げ落とすだけではざっくりとした傷口をつけることなど無理な話でありましょう。背中に突き刺さるのが精々でございます。

では、何か、重りを付けてというのはどうでしょうか。しかし、それほどの重りを付けたのなら、たとえ目と鼻の先、距離にして三間ほどとはいえ、そこまで届かないでしょう。

お酒をちびりちびりとやりながら、ああでもないこうでもないと考えますが、これといってよい方法が浮かびません。七尾姉さんは思いました。明日、もう一度、榎本稲荷へ行ってみましょうと。

《七》

幸いにも、お酒の買い置きが少なかったせいで二日酔いにはならずに済みました。やっぱりお酒はほどほどというのが一番ですねと思いながら七尾姉さんは榎本稲荷へとやってまいりました。すっかり穏やかな季節になりまして、要件とは裏腹に気が抜けるほど足取り軽く鳥居をくぐりましたが、石畳の途中の献花を見て、途端に気が重くなりました。七尾姉さんは大きく息を吸って気持ちを切り替えると、その場所から佐野屋の回し部屋を見上げました。佐野屋は、既に大風で壊れた屋根の修繕を済ませたようですっきりした趣になっております。風で飛んだ部分に新しい板がはめ込まれてそこだけが浮いて見えます。

修繕してたころの様子を思い出した七尾姉さんのお頭に、ぴんとひらめくものがありました。

「ほう、なるほどなるほど、そういうことですか。それならできるかもしれませんね」とひとり言を洩《も》らしたところで「おう。わかったのかい？　聞かせてもらおうか」と背後から聞き覚えのある声がしまして、振り返らずともその顔を思い浮かべることができました。わざわざ振り返って拝むような価値のあるお顔ではありませんので、そのまま

「もうちょっと待ってくださいな、文吉親分。確かめたいことが一つ二つありますので……」と言い返しました。

「じゃあ、待ってやるわ。四半時な」

とそのとき、七尾姉さんはふと思い付きました。

「文吉親分の口から聞いてほしいことがあるんです。わたしの口から聞いてもなかなか答えてはくださらないようなので」

「よしわかった。何を聞けばいいんだ？」と文吉親分は七尾姉さんの項《うなじ》に顔を寄せました。息遣いが気になりますが、若い娘のように嫌がっている場合ではないようでございます。

「佐野屋の料理番に、殺しのあった晩に無くなった物はあるかと聞いてもらいたいんで

すがね」

「無くなったものか……。料理番にか……」と文吉親分は念をするように聞き返すと、十手を取り出し肩をとんとん叩きながら佐野屋へと向かいました。七尾姉さんは垣根越しにその様子を見ておりました。そんな文吉親分の後ろ姿が妙に頼もしく見えるのが不思議でございます。

文吉親分は早速、佐野屋の玄関先で見世番を捕まえると、きっとこんな会話をしなさったでしょう。

「おい、佐野屋、ちょいと料理番を呼んでもらえねえか、御用の筋だ。聞きてえことがある。隠し立てするとためにならねえぞ」

「へえ、ちょいとお待ちを……」と見世番は言ったようで、中へと駆け込んでいきました。しばらくして五十絡みの小男が出てきて手ぬぐいで手を拭きながらへこへこと頭を下げておりました。

文吉親分は「おまえさんに聞きたいことがあるんだがな」とその声は七尾姉さんのところまで聞こえるような大きな声でございました。文吉親分が気を利かせたのかどうかはわかりませんが。

「向かいのお稲荷さんで殺しがあったことは知っているな」

「へえ、もちろん存じております」と料理番。

「その夜、おまえさんの所で無くなった物はねえか？」と、文吉親分が聞いた途端、料理番の顔色が豹変いたしまして、はたから見ていてもわかるほどに震え始めました。

文吉親分は十手を鼻先へ突き付けると怒鳴りました。「何を隠していやがる。隠し立てすると……」

「いいえ、滅相もございません。ただ、聞かれなかったので黙っておりました」

「何が無くなったというんだ？」

「へえ、柳刃包丁が一本無くなっておりました」

「柳刃包丁？……なぜ、もっと早くに言わねえんだ」

「ですから、あの殺しと関係あるかどうかなんてわかりませんし……申し訳ありません」と料理番は膝《ひざ》に頭が付くほどに腰を曲げて詫《わ》びておいででございました。

文吉親分は七尾姉さんに振り返ると「だそうだ」と近所中に聞こえるほどに叫びました。

「あのな、柳刃包丁であのようなざっくり傷を負わすには並大抵の力じゃ無理だ。女の細腕ではなおさらだ。おまえさん、傷を見てねえからそんなトンチンカンなことを言うんだな」と参道脇の床几《しょうぎ》に腰を下ろした文吉親分はあざけるように言いました。

「そうでしょうかね」と七尾姉さんは煙管を取り出すと煙草入れから葉を一摘みし、火皿へと詰めました。七尾姉さんはお稲荷さんの灯明をちょいと失敬して火を付けまして、ふーと長い煙を吐きました。文吉親分はその様子をじっと見ておりました。

七尾姉さんは煙草を吸いながら何気なく佐野屋の二階を見上げました。格子の間から誰かが見下ろしております。「あれが吉井さんですね」と文吉親分に目配せしますと
「あの女か……しかしな」と文吉親分は浮かない顔でございます。「勝手場から包丁が無くなったのはわかったが、その包丁はどこへ消えちまったんだ？」

「吉原から無くすことは簡単ですよ」と七尾姉さんはそこまでも読んでおりました。

理由はともあれ殺しはいけません。きっと情状の酌量はありましょうから、ちゃんとした裁きを受けて罪を償ってもらわないといけませんね。でないと地獄へ落ちることになりかねません。苦界から地獄とはあまりにも気の毒ではありませんかと七尾姉さんは思いました。おそらく今の吉井さんは不安でいっぱいなのでしょう。その動揺がここにいる七尾姉さんの胸にまで伝わってくるようでございました。

「自ら名乗り出ればお情けがありましょうかね、文吉親分」と七尾姉さんは救いを求めるように聞きました。

「さあ、それはどうかわからねえな。お奉行様がお決めになさることだからよ」

「一か八か、わたしに説得させてみてくれませんか。このままじゃ死罪に決まっておりますから。それじゃああまりにもかわいそうで……こんな吉原に落ちて、そこで人を殺めて死罪だなんてあんまりじゃないですか」

「おまえさんの気持ちはよくわかるが……よしわかった。やるだけやってみな。だが、なにも保証はしねえぜ」と文吉親分。

《八》

七尾姉さんは佐野屋の前に立つと、見世番を呼びつけまして「吉井さんに会わせてくださいな。大事な用なんでございますが」というと、先ほどは文吉親分がやってきて何やら不穏な空気を感じていた見世番が怪訝な様子で「ちょ、ちょ、……ちょっと待ってな」と言うと、見世の中へと入っていきました。そして、しばらくして、吉井さんがゆっくりと階段を下りてきました。右足をお荷物のようにしながら。

「わたしに用というのは、あなたですかね。あなたは確か……」と吉井さんはちょっと小首を傾げました。

七尾姉さんが吉井さんを間近で見たのはこれが初めてでございます。ほっそりと憂いを帯びたような顔立ちではありますが、この世界で生きる一種独特な気の強さを感じさせるお顔でございました。この吉原で長く生きていてもそのようにお顔に現れる方と現れない方がおありのようで、吉井さんには顕著に現れているようで七尾姉さんは苦労したんでしょうねと思いました。

「わたしは千歳楼の七尾と申します」七尾姉さんは軽く会釈をなさいました。

「そうですね、噂ではかねがね耳にしておりまして、一度ご相談にお伺いしようかと思っておりましたが……」と、もう手遅れですと言いたげな表情がお顔に滲《にじ》んでいるようでございました。その様子から、七尾姉さんは決まりですねと思いました。

「その七尾姉さんがわたしに何の御用でしょうかね？」

「ちょっと外へ出られますか？ 込み入った用になりそうなので、そこのお稲荷さんあたりで」と言いながら怪訝な顔つきの見世番に了解を得るように視線を流しました。

見世番は「ちょっとくれえなら、構わねえが」といいましたので、七尾姉さんは吉井さんの足の運びを見ながら外へと出ました。

榎本稲荷の境内には文吉親分が顎《あご》をまさぐりながら素知らぬ顔でわざとらしくぶらぶ

らしております。吉井さんにもわかっておいでの様子でございました。観念するのか、白《しら》を切るのか七尾姉さんにはわかりませんでしたが、それはどちらでもいいと思いました。吉井さんも覚悟の上でしょうから。

境内の床几に吉井さんを座らせると、七尾姉さんは口を開きました。

七尾姉さんは吉井さんに、田島屋から佐野屋へと鞍替えされた経緯などを聞き込んだことを話して聞かせました。

「どうしてそのようなことをお聞きになられるのでしょう？」とわざとらしく聞き返してくるところを見ますと、白を切る魂胆ですねと七尾姉さんは読みました。いいでしょ、その方がわたしの方も突き詰めやすいですからねと胸の内でございます。

「留吉さんがあの場所へ、誰に、どのようにして呼び出されたのかわたしは知りませんよ。ひょっとすると吉井さんではないかもしれません。ですが、留吉さんを殺めたのはあなただと考えておりますよ」と七尾姉さんは吉井さんの顔へ正面切って投げかけてみました。そして顔色の変わりようを検分しようと覗き込みました。近くで文吉親分が聞き耳を立てながら同じように見ております。

「なんの言いがかりでしょうかね。わたしが留吉を恨んでいたことは間違いありません。この足がこのようになったのも元はあの男のせいですからね。ですが、殺めるなんてとてもとてもできやしません」と吉井さんは笑みさえ浮かべました。

それを見た七尾姉さんの闘志に火が灯りました。七尾姉さんの闘志はとても燃えやすいですのであっという間に大きな炎となって燃え上がります。もう誰にも消すことはできません。町火消いろは四十八組をもってしても消すことは無理でございましょう。容赦する必要はありませんねと七尾姉さん。ですが、その心の内の悲しみも弁《わきま》えております。女郎としてこの世界で生きてきた女の意地でありましょう。人に弱みは見せられません。見せれば負けでございます。それだけが支えだったかもしれません。一つ崩れればそれを切っ掛けに自分自身が崩れかねませんので。

「どのようにして殺《あや》めたんでぇ？」と文吉親分が口を挟みました。

「そう。どのようにしてですかね。わたしもお聞きしたいものです」と吉井さんも口を揃えました。

七尾姉さんは準備万端整っているかのように口を開きました。

「先日、大風が吹きましたね」

「おう、それがどうした。風を利用したなんて言わせねえぞ」と文吉親分はちゃちゃを入れますが七尾姉さんは動じません。いえ、動じない振りをしております。

「佐野屋の柿葺《こけらぶ》きの屋根が飛びましたね」と七尾姉さん。

「ああ、飛んだ飛んだ。翌日には修理してたわな。それがどうした」と文吉親分。

「留吉さんが殺されたのは翌日の夜でございました。既に修理に取り掛かっておりましてね、そこにはいろいろな道具が揃えてありましたね」

「おお、確かにあった。俺も見てるぜ。大きな道具を持って帰るのが面倒らしくて置いたままにしてあったわ。それをどうしたというんだ」

「ええ、どうしたというんですかね」と吉井さんも催促します。

「そこに、梯子がありましたね。竹梯子ですよ」

「竹梯子ですか?」と吉井さん。

「竹梯子がどうした?」と文吉親分。

「きっとその夜、竹梯子が立てかけたままになっていたんでしょう。そそっかしい職人さんが仕舞い忘れたのかもしれませんね」

七尾姉さんは吉井さんの顔をそれとなく窺いました。先ほどとは打って変わって曇った顔色となっておりました。

文吉親分が「で、その竹梯子をどうしたというんだ」と相変わらずちゃちゃを入れます。

「吉井さんは、榎本稲荷に留吉さんがいることを知っていたのか、偶然、見つけたのかそれはわかりませんがね、留吉さんを見て刺し殺してやろうと、勝手場から柳刃包丁を盗み出し、手ぬぐいに包み、懐に入れ、見世を出ようとしたのでしょう。ですが、見世番が玄関に陣取っておりますので出るに出られず、仕方なく二階に戻った」

「戻ってどうした?」と文吉親分。

「文吉親分、ちょっと黙っててくださいな」さすがに七尾姉さんも煩《わずら》わしくなったのか、思わず声を荒《あら》らげました。

「よしわかった。金輪際口を挟まねえ。続けろ」

「……吉井さんは、しばらくは二階の格子窓から留吉さんを憎々しく見てたかもしれませんね。ふと気づいたら目の前に竹梯子が立てかけられているではありませんか。格子《こうし》の隙間から手を伸ばせば届くようなところです。一矢報いるつもりで、それをいっそ留吉さんに向かって倒してやろうと思ったわけですよ。ちょうど竹梯子の丈が留吉さんの立っている所まで同じように思えたのでしょう。勘ですがね。ですが、倒すだけでは憂さは晴れませんので、そこで思いついたのは、懐にある包丁を竹梯子の天辺の穴に差し込んで倒してやろうと思いついたわけです。恨みがこもった貢物のつもりでね。竹には穴が開いていて都合がいいですね。包丁の柄に手拭を巻いて竹の穴に差し込んだわけです。ぐいと押し込んだら、それがぴったり嵌《はま》り込んだんでしょうね」

「ほう、何となく俺にもわかってきたぜ。包丁を付けた梯子を留吉に向けて倒すという寸法だな」と文吉親分も先を読みました。

「そうです。梯子は二本の脚で立ってますからね、方向さえ合わせればまっすぐに倒れます。先端に包丁が取り付けられていれば梯子の重みでざっくりと切り裂くことができますよね。包丁の刃がちょっと斜めになっていれば、その刃に沿って斜めに切り裂くわけですよ。最初からそれを目論んだわけではなくて、思いつき、腹いせでやってみただけで、そんなにうまくいくとは思っていなかったと思いますよ、ね」と、七尾姉さんは吉井さんの顔を見ました。

吉井さんは俯きながらもわずかに笑みを零しておりました。

七尾姉さんにはその笑みがどのような意味なのかすぐにはわかりませんでした。推測が外れたのか、それとも的中したのか、さてどっちでしょうか？

「じゃあお聞きしますが」と顔を上げた吉井さんは聞きました。「その包丁は今どこにあるんですかね」とまだ観念した様子はありませんが、もう一押ししてみましょうかと七尾姉さん。

「見世の中をじっくり探せば見つかるんじゃないですかね」との七尾姉さんの言葉に呼応するかのように、

「じゃあ、気が済むまで探せばいいじゃありませんか」と吉井さん。

七尾姉さんはにやりとしました。「はは～ん。わかりましたよ。見世の中には無いようですね。ここは吉原の端と言ってもいいですからね。道の向こう側は榎本稲荷。さらにその向こう側は高さ六尺の黒塀。さらにその向こう側には何がありますか文吉親分？」と七尾姉さんは当たり前のことを聞いてみました。

「その向こうはお歯黒溝《はぐろどぶ》だ……なるほどそこへ投げ捨てたのか。そこまでなら女の細腕でも投げられそうだわな」

「だったら気のすむまで探してみるといいんじゃないですか。もしあれば、七尾姉さんの読みが当たったことになりますが、無ければ……」と吉井さんは逆に自信を持ったように言いました。

「はは～ん、またまたわかりましたよ」と七尾姉さんは読み切りました。「いくらそこを探してもありませんね」

「どこなんだ。そこにあると言ったり無いと言ったり。どこなんだい」と文吉親分は苛立ち紛れに怒鳴りました。

「吉井さんが包丁を投げ捨てたことには違いないんです。ですが、ただ投げ捨てたわけではないんですよ」

文吉親分は苛立ちを抑えきれない様子で足をじたばた動かしました。土ぼこりが舞って七尾姉さんは手団扇《てうちわ》で扇《あお》ぎました。

「落ち着いてくださいな文吉親分」

「早くしゃべらねえと、しょっ引くぞ」

「吉井さんはね、包丁を屋根板といっしょに手拭で包んで投げ捨てたんですよ」

「それで、どうなる？」

「溝に流れる水に乗ってこの先の山谷堀へ、どんぶらこどんぶらこ……ひょっとすると大川まで流れていったかもしれませんね。文吉親分に分があればどこかに引っ掛かってることでしょうよ」

「なるほど、そういうことか」と手を打つと、文吉親分は走り出しました。もちろんお歯黒溝を浚《さら》うのです。七尾姉さんが吉井さんの顔を見ますと悲しそうな顔をしておいでででございました。そしてぼそりと呟きました。

「わたしね、信じてたんです。留吉さんのこと。ここから連れ出してくれると……口だけだったんですね。そんな口車に乗せられるなんて吉原女郎としての立場がありませんね」

吉原の女は「連れ出してやる」という言葉に弱いのでございます。当然ですよね。ここは地獄ですからね。「お金を渡すことで、信じてることの証にして契《ちぎ》りを交わしたんですが、呆気なくね……」

裏切られたわけです。すっぽかされ、お金をだまし取られ、挙句《あげく》の果てには足抜きの咎《とが》でひどい折檻を受ける破目になったわけでございます。恨み辛みが募るわけでございます。

「あの日の午後、富士の湯からの帰り、江戸町一丁目の通りで偶然、留吉さんを見かけましてね。声を掛けたんですよ。留吉さんはびっくりしてましたね。後ろめたいところがあったんでしょうよ。わたしは笑って言いました。何とも思っていませんよ。そんなにお金が必要なら言ってくれればいいのに、まだ必要なら用立ててもいいですよって。今夜、引けの刻限に榎本稲荷へ来てくださいな。五両くらいなら用意できますって言ったら、あの馬鹿、のこのことやってきたんですよ……まさか本気にしてやって来るとは……留吉は、自分がどれだけひどいことをしたのか全然わかってなかったんでしょうね……」

その後のことは七尾姉さんが推察した通りでございました。「あんなにうまくいくとは思いませんでしたよ。お稲荷さんが力を貸してくれたんですかね」

「いいえ、お稲荷さんはそんなことに力を貸してはくれませんよ。あなたの恨み辛みがそれだけ強かっただけのことですよ。お慈悲があればいいんですがね」

「いいえ、もういいんですよ。ここから出られるだけで、それだけで……連れ出してくれたことになるんですかね、これでも……」

たとえ、咎人《とがにん》とはいえ生きてここから出られる、それだけでいいと思えるほどここは酷いところなのでございます。

しばらくすると、文吉親分が走って戻ってまいりました。

「あったぜ、この先の五十間道へ向かう角のところに運よく引っ掛かっていたぜ。七尾、おてがらだぜ。これぞお稲荷さんのご利益だぜ」

文吉親分は手ぬぐいで包んだ包丁と屋根板をお土産のように高く掲げて戻ってまいりました。

七尾姉さんはなんだか悲しくなってまいりました。よいことをしたのか、そうでないのか、吉井さんを救うことができなかったことが悔しくてなりませんでした。

「わたし、最初から七尾姉さんに相談すればよかったんですね」と言いながら文吉親分に背中を押されて吉井さんは歩いていきました。少し歩いたところで文吉親分が「まてまて」と立ち止まりました。「何か忘れていることがあるような気がするんだが。さてなんだろうか」と七尾姉さんを振り返りました。

七尾姉さんは口元に手を当てて笑いました。

「きっと、あのことでしょうよ。梯子……」

「そうだ。それだ。倒れた竹梯子はどうなったんだ。元に戻らなきゃ取って包丁を投げ捨てることなどできやしねえ」

「きっとお稲荷さんが元にお戻しになったんですよ」と七尾姉さんは笑いました。

「お稲荷さんがそんなことに力を貸してくれるはずはねえ」と文吉親分は七尾姉さんと同じことを言いました。

吉井さんが初めて自分の口から答えました。「しばらくしたら元の所に立てかけてあったんですよ。きっと誰かが倒れた梯子を立て直してくれたんですね。ぶつかったら危ないだろうからと思って」

「そうですよ。そのお人は竹梯子の先に包丁が突き立ってるなんて思わないだろうし、暗くて見えないでしょうしね。留吉さんの骸は垣根の向こう側ですから気がつかなかったんですよ」

「なるほど、そういうことかい。そういうこともあるかもな。あの検分のとき、野次馬さえいなけりゃ俺もそのくれえ気付いていたに違いねえ。だから野次馬ってのは嫌いなんだ」と吉井さんに向き直ると「まだまだ聞きたいことがあるでな、じっくり話してもらうぜ」と吉井さんの背中をトンと押しました。

「ここから生きて出られれば本望ですよ」と吉井さんは呟いたように思います。

しかし、散々でしたね。正菊さんは貸したお金を取り戻せなかったですし、七尾姉さんは借金の取り立て料も取り損ねますし、吉井さんがもっと早く相談に来てくれていたならよい知恵を授けて人を殺めるなどということをさせずに済んだかもしれません。人生にはいろいろあります。うまくいかないこともありますよねと七尾姉さんは諦めの顔を作りました。

さて、帰りましょうかねと足を一歩踏み出したところで「わたしも文吉親分に何か尋ねなきゃいけないことがあったような気がするんですけど……なんでしたでしょうかね」とお稲荷さんを振り返るもお稲荷さんは何も答えてはいただけません。

お稲荷さんを出て、千歳楼へ戻って玄関を入ったところでようやく七尾姉さんは思い出しました。うちのトメ吉は大丈夫でしょうかと。金魚鉢を見てその姿がようやく蘇《よみがえ》りました。そうでした。文吉親分にトメ吉の腹泳ぎの直し方を教えていただかなければなりませんでした。話の途中で正菊さんが飛び込んできて話が尻切れトンボになってしまったので、すっかり忘れておりました。迂闊でしたと自分のお頭を小突きたくなる思いでございました。

恐る恐る金魚鉢を覗き込むと、トメ吉は腹泳ぎではなく、背を上にして普通に泳いでおりました。

「なんじゃ、治っておるではないかね。さんざっぱら心配かけさせておいて、のんきに泳いでおるとはいい気なもんじゃな」と七尾姉さんはご立腹ですが、内心ではほっとして逆に気が抜けてしまいました。たまきはそれを見て安心して帰ったのでしょう。ですが、七尾姉さんの今日のお酒は、ちょっと苦いお酒になりそうです。

翌日、富士の湯では正菊さんが待ち構えておりまして、「姉さん姉さん。お背中を流しましょう」とご機嫌でございました。貸した金は取り戻せませんでしたが、咎《とが》が晴れて首がつながったわけでございますから晴れやかとなるのも当然といえましょう。嬉しさのあまりでしょうか、擦《こす》る力が過ぎまして七尾姉さんの背中の皮が剝けそうでございました。

「痛いじゃないかね、もっと優しく擦ってくれないかね」

「はいはい、やさしく、やさしくね。命の恩人ですからね。大切なお人ですからね。これからもよろしくお願いしますね」と正菊さんは終始上機嫌でございました。

「厄介ごとはこれっきりにしてくれんかね。気苦労が絶えませんでな」

背中をひりひりさせながら千歳楼へと戻りますと、玄関を入ったすぐのところに何やら大きな紙包が置いてありまして、さて誰ぞの貢物でしょうか、わたしもまんざらではありませんねと笑みを零しながら包を開けたところ、中から出てきたのは金魚の餌でございました。文吉親分が礼にと置いていったものでございましょう。がっかりではありませんが、まさか本当にご褒美が金魚の餌とは……。

金銭とは申しませんが、せめてお茶菓子くらいにしていただきとうございましたね。確かにご褒美は金魚の餌でいいと申しましたよ。でも、まさかね……。しかし、文吉親分らしくていいですねとも七尾姉さんは思いましてなんだかおかしくてしかたがありません。思わずくすくすと笑い声が洩れてしまいます。

「なにがそんなにおかしいんですかね、姉さま」

声に驚いた七尾姉さんが顔を上げるとたまきが覗き込んでおりました。

「たまき、いたのかね。もう帰ったかと思ったわ」

「ちょっと、あっちこっち鞍替え先を探して聞いてみたんじゃがな、どこもまだ人手は足りているようでな、もう少しこちらにご厄介になりますで、姉さま。よろしゅうお願いしますでありんす」

鞍替えの気など毛頭無いくせによくもしゃあしゃあと言えたものですねと七尾姉さん

は思いました。

「よろしゅうと言われてもな……」

よいとも嫌とも言えず七尾姉さんは困ってしまいましたが、おぼろ娘の面倒を見られる見世は、うちしかないじゃろうと思い目をつぶることにいたしました。

それにしても、吉原ではいろいろなことがございます。苦しいこと、悲しいこと、辛いこと、ひどいこと……ろくなことはないようですね。それでも女郎衆は健気《けなげ》に生きておられます。

吉原へお越しの際はそのことを重々ご理解のうえ、心してお越しくださいませ。そろそろでございます。あっちもこっちも真ん丸とはいきませんが、収まったようでございます。

いたらぬところも多々ありましたでしょうが、今回はこのあたりでお開きにさせていただきとう存じます。たまきの成仏につきましてはいつになりますことやら。たまきが申しますには「姉さんが心配でまだまだしばらくは成仏できそうにありんせん」だそうでございます。

人のことはともかく、わたしも七尾姉さんにこれ以上、心配させては申し訳ありませんので、名残惜しゅうございますが、そろそろ成仏させていただきとう存じます。きっと、またどこかで皆様にお会いできることと楽しみにしております。それまでお身体を崩されませんよう何卒ご自愛くださいませ。
語りは妹の里でございました。それでは……。

（了）

本書は書き下ろしです。

よろず屋お市
深川事件帖

誉田龍一

幼い頃、実の父母が不幸にも殺され、お市は岡っ引きの万七に育てられる。よろず請負い稼業で危険をかいくぐってきた万七だが、彼も不審な死を遂げた。哀しみのなか、お市は稼業を継ぐ。駆け落ち娘の行方捜し、不義密通の事実、記憶のない女の身元、ありえない水死の謎――持ち込まれる難事に、お市は独り挑む。

よろず屋お市
深川事件帖2　親子の情

誉田龍一

敬愛する元岡っ引きの万七が不審な死を遂げ、遺されたよろず屋を継いだ養女のお市。かつて万七の取り逃した盗賊・漁火の小四郎が江戸に戻っていることを知り、お市は独り探索に乗り出す。小四郎が犯した押し込みの陰で、じつの父と母が巻き込まれていた事実に辿り着くのだが……〈人情事件帖シリーズ〉第2作。

寄り添い花火
薫と芽衣の事件帖

倉本由布

札差の娘で岡っ引きの薫と、同心の娘なのに薫の下っ引きをする芽衣はともに十五歳。ある日、芽衣が長屋の前に捨てられた赤子を見つける。ふたりで親探しを始めるが、そんな折にある札差で赤子の神隠しがあり、寝床には榎の葉が一枚残されていたという不思議が……ふたりで謎を解き明かす、清々しい友情事件帖。

ハヤカワ
時代ミステリ文庫

吉原美味草紙
おせっかいの長芋きんとん

出水千春

父を亡くし、大坂から江戸にでてきたさくら。彼女には一人前の料理人になり店をもつ夢があった。だが、吉原の妓楼〈佐野槌屋〉の台所ではたらくことに。乏しい食材でも自慢の腕をふるい、様々な悩みを解きほぐす——花魁の落涙の理由、男衆の暴れ騒ぎ、人形師の心の迷い……温かく人を包み込む人情料理物語。

ハヤカワ
時代ミステリ文庫

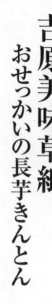

著者略歴　岐阜市在住，作家　著書『滔々と紅』『沖の権左』『天生の狐』

HM=Hayakawa Mystery
SF=Science Fiction
JA=Japanese Author
NV=Novel
NF=Nonfiction
FT=Fantasy

姉《あね》さま河岸《かし》見世《みせ》相談処《そうだんどころ》

〈JA1453〉

二〇二〇年十月　十日　印刷
二〇二〇年十月十五日　発行

（定価はカバーに表示してあります）

著　者　志《し》坂《ざか》　圭《けい》
発行者　早川　浩
印刷者　大柴正明
発行所　株式会社　早川書房

郵便番号　一〇一 - 〇〇四六
東京都千代田区神田多町二ノ二
電話　〇三 - 三二五二 - 三一一一
振替　〇〇一六〇 - 三 - 四七七九九
https://www.hayakawa-online.co.jp

乱丁・落丁本は小社制作部宛お送り下さい。
送料小社負担にてお取りかえいたします。

印刷・株式会社亨有堂印刷所　製本・株式会社フォーネット社

ISBN978-4-15-031453-8 C0193

本書は活字が大きく読みやすい〈トールサイズ〉です。